Federico Maria Rivalta
Unauslöschliche Spuren

amazon crossing

Das Buch

In den Hügeln des Regionalparks Colli Euganei nahe Padua erschüttert eine Mordserie den beschaulichen Alltag im Golfklub Frassanelle, und schon bald tobt eine wilde Verfolgungsjagd, bei der Jäger und Gejagte verwechselt werden. Eine rasante Folge unvorhersehbarer Ereignisse, mit viel Ironie und Fatalismus erzählt, unterstreicht den Rhythmus, der Protagonist und Leser per Spiegeltrick zum großen Finale führt.

Der Autor

Federico Maria Rivalta wurde am 24. Mai 1959 in Mailand geboren. Der Diplomvolkswirt arbeitet als Manager in einem der größten Privatunternehmen Italiens.

FEDERICO MARIA RIVALTA

UNAUSLÖSCHLICHE SPUREN

KRIMI

Aus dem Italienischen
von Tanja Lampa

Die Originalausgabe erschien 2013 unter dem Titel
»Un ristretto in tazza grande« im Selbstverlag.

Deutsche Erstveröffentlichung bei
AmazonCrossing, Amazon Media E.U. Sàrl
5 Rue Plaetis, L-2338, Luxembourg
Oktober 2015
Copyright © der Originalausgabe 2013
By Federico Maria Rivalta
All rights reserved.
Copyright © der deutschsprachigen Ausgabe 2015
By Tanja Lampa

Umschlaggestaltung: bürosüd⁰ München, www.buerosued.de
Umschlagmotiv: © Rieder Photography Inc/Getty; © caesart/Shutterstock
Lektorat, Korrektorat und Satz:
Verlag Lutz Garnies, Haar bei München
www.vlg.de
Printed in Germany
By Amazon Distribution GmbH
Amazonstraße 1
04347 Leipzig, Germany

ISBN 978-1-503-95156-3

www.amazon.com/crossing

PROLOG

Ich hatte den Ball angesprochen und mich für den *Back Swing* in Position gebracht. Jetzt dreht sich mein Becken um seine eigene Achse nach rechts, mein linker Arm ist angespannt, während der rechte der Bewegung nachgeht. Das Gewicht meines Körpers ruht auf dem rechten Bein. Als ich den Höhepunkt der Bewegung wie eine auf das Äußerste gespannte Schleuder erreiche, verharre ich für den Bruchteil einer Sekunde, für einen kurzen Moment in der Bewegungslosigkeit. In diesem einen Augenblick muss der Verstand eine Leere schaffen und alle Sinneswahrnehmungen aufheben. Es ist Zauberei: kein Ton, keine Farbe, kein Gedanke. Der ganze Körper ist nur noch ein Werkzeug im Dienste dieser Bewegung. Ich spüre, wie sich mein Becken nach links zu drehen beginnt und die Arme durch diese Bewegung nach unten gezogen werden, während der Schlägerkopf von Eisen 5 in Richtung Ball geht. Dieses Absinken ist äußerst kraftvoll, und in dem Moment, in dem der Schläger auf den Ball trifft, entlädt sich mein um die Geschwindigkeit verstärktes Körpergewicht auf diesen kleinen Plastikball mit seinem Durchmesser von viereinhalb Zentimetern. Diese Kraft ist so stark, dass ich die Berührung des Balls überhaupt nicht spüre. Der Schlag ist freigegeben. Wie die Zeiger einer Uhr setzen die Arme ihre Bewegung fort, an sechs Uhr vorbei und wieder hinauf auf neun Uhr, bis sie schließlich auf zwölf Uhr ankommen. Mein Kopf dreht sich nach links und kommt wieder in eine Linie mit den Schultern.

In diesem Moment habe ich freien Blick und kann den Flug des Balls verfolgen: Ich kann ihn in der Phase des Aufstiegs klar erkennen, verliere ihn dann aber wegen der Lichteffekte im Hintergrund aus den Augen, während er immer langsamer wird und schließlich in den Sinkflug übergeht. Ohne ihn zu sehen, weiß ich, wo er aufkommt – ganz nah an der Fahne.

Meine Mitspieler gratulierten mir zu diesem Schlag. Mit falscher Bescheidenheit versuchte ich, meine Genugtuung über diesen Wurf zu überspielen, und tat so, als wären solche Schläge dank meiner jahrelangen Routine und meines angeborenen Talents etwas Alltägliches. Wir waren zu viert: Ich spielte mit Massimo Salvioni gegen Arcadio Casati Vitali und Alessandro Ranni, die uns getreu den Prognosen in Grund und Boden spielten und das Spiel bereits am dreizehnten Loch für sich entschieden hatten. Doch Massimo und ich hielten bis zum Schluss durch, und das nicht nur, um noch länger zu spielen. Wir wollten uns erst von dieser Packung erholen, bevor wir ins Klubhaus des Golfklubs Frassanelle zurückkehrten. Es war Samstagnachmittag, und wider alle Logik hegte ich insgeheim die Hoffnung, dort niemanden anzutreffen. Es macht einfach keinen Spaß, jedem, der fragt, die Gründe für seine Niederlage erklären zu müssen – und es fragten immer alle. Wir erreichten das *Green*, und wie erwartet lag mein Ball nur einen Meter vom Loch entfernt.

Im Golfsport bestimmt die Entfernung des Balls vom Loch die Spielreihenfolge, und da mein Ball am nächsten lag, war ich als Letzter dran. Mit dem *Putter* in der Hand, der mir gleichzeitig als Stütze diente, wartete ich auf meinen Einsatz. Als ich endlich an der Reihe war, fühlte ich mich so müde und demotiviert, dass ich auch noch den letzten Schlag vergeigte: Der Ball tanzte auf der Lochkante herum, gewann schließlich den Kampf gegen die Schwerkraft und fiel nicht hinein. Arcadio verschonte mich auch dieses Mal nicht mit seinen altbekannten, geschmacklosen Scherzen, die meistens auch noch völlig unpassend waren. Ich sah zu Massimo hinüber, der nur mit den Achseln zuckte. Schließlich war das Spiel vorbei, und wir suchten Trost in einem Bier.

Golf ist ein Spiel mit starker Wettbewerbskomponente, und so ist das korrekte Verhalten der Spieler auf dem Platz eine Grundvoraussetzung, damit ein unbeschwerter Spaziergang mit Freunden nicht zu einer Art Boxkampf mutiert. Im Laufe unseres Spiels gelang es Arcadio jedoch mit Leichtigkeit, gegen wirklich alle Regeln und Etiketten zu verstoßen. Am Ende eines lebhaften Wortwechsels, dem das unablässige Geschwätz Arcadios während der Schlagvorbereitungen unseres Teams vorangegangen war, schlug er sogar mit seinem Schläger nach Massimo. Was dabei an seinem Gerede jedoch am meisten störte, war die ehrfürchtige Stille, die immer dann herrschte, wenn sein Team dran war.

Wieder im Klubhaus, schienen alle Mitglieder nur darauf zu warten, nach dem Ergebnis dieses Wettspiels zu fragen.

Arcadio heizte in seiner bekannten Manier die Frage, die allen unter den Nägeln brannte, noch weiter an und rief: »Und hier kommen die Vier Fröhlichen Rabauken!«

Wenigstens ersparte uns seine ständige Angeberei die Frage, wer gewonnen und wer verloren hatte. Arcadio zog sich sofort in die Umkleideräume zurück, während Massimo, Alessandro und ich uns an der Theke niederließen. Hätten wir auch nur im Entferntesten geahnt, welchen Blutrausch unser kurzer Aufenthalt auslösen würde, wir wären sofort und ohne uns auszuziehen duschen gegangen.

Massimo war miserabel gelaunt und müde. Er bemühte sich gar nicht erst, seine Wut zurückzuhalten, und ließ ihr freien Lauf: »Arcadio mag ja ein ganz passabler Spieler sein, aber er ist auch ein Riesenarschloch. Der Typ hat mir nicht zum ersten Mal den Tag versaut.«

Auch mir gefiel es nicht, dass wir dieses Wettspiel, das man im Golfjargon *Lochspiel* nennt, verloren hatten. Bei diesem Spiel treten zwei einzelne Spieler oder zwei Teams mit jeweils zwei Spielern gegeneinander an. Mit Massimo in einem Team zu spielen ist immer ein Vergnügen: Er wirft dir nie einen Fehler vor und ist mit vier Schlägen in der Lage, selbst ein Wettspiel, in dem alles schiefgeht, unterhaltsam zu gestalten. Im Gegensatz dazu ist es mehr als ärgerlich, mit Arcadio zu spielen, der selbst in einem Spiel über fünf Stunden nicht ein einziges Lächeln zustande bringt. Zum Glück ist Alessandro ein toller Typ, der nicht nur sehr höflich, sondern auch sehr zurückhaltend ist. Ich wunderte mich, dass er mit Arcadio in einem Team spielte, und fragte ihn rundheraus nach dem Grund.

»Willst du die Wahrheit wissen?«, fragte er zurück. »Sein Vater hat mich darum gebeten. Aber es ist echt nicht einfach. Am Schluss halten die anderen mich nämlich auch für einen Mistkerl…«

Wie den meisten Menschen fehlt auch mir nie der Mut, frei heraus zu sagen, was ich denke, und kein Blatt vor den Mund zu nehmen – vorausgesetzt natürlich, die betreffende Person ist nicht anwesend. Da keine anderen Klubmitglieder in Hörweite waren, machte ich meinem Ärger Luft: »Wenn man das stilvolle Auftreten von Conte Alvise kennt, dann kann Arcadio eigentlich gar nicht sein Sohn sein.«

Massimo zählt zu meinen Lieblingsmitspielern, und das nicht nur wegen der bereits genannten Vorzüge. Er liebt diesen Sport für das, was er ist, und nicht für das, was er zu sein scheint. Er ist um die fünfzig, groß und schwer – und gleichzeitig ein einfacher, freundlicher und geselliger Mensch. Er arbeitet als Gynäkologe im Krankenhaus von Padua, spricht aber nur selten über seine Arbeit und meistens auch nur als Reaktion auf die geschmacklosen Witze, mit denen man besonders in der Herrenumkleide seine Zeit verplempert. Massimo hat seine Ecken und Kanten und ist einfach nicht der Typ, der sich zu Boshaftigkeiten hinreißen lässt. Wenn ihm ein Unrecht widerfährt, zieht er den Schuldigen sofort zur Rechenschaft und macht das im Gegensatz zu meiner Wenigkeit im Beisein der betreffenden Person.

Befeuert durch die schlechte Laune der soeben erlittenen Niederlage, ließ Massimo seinen Gedanken freien Lauf und meinte in einer Mischung aus Ironie und Wut: »Der Sohn des Grafen? Ich weiß, wessen Sohn er ist. Auf jeden Fall möchte ich darüber mit dem Vater sprechen, wenn ich ihn das nächste Mal sehe, denn die ganze Sache geht mir echt auf die Nerven.«

Damit war das Thema beendet.

Francesca, eine Frau von achtunddreißig Jahren, die als Kellnerin im Golfklub arbeitete und an diesem Nachmittag Dienst hatte, schrieb unsere Getränke auf. Als wir gingen, rang sie sich mit müder Miene, als hätte sie einen harten Tag hinter sich, ein Lächeln ab.

KAPITEL 1

Ich habe die Angewohnheit, stets eine Stunde vor dem eigentlichen Spielbeginn zum Golfplatz zu fahren.

Wer weiß, vielleicht mache ich das, weil ich glaube, dass ein Ritual zu guten Ergebnissen führt – eine Theorie, die in der Praxis schon oft widerlegt wurde. Ich bin kein fantastischer Spieler, aber mit meinem Handicap von dreizehn Schlägen hätte ich es fast in die höchste der drei Amateurklassen geschafft. Doch im Gegensatz zu den Fanatikern, die täglich auf den Golfplatz gehen, komme ich auch nur zweimal pro Woche in den Klub. Meine spielerischen Grenzen kompensiere ich mit einer guten Kondition, die auch in dieser Sportart ein entscheidender Faktor ist.

Ich schlug mich wie jeden Sonntag auf der *Driving Range*, dem Übungsplatz, ein, bevor ich ins Klubrestaurant ging und den ersten Teil meines Rituals abschloss. Das Restaurant ist der einzige Ort auf der Anlage, an dem nicht zwischen Spieler und Nichtspieler, sondern zwischen Gast und gutem Gast unterschieden wird. Und da spiele ich mit allen anderen auf Augenhöhe. Luisa, die zweite Kellnerin, empfing mich mit einem strahlenden Lächeln. Diese freundliche Begrüßung verdanke ich einerseits der Tatsache, dass ich trotz meiner vierzig Jahre noch ein gut aussehender Mann bin, und andererseits – hauptsächlich – dem Trinkgeld, das ich zum Jahreswechsel gebe. Trotzdem hege ich jedes Mal die falsche Hoffnung, ihr Lächeln sei, wenn schon nicht ausschließlich mir, so doch zumindest nur einem ausgewählten Kreis von Mitgliedern vorbehalten. Ich muss mir meinen Kaffee nie bestellen, denn Luisa denkt immer an mein Ritual – so auch heute.

»Riccardo, hast du schon von Massimo gehört?«

Insgeheim fragte ich mich, wieso Luisa mich manchmal duzte und manchmal siezte.

»Welcher Massimo? Salvioni?«

»Ja, genau der.«

»Ich weiß von nichts. Was ist denn mit ihm?«

»Es heißt, er ist verschwunden.«

Der fehlende Konjunktiv tat mir zwar in den Ohren weh, doch ich ließ mich nicht ablenken.

»Was soll das heißen, ›verschwunden‹? Wir haben doch gestern Abend noch zusammen Golf gespielt!«, antwortete ich überrascht.

»Ja, aber nach dem Spiel hat ihn niemand mehr gesehen. Patty hat gestern Abend fast bis Mitternacht hier auf ihn gewartet.«

Patty, Massimos Ehefrau, heißt eigentlich Roberta, stellt sich aber immer als Patrizia vor und zeigt ihren Unmut deutlich, wenn sie jemand bei ihrem Taufnamen nennt. Im Gegensatz zu Massimo ist Patty weder groß noch kräftig. Ihre Nase ist etwas zu lang, und ihre Augen sind etwas zu klein, als dass man sie als schön bezeichnen könnte. Aber sie ist wie ihr Mann sehr sympathisch und äußerst freundlich. Jedes Mal, wenn die beiden in den Klub kommen, verläuft der Tag um einiges herzlicher, und auch das Golfspiel selbst scheint besser.

»Vielleicht haben sie sich gestritten, und Massimo ist gleich nach Hause gefahren. Oder er wurde zu einem Notfall ins Krankenhaus gerufen.«

»Aber dann wäre Patty doch mitgefahren, oder?«

Bei dem Gedanken, Massimo könnte ins zwanzig Kilometer entfernt liegende Padua gefahren sein und seine Frau im Klub vergessen haben, musste ich unweigerlich grinsen.

Während ich darüber nachdachte, nahm ich ein Tütchen Rohrzucker von dem Tablett auf der Theke. Irgendein kulturelles Erbe ließ mich als Zugeständnis an alte Küchentraditionen meinen Kaffee immer mit Rohrzucker trinken. Der Wahrheit zu Ehren muss ich aber gestehen, dass dies mein einziges Zugeständnis ist, ob nun richtig oder falsch. Ansonsten gilt für mich das Prinzip des Fertiggerichts. Und wenn es sich um Tiefkühlkost handelt, umso besser.

»Und wo ist Patty jetzt?«, fragte ich.

»Ich weiß es nicht. Es heißt, sie ist zur Polizei gegangen.«

Wieder dieser Schmerz in meinem Ohr.

»Zur Polizei? Wirklich?«

»Ja. Und heute Morgen hat Pattys Mutter schon drei Mal hier angerufen und gefragt, ob jemand Massimo gesehen hat.«

»Haben sie denn schon auf dem Platz nach ihm gesucht? Vielleicht wurde ihm ja plötzlich übel …«

»Ja, haben sie. Aber sie konnten ihn nirgends finden. Und seine Golftasche steht auch noch im Taschenraum.«

»Und was sagen sie in dem Krankenhaus, in dem er arbeitet?«

»Dass ihn dort seit Freitag niemand mehr gesehen hat.«

»Was für ein Chaos. Was mag da bloß passiert sein?« Ich begann mir ernsthaft Sorgen um ihn zu machen.

Ich bat Luisa, den Kaffee auf meine Rechnung zu setzen, und ging über die Treppe, die von der Eingangshalle zu Sekretariat und Umkleide führt, nach unten.

Der Sitz des Golfklubs befindet sich in einer Villa aus dem 19. Jahrhundert inmitten des Regionalparks Colli Euganei, umgeben von einem großen Waldstück. Das alte Landhaus der Familie Casati Vitali, den Conti Di Nogaredo, erstreckt sich über zwei Etagen plus Kellergeschoss. Es ist zwar kein besonders luxuriöses Ambiente, aber seine Einfachheit und die zur ländlichen Umgebung passende geschmackvolle Einrichtung machen es sehr familiär und gemütlich.

Ich war noch am Ende der Treppe angekommen, als sich eine Menschentraube, die vor dem Sekretariat stand, zu mir umdrehte. Die Gruppe bestand aus dem Präsidenten des Golfklubs, Andrea Galli, den beiden Sekretärinnen, die hier arbeiteten, zwei Schiedsrichtern und zwei Carabinieri, von denen einer ein *Maresciallo*, also ein Polizeihauptmeister, und einer ein *Appuntato*, ein Polizeioberwachtmeister, war. Da ich bereits meine Erfahrungen auf diesem Gebiet gemacht hatte, erkannte ich deutlich den stillen Vorwurf in ihrem Blick. Ich blieb auf der letzten Stufe stehen und verspürte ein gewisses Unbehagen.

Sozusagen aus Respekt vor den Hierarchien ergriff Galli – ein Mann, der die Pünktlichkeit zu einer Art Lebensstil gemacht hat – als Erster das Wort. Er ist groß und so dünn, dass ich manchmal glaube, sein Bauch wachse in die andere Richtung.

»Ranieri! Wir suchen Sie schon seit gestern Abend! Schauen Sie denn nie auf Ihr Handy?«, fragte mich der Präsident mit einem Hauch von Verärgerung und Vorwurf in der Stimme.

Verdammt, das Handy! Während ich die letzte Treppenstufe hinunterstieg und gleichzeitig überlegte, wo ich es dieses Mal vergessen hatte, zählten die beiden Sekretärinnen quasi synchron die exakten Uhrzeiten der fehlgeschlagenen Anrufversuche auf.

»Entschuldigung, ich muss es irgendwo vergessen haben …«, stammelte ich leicht verlegen.

Sie blickten mich an, als wäre es meine Schuld, dass sich die Welt in einem so schlechten Zustand befand.

Doch bevor Galli mit seiner eigens für mich vorbereiteten Moralpredigt loslegen konnte, trat einer der beiden Carabinieri auf mich zu.

»*Buongiorni*, Signor Ranieri. Ich bin Maresciallo Carmine Costanzo von der Kaserne Bastia di Rovolon.«

Ich reichte ihm zur Begrüßung die Hand, doch der Maresciallo führte seine Hand an das Barett und fuhr fort: »Signor Ranieri, Sie wissen, dass Dottore Massimo Salvioni seit gestern Abend unauffindbar ist?«

»Ja, Luisa hat es mir gerade erzählt.«

Während ich sprach, versuchte ich nicht nur meine Hand, sondern auch meine Würde zurückzugewinnen.

»Und mir sagte sie, Sie hätten gestern Nachmittag mit Dottore Salvioni Golf gespielt?«

»Ja, das ist richtig, wir haben erst zu viert bis zum achtzehnten Loch gespielt und dann noch ein Bier zusammen getrunken. Anschließend bin ich erst unter die Dusche und dann nach Hause gegangen.«

»Haben Sie danach vielleicht noch mit Dottore Salvioni telefoniert?«

»Nein, ähm ... Wenn ich noch einmal mit ihm gesprochen hätte, hätte ich das erwähnt.«

In der Zwischenzeit dachte ich weiter darüber nach, wo zum Henker mein Handy sein könnte ... Vielleicht stand mir das ins Gesicht geschrieben, denn als Nächstes fragte der Maresciallo, seit wann ich es vermisse.

»Ehrlich gesagt, ich weiß es nicht ... Aber gestern habe ich es mit Sicherheit nicht benutzt.«

Wie vorherzusehen war, verwandelte sich der Gesichtsausdruck aller Anwesenden von pathetischem Mitleid in eine Verurteilung ohne Möglichkeit auf Berufung.

Doch dann gab mir mein Stolz einen Ruck, und ich wollte mich nützlich machen. Also nannte ich die Namen der anderen Männer, mit denen wir am Abend gespielt hatten, bis mir der Maresciallo bei der Erwähnung von Casati Vitali ins Wort fiel. Schließlich blieb mir nichts anderes übrig, als mich ihrer Meinung anzuschließen und zuzugeben, dass mein Handy einen aufmerksameren Besitzer verdient hat...

Während unseres Gesprächs trafen weitere Klubmitglieder ein, die sich für das an diesem Sonntag geplante Wettspiel im Sekretariat eintragen wollten. Der Präsident forderte Claudia, eine der beiden Sekretärinnen, auf, an ihren Arbeitsplatz zurückzukehren und von jedem Spieler die fünfzehn Euro Teilnahmegebühr einzusammeln. Auch mich hatte inzwischen, mit der gütigen Erlaubnis meines Rituals, die Spiellust gepackt.

Maresciallo Costanzo schaute mich weiterhin an, als hätte ich noch viel zu sagen. Dabei hatte ich wirklich keine Ahnung, wo Massimo stecken könnte.

»Luisa meinte, Sie hätten schon auf dem Platz gesucht, weil ihm vielleicht plötzlich übel wurde...«, begann ich.

»Die *Caddies* haben ihn gestern Abend gesucht, und heute Morgen haben wir alle Krankenhäuser und seine Angehörigen angerufen. Aber niemand weiß etwas.«

Er schaute mich vielsagend an, trat einen Schritt auf mich zu, nahm mich unter den Arm und zog mich von den anderen weg: »Hören Sie, Ranieri. Sie wissen nicht zufällig, ob Dottore Salvioni vielleicht, sagen wir einmal, andere Treffen hatte? Sie wissen schon... der Verein, die Ehefrauen der anderen Spieler, vielleicht ein Seitensprung?«

Eigentlich wollte ich ihm erklären, dass ich von Beruf Journalist bin und mich von daher nur dann zur Vertrauensperson eigne, wenn man etwas an die große Glocke hängen will. Außerdem würde ich noch nicht einmal dann einen Ehebruch erkennen, wenn man mit dem Finger darauf zeigen würde. Doch anscheinend vertraute mir der Maresciallo, und ich wollte ihn nicht enttäuschen. Also antwortete ich mit Nachdruck in der Stimme: »Signor Maresciallo, zum einen ist Massimo meiner Meinung nach nicht der Typ für so etwas, und zum anderen sind mir tatsächlich keinerlei außereheliche Affären bekannt.«

Ich hätte erwartet, dass der Maresciallo dieses Verschwörungsgehabe nun endlich aufgeben würde. Doch er erwiderte: »Nun, dann könnte es sich vielleicht auch um einen Scherz handeln ... Sie wissen schon, so unter alten Freunden ...«

»Vielleicht wäre es besser, wenn wir ein kleines Missverständnis klären, Signor Maresciallo. Ich bin kein enger Freund von Massimo. Was ich damit sagen will, ist, dass wir zusammen Golf spielen, aber mehr auch nicht. Wir treffen uns nicht außerhalb des Vereins. Von daher kann Ihnen wohl nur Patty helfen.«

»Wer ist Patty?«

»Ich meinte natürlich Roberta, Signor Maresciallo, Salvionis Ehefrau. Aber sie will lieber Patty genannt werden ...«

»Warum das denn? Sie heißt ja jetzt nicht Genoveva oder so«, wunderte sich der Maresciallo.

Seine Logik war tadellos, und mir blieb nichts anderes übrig, als die kameradschaftliche Atmosphäre auszunutzen und über seine Frage hinwegzugehen. »Nun ja ... Sie wissen ja ... Frauen ...«

Letztendlich gab er mir als Zeichen männlichen Verständnisses seufzend meinen Arm zurück, drehte sich um und widmete sich wieder voll und ganz unserem Presidente Galli: »Ich möchte, dass Sie alle Mitglieder fragen, ob sie Dottore Salvioni gesehen haben oder ob sie irgendetwas wissen. Sollten sich dabei irgendwelche Informationen ergeben, hier ist die Nummer der Kaserne. Mehr können wir im Moment nicht tun.«

Der Maresciallo und der zweite Carabiniere hinterließen ihre Adresse im Sekretariat und verließen den Klub.

Ich fragte mich derweil, was ich nun tun könnte. Mit dem Wettspiel war es für heute passé. Mir war die Lust vergangen. Ich beschloss, mich trotzdem umzuziehen und zum Übungsplatz zu gehen. Meistens konnte ich mich sehr gut entspannen, wenn ich einfach die Bälle schlagen konnte, ohne dem Stress ausgesetzt zu sein, wo sie denn landen würden. Das half beim Nachdenken. Ich zweifelte keinen Augenblick daran, dass Massimo einen guten Grund für seine Abwesenheit hatte. Aber ich hatte irgendwie das Gefühl, dass mir etwas entgangen war.

Während ich mich umzog, belauschte ich in der Umkleide die Gespräche der anderen Spieler. Am beliebtesten war die Theorie, Massimo sei mit einer anderen Frau durchgebrannt. Ein Spieler, den ich jedoch nicht sehen konnte, weil die Spinde mir den Blick versperrten, und dessen Stimme ich nicht erkannte, vermutete, Massimo habe vielleicht seine Spielschulden in einem Kasino nicht begleichen können, und man hielte ihn deswegen dort fest... oder Schlimmeres. Ich glaubte keiner dieser Vermutungen, da sie alle nicht meiner Meinung über Massimo entsprachen. Aber ich hatte mich im Laufe meines Lebens auch schon sehr oft in den Menschen getäuscht. Was Patty wohl gerade dachte und wie es ihr wohl gehen mochte?

Auf dem Übungsplatz schob ich für den Moment alle Gedanken und Mutmaßungen, die mir in den Sinn kamen und sich in meinem Kopf überschlugen, beiseite und nahm das *Pitching-Wedge* aus meiner Golftasche, das Eisen, mit dem ich mich immer aufwärme. Meine nachfolgenden Schläge bestätigten, dass es richtig gewesen war, nicht am Turnier teilzunehmen. Mir fehlte nicht nur der Rhythmus, ich umfasste auch den Griff des Schlägers zu fest und hatte keine richtige Spannkraft. So gingen meine Schläge wahllos nach rechts oder nach links daneben.

Der Oktober ist mein Lieblingsmonat in den Colli Euganei. Die Hitze der Sommermonate ist dann vorbei, aber die Kälte der Wintermonate hat sich noch nicht festgebissen. In dieser Jahreszeit nehmen die Wälder auf den Hügeln um den

Golfplatz herum warme Gelb- und Rottöne an, als wollten sie auf diese Weise all die Wärme zurückgeben, die sie in dem gerade vergangenen Sommer aufgesogen hatten.

Ich überlegte gerade, ob ich das Training nicht gleich wieder beenden und unter die Dusche gehen sollte. Noch unentschlossen schlug ich den nächsten Ball mit Eisen 7, aber meine Arme bewegten sich im Vergleich zu meiner Beckendrehung zu früh. Der Ball flog nach links und besiegte den letzten Rest Unschlüssigkeit, noch bevor er wieder auf der Erde landete. Ich packte meinen Schläger in die Tasche.

Es war noch nicht einmal zehn Uhr am Morgen, als ich sicherlich als Erster in die Umkleide zurückkam. Es war sogar so früh, dass Carlo Buonafiore, der *Caddy-Meister*, noch dabei war, die schmutzigen Handtücher vom Vortag einzusammeln. Nachdem ich geduscht hatte, stellte ich frustriert fest, dass das Regal, in dem für gewöhnlich die sauberen Handtücher lagen, leer war. Okay, keine Panik. Ich wusste, dass die Putzfrau immer einen Vorrat an Handtüchern in dem Schrank vor der Sauna aufbewahrte. Also lief ich nackt, nass und voller Hoffnung in den Vorraum der Sauna, bloß um überrascht festzustellen, dass das Bullauge der Saunatür komplett beschlagen war, während auf der Bank in der Sauna eine menschliche Silhouette zu erahnen war.

Was könnte einen Mann nur dazu bringen, sich an einem so milden Oktobertag, morgens um zehn Uhr, zu quälen? Das war für mich noch unverständlicher als die Streifen in der Zahnpasta. Ich fand den Stapel mit den frischen Handtüchern an dem vermuteten Platz, musste aber an dem Saunafenster vorbeigehen, um mir welche zu holen. Dabei warf ich einen äußerst interessierten Blick in das Saunainnere und versuchte zu erkennen, wer da drinnen war. Obwohl ich nichts sehen konnte, nahm ich intuitiv den unnatürlich geneigten Kopf des Mannes wahr. Ich beschloss, hineinzugehen und zu fragen, ob alles in Ordnung sei. Doch ich sollte keine Antwort bekommen. Während ich näher trat, begann mein Herz zu rasen. Sein Kopf hing nach hinten, als würde er zur Decke starren. All meine Zweifel waren wie weggewischt. Ich stellte einen Fuß auf die Bank und stemmte mich hoch, um sein Gesicht sehen zu können. Mein Herz schien in meiner Brust zu bersten. Der Anblick war so entsetzlich, dass ich glaubte – wie bei einem Anfall von Höhenangst –, ins Leere zu fallen. Ich wollte mich beherrschen, doch ich war so schockiert, dass ich glaubte, mit den Augen eines anderen in dieses Gesicht zu schauen. Seine Augenhöhlen waren leer. Die Nase sah aus, als wäre sie explodiert. Sie klaffte weit auf und war in einer obszönen Pose gespreizt. Die Lippen waren mit einem Nylonfaden zugenäht, und der Mund sah aus, als warte er auf einen Kuss. Das Gefühl der Leere erreichte mein Hirn, das Bild vermischte sich mit dem Dampf in der Sauna, und so schnell, wie mein Herz raste, brach die Dunkelheit über mich herein.

Ich lag auf dem nassen Boden der Sauna und spürte einen heftigen Schmerz im Nacken. Ob er von dem Sturz herrührte oder von dem Schock nach dieser fürchterlichen Entdeckung, konnte ich nicht genau sagen. Die Leiche des Mannes lag vor mir. Ich konnte nicht klar denken, verstand nicht, was geschehen war, und wusste nicht, was ich tun sollte. Schließlich setzte ich mich, stützte mich an der Wand ab und stand langsam auf. Ich schleppte mich in die Umkleide und hörte, wie jemand mit mir sprach, vielleicht grüßte er mich.

Dann kam noch jemand herein. Er sah mich äußerst besorgt an, und ich hörte mich sagen: »Massimo ist da drinnen. Er ist tot.«

Ich setzte mich auf eine Bank und versuchte, wieder klar im Kopf zu werden, während in der Umkleide ein unglaubliches Chaos entstand. In dem ganzen Kommen und Gehen der Spieler, Grünschnäbel, Sekretärinnen, Platzwarte und deren

Verwandten und Freunden kamen mir zwei Dinge in den Sinn: Erstens, in allen amerikanischen Krimis ist der Schauplatz eines Verbrechens ausschließlich dem Mörder, dem Opfer und einigen Beamten der Spurensicherung vorbehalten. Zweitens, ich war noch immer nackt. Was den ersten Punkt betraf, so musste sich die Spurensicherung zweifelsohne damit abfinden, bei uns mehr Fingerabdrücke als in der Mailänder U-Bahn zur Hauptverkehrszeit zu finden. Was den zweiten Punkt anging, beschloss ich, meine Kronjuwelen mit den Händen zu bedecken und mit schlecht verhüllter Verlegenheit zu meinem Spind zu gehen.

Ich hatte mich noch nicht fertig angezogen, als Signor Maresciallo Costanzo, der offensichtlich wieder zurückgerufen worden war, alle aufforderte, den Umkleideraum zu verlassen. In aller Eile zog ich mich an, schloss meine Tasche mit den schmutzigen Kleidungsstücken und wollte gerade den Raum zusammen mit den anderen verlassen, als der Maresciallo mir nachrief: »Ranieri, warten Sie. Sie müssen hier bleiben und mir erzählen, was Sie gesehen haben.«

»Signor Maresciallo, geben Sie mir fünf Minuten. Ich brauche erst einmal eine Tasse Kaffee, um mich zu erholen.«

»Machen Sie sich keine Sorgen. Sie bleiben hier, und ich bestelle Ihnen etwas zu trinken.«

Während der Maresciallo an der Theke fast schreien musste, obwohl Claudia ganz in seiner Nähe stand, und einen Kaffee bestellte, nahm ich meine Tasche und setzte mich resigniert wieder auf eine Bank in der Umkleide.

Der Maresciallo kehrte zurück, und ich wurde zum ersten Mal in meinem Leben von einem Polizisten befragt.

»Also, Ranieri ... Was soll ich davon nur halten, hm?«

»Wie, was Sie davon halten sollen? Was meinen Sie?«, fragte ich verdutzt.

»Na ja, ich muss schon sagen. Das ganze Chaos hier.

Salvioni wurde ermordet, Sie haben ihn gefunden und werden ohnmächtig, all die Leute, die plötzlich in das Dampfbad kommen ...«

»Das ist eine Sauna«, verbesserte ich ihn mit tonloser Stimme.

»Wie bitte?«

»Ich sagte, es ist eine Sauna, kein Dampfbad«, wiederholte ich.

»*Cazzo*, Ranieri! Da drin wurde ein Toter gefunden, ermordet, und Sie kritisieren mich hier wegen des Dampfbads?«

»Hören Sie, Signor Maresciallo. Lassen Sie mich für einen Moment nach draußen gehen. Ich muss mich erst einmal sammeln und brauche frische Luft.«

»*Pazienza*, das dauert nur ein paar Minuten. Ich habe die Zentrale in Padua informiert, und Staatsanwalt Dal Nero wird bald mit dem Gerichtsmediziner und der Spurensicherung hier eintreffen. Ich brauche Sie, denn Presidente Galli hat mir gesagt, dass Sie derjenige waren, der Dottore Salvioni gefunden hat. Übrigens: Woher wussten Sie eigentlich, dass der Tote Salvioni ist? So übel, wie er zugerichtet wurde, ist er nämlich kaum zu erkennen ...«

»Massimo hat eine Tätowierung von Sampdoria auf dem Arm. Er ist der einzige Fan dieser Fußballmannschaft, den ich in ganz Venetien kenne.«

»Ich bin jetzt schon seit über dreißig Jahren im Dienst, aber so etwas habe ich noch nicht gesehen. Und damit meine ich nicht nur den Mord. Meiner Meinung nach hat der Mörder mit dem zugenähten Mund und den leeren Augenhöhlen eine Botschaft hinterlassen ... Hätte er ihn einfach nur töten wollen, hätte er ihn nicht so zurichten müssen.«

Während wir sprachen, hörten wir in der Ferne die Sirenen eines Krankenwagens oder eines Polizeiwagens oder vielleicht auch von beiden.

»Hören Sie das, Ranieri? Da sind sie schon.«

»Aber was passiert denn jetzt?«

Ich war tatsächlich beunruhigt, denn ich wollte auf gar keinen Fall noch einmal in die Sauna und damit zu diesem grausamen Schauplatz zurückkehren müssen.

»Oh, nur die Ruhe! Sie müssen nur ein paar Fragen beantworten.«

»Signor Maresciallo, das weiß ich selbst. Was ich meinte, ist, ob ich noch einmal in die Sauna gehen muss!«

»Das weiß ich nicht. Das bleibt denen überlassen, die wissen, was sie tun.«

Wir standen vor den Spinden und hörten, wie draußen eine Diskussion im Gange war. Dabei konnten wir eine hohe Stimme ausmachen. Gerade als der Maresciallo beschloss, hinauszugehen, um zu sehen, was da los war, kam eine blonde Frau mit einem Tablett und Kaffee in den Händen herein.

Äußerst unwirsch fragte sie den Maresciallo: »Für wen ist der Kaffee?«

Noch bevor der Maresciallo antworten konnte, rief ich: »Für mich.«

»Aha! Wollen Sie vielleicht auch noch zwei Croissants? Oder einen Orangensaft?«, fragte die Unbekannte.

Normalerweise wäre mir der rhetorische Unterton ihrer Frage sicherlich nicht entgangen. Doch benommen, wie ich war, meinte ich: »O ja, gerne, und wenn Sie dann vielleicht noch etwas Rohrzucker hätten …«

Sichtlich irritiert knallte die Frau das Tablett auf die Bank, auf der ich saß, und sah mich an, als sei ich eine Taube, die ihr gerade einen Streich auf ihrem sauberen Regenmantel gespielt hat.

In einem Ton, der keine Antwort empfahl, meinte sie: »Haben Sie schon gehört? Das hier ist der Schauplatz eines Verbrechens, während das Lokal eine Etage höher ist. Und genau dahin sollten Sie freundlicherweise so schnell wie möglich gehen!«

Ich begegnete dem Blick des Maresciallo, der hinter dem Rücken der Frau resigniert mit den Schultern zuckte.

Obwohl mir der Grund ihrer Arroganz schleierhaft war, fragte ich sie leicht gereizt: »Da wollte ich eben hingegen. Entschuldigen Sie die Frage, aber wer sind Sie überhaupt?«

Nun mischte sich der Maresciallo ein und stellte mich ihr als denjenigen vor, der Massimos Leiche entdeckt hatte.

Etwas weniger scharf stichelte die Frau nun in Richtung Costanzo: »Das verstehe ich nun wirklich nicht. Wieso sollte der Kaffee hierher gebracht werden, an den Tatort? Maresciallo, wenigstens Sie ...«

Vielleicht lag es an der durch den Adrenalinanstieg verursachten wachsenden Spannung, dass mir der Hinweis auf die Tatsache nicht entging, dass diese durchgeknallte Person glaubte, keinerlei Verständnis von mir erwarten zu können. So langsam war ich mit meiner Geduld am Ende: »Entschuldigen Sie, wenn ich mich wiederhole. Aber wer sind Sie?«

Sie sah mich an und antwortete: »Ich bin Giulia Dal Nero, die mit diesem Fall betraute Staatsanwältin.«

Toll, der Tag fing ja wirklich gut an ...

Nachdem sie erfahren hatte, welche Rolle ich in diesem Fall spielte und wie ich auf die Entdeckung der Leiche reagiert hatte, wurde Staatsanwältin Dal Nero dann aber doch etwas umgänglicher. Sie bat mich, den Umkleideraum zu verlassen, und verwies mich an einen Appuntato, der meine Zeugenaussage zu Protokoll nehmen sollte.

Kurze Zeit später fand ich mich mit einem Kaffee in der Hand im Restaurant wieder, wo ich einem Polizisten, der sich als Appuntato Cipolla vorstellte, meine Personalien gab. Und als ich gezwungenermaßen nah an ihn herantreten musste, konnte ich mir angesichts seines treffenden Nachnamens – Cipolla, die Zwiebel – ein Grinsen nicht verkneifen.

Wir waren allein mit Luisa, die gerade auf Anweisung der Staatsanwaltschaft das Restaurant abschloss. Alle Mitglieder waren bereits gegangen, nachdem sie den Carabinieri ihre Personalien gegeben hatten.

Noch bevor ich alle Telefonnummern, unter denen ich zu erreichen bin, genannt hatte, trat die Staatsanwältin ein. Sie sah verstört und schrecklich blass aus und bat Luisa um ein Glas Wasser.

Ohne mich anzusehen, gestand sie: »Man hatte mir ja gesagt, dass es ein furchtbarer Schauplatz sei, aber mit so etwas hatte ich wirklich nicht gerechnet …«

Ehrlich gesagt, bereitete es mir eine gewisse Befriedigung, dass sogar die Staatsanwältin, die mit Sicherheit solche oder so ähnliche Situationen bereits erlebt hatte, Probleme bekam, diesen Anblick zu verarbeiten. Ich spürte eine gewisse Verbundenheit zwischen uns, hatten wir doch bei diesem Anblick das Gleiche empfunden. Durch dieses Gefühl ermutigt, legte ich meine Hand auf ihre Schulter und schenkte ihr ein verständnisvolles Lächeln.

Sie drehte sich zu mir um, und unsere Blicke trafen sich kurz, bevor sie zu Appuntato Cipolla meinte: »Es wäre äußerst hilfreich, wenn Sie die Kommandantur in Padua kontaktieren könnten, damit alle bereits gesammelten Informationen an die Staatspolizei gesendet werden.«

Dann wandte sie sich an mich: »Herr, ähm …«

»Riccardo Ranieri.«

»Signor Ranieri, Sie können jetzt gehen. Aber halten Sie sich bitte zu unserer Verfügung, da ich am Nachmittag, nachdem die Spurensicherung ihre Untersuchung vor Ort abgeschlossen hat, noch einige Fragen an Sie haben werde. Außerdem benötigen wir noch Ihre Erklärung, dass Sie der Erste waren, der Dottore Salvionis Leiche gefunden hat.«

»Natürlich, ich verstehe, aber, ähm … Ich habe leider keine Ahnung, wo mein Handy ist, und zu Hause habe ich keinen Festnetzanschluss.«

»Wo wohnen Sie?«

»Ganz in der Nähe, in Bastia.«

»Gut. Dann verlassen Sie Ihr Haus bitte nicht. Ich werde einen Polizeiwagen vorbeischicken, der Sie abholt.«

Die Schnelligkeit, mit der diese Frau reagierte und die Situation im Handumdrehen im Griff hatte, überraschte mich.

Staatsanwältin Dal Nero verabschiedete sich und ging in Richtung Umkleide. Ich ertappte mich dabei, wie ich ihren Rücken betrachtete und ihre Figur bewunderte – auch wenn das sicherlich nicht der richtige Moment für solche Gedanken war.

Ich verließ den Klub und ließ eine Schar Neugieriger hinter mir, als ich in meinen Volvo-Kombi stieg. Ich schloss die Tür und genoss für einen Moment den Schutz des Fahrzeuginnern und das Gefühl des Alleinseins, bevor ich den Motor startete.

Die kurze Fahrt vom Klub bis zu meinem Haus, das weniger als fünf Kilometer entfernt liegt, ist recht beeindruckend. Die schmale Straße führt über einen Hügel und durch einen dichten, nahezu magischen Wald. Hier begegnen einem nur selten andere Fahrzeuge, und wenn, verspüre ich stets einen Hauch von Belästigung, fast Eifersucht, weil ich diesen kleinen Zauber mit einem Fremden teilen muss. Sobald man aus dem Wald herausfährt, führt die Straße zur Bundesstraße, die Padua mit Bastia verbindet. Sobald man das Dorf hinter sich gelassen hat, führt sie über drei Kilometer nach Vicenza.

Mein Haus, ein abgeschiedenes Landhaus, liegt nicht direkt an der Straße, und um es zu erreichen, muss man fünfzig Meter über das Grundstück meines Nachbarn Giuseppe laufen.

Umgeben von einem riesigen Garten, der zum Teil als Obstgarten genutzt ist, wird es auf der Rückseite vom Damm eines Bewässerungskanals eingegrenzt. Ich liebe dieses Haus. Als ich vor fünf Jahren von Mailand hierherzog, verliebte ich mich sofort in dieses Anwesen. Ich lebe hier alleine, genauer gesagt, mit zwei deutschen Schäferhunden. Schon als Kind wollte ich solche Hunde haben. Das Weibchen heißt Mila, der Stadt zu Ehren, die mich jahrelang ertragen hatte, das Männchen Newton, als Anspielung auf meine heimliche Leidenschaft für die Physik. Mila wiegt siebenundzwanzig Kilogramm und erinnert ein bisschen an einen Kojoten, während Newton fünfzig Kilo wiegt, und wenn ich eine Ähnlichkeit finden sollte, würde ich sagen, dass er rein äußerlich einem Bären gleicht. Wirklich kurios ist aber, dass der Charakter dieser Hunde tatsächlich ihrem Äußeren entspricht: Newton ist faul, ruhig und selbstbewusst. Er lässt sich gerne verwöhnen und kommt gut mit anderen Hunden zurecht, zumindest solange sich niemand an Mila heranwagt. Wenn das passiert, beißt Newton nur einmal zu, aber das reicht dann auch. Ganz anders Mila – sie ist gereizt, nervös, immer aufmerksam und zeigt jede Art von Gefahr durch ihr Bellen an. Leider hält sie auch die Autos, die in fünfzig Metern Entfernung vorbeifahren, die Stimmen der Nachbarn und sogar das Vogelgezwitscher in den Bäumen für potenzielle Gefahrenquellen, die akribisch zu melden sind. Von den vierzehn Stunden, die Mila jeden Tag im Garten ist, verbringt sie dreizehn Stunden mit Bellen und provoziert damit unvermeidlich Streitgesänge mit allen anderen Hunden im Umkreis von einem Kilometer. Diese Tatsache, gepaart mit meiner grenzenlosen Unfähigkeit im Bereich der Gartenkunst, verhilft mir nur zu wenig Vertrauen in der strengen Gemeinschaft von Bastia.

Sobald ich durch das Tor fuhr, wurde ich schwanzwedelnd von den eigentlichen Hausherren begrüßt. Wie immer stellte

Mila ihre Vorderbeine auf die Fahrertür. Ich habe ja den begründeten Verdacht, dass der Kfz-Mechaniker aus dem Dorf ihr dieses Verhalten beigebracht hat, denn er erlebt seit meinem Umzug einen unerwarteten wirtschaftlichen Wohlstand. Ihr Empfang kostet mich pro Jahr an die tausend Euro, aber dieses Geld ist gut angelegt: Jedes Mal, wenn ich zu meinen Hunden komme und sie sich freuen, mich zu sehen, hellt sich meine Stimmung auf.

Ich stieg aus dem Auto und öffnete unter Milas und Newtons üblichen Freudenausbrüchen die Haustür. Ich entschärfte die Alarmanlage und machte mich entschlossen wie nie auf die Suche nach meinem Handy. In meinem Haus etwas zu suchen ist jedoch keine leichte Sache. Das Landhaus verfügt über dreihundert Quadratmeter Wohnfläche, verteilt auf drei Etagen. Und berücksichtigt man dann noch meinen angeborenen Hang zur Unordnung, bekommt man eine ungefähre Vorstellung von der Schwierigkeit des Unternehmens, zu dem man mich verpflichtet hatte. Ich gab mich nicht der Illusion hin, den Signalton für entgangene Anrufe zu hören: Ich hatte mein Handy seit mindestens fünf Tagen nicht mehr aufgeladen. Aber ich ging davon aus, genügend Zeit zu haben. Die Ermittlungsbeamten brauchten für die Spurensicherung, die Zeugenanhörungen und den Konsum verschiedener Spirituosen zur Überwindung des Schocks sicherlich mehrere Stunden, bevor sie die Ermittlungen im Golfklub Frassanelle abgeschlossen hatten.

Es war ganz egal, in welchem Zimmer ich mit der Suche beginnen würde, warum also nicht in der Küche? Mit dieser Ausrede und nach einen kurzem Besuch des Badezimmers wollte ich mir gerade ein Salamisandwich zubereiten. Ich hatte noch nicht einmal die Wurstscheiben auf dem Brot drapiert, als ich, angekündigt von Milas lautem Grollen, in der Ferne die Polizeisirene hörte. Vom Küchenfenster aus sah ich, wie das Auto vor dem ersten Tor an der Straße hielt. Es war das Tor des

Nachbarn, dessen Grundstück man aufgrund des Wegerechts überqueren muss. Er musste das Tor bereits geöffnet haben, denn als ich vor die Tür trat, stand das Polizeiauto schon vor mir.

Inzwischen unterstützte Newton Milas Proteste gegen die Neuankömmlinge, und so konnte ich nur vermuten, dass der Polizist, der aus dem Wagen stieg, meinen Namen rief. Ich schaltete den Alarm wieder ein, schloss die Tür und ging zu ihm herüber.

KAPITEL 2

»Signor Ranieri, wir sollen Sie zur Staatsanwaltschaft nach Padua bringen.«

Ich öffnete die hintere Autotür, stieg ein und nahm neben einem zweiten Polizisten Platz.

»Ja, natürlich. Ich hatte nur erst später mit Ihnen gerechnet.«

Noch bevor ich die Autotür geschlossen und meinen Satz beendet hatte, legte der Polizist am Steuer bereits den Rückwärtsgang ein und fuhr mit quietschenden Reifen los. Dabei kam das Auto ins Schleudern, und seine Räder durchfurchten über eine Länge von drei Metern die Beete meines Nachbarn. Das würde mir ein Klagelied von mindestens zwanzig Minuten und einen Vortrag über die Inkompatibilität zwischen den Jungpflanzen des Was-weiß-ich-welchen-Gewächses und den Reifen eines Polizeiwagens einbringen!

»Ich glaube, es gibt Neuigkeiten in dem Fall. Staatsanwältin Dal Nero hat uns gebeten, Sie direkt nach Padua zu bringen«, erklärte der Polizist neben mir.

»Ist die Staatsanwältin denn nicht mehr in Frassanelle?«

»Nein, sie ist inzwischen wieder nach Padua zurückgefahren.«

Auf dem fünfzig Meter langen Weg, der mein Haus von der Straße trennt, erreichten wir mit lautstarker Sirene vermutlich hundert Stundenkilometer. Hoffentlich hatte mein Nachbar seine Hühner im Hühnerstall eingesperrt. Andernfalls stünden mir eine Strafpredigt und ein tiefer Griff in mein Portemonnaie bevor. Als wir an Giuseppes Haus vorbeifuhren, stand seine ganze Familie am Fenster, um zu sehen, was da vor sich ging. Erst da wurde mir bewusst, dass es für sie so aussah, als hätte man mich in ein Polizeiauto verfrachtet, und die Sirene bestärkte diese unheilvolle Hypothese. Ihre Blicke bestätigten meine Bedenken: Seine Frau und seine Tochter schüttelten den Kopf, als wollten sie sagen, dass jemand wie ich früher oder später unweigerlich in Schwierigkeiten geraten musste. Nun waren all meine noch verbleibenden Chancen auf eine soziale Anbindung im Dorf unwiderruflich vertan.

Wir verließen den schmalen Pfad, fuhren mit quietschenden Reifen auf die Straße und erreichten mit mehr als einhundertfünfzig Stundenkilometern das Dorf. Ich umklammerte mit beiden Händen den Haltegriff am Autohimmel. In meiner Heidenangst versuchte ich dem Fahrer zu erklären, dass ich angesichts meiner Rolle innerhalb der Ermittlungen zum Mord an Massimo eine so rasante Fahrweise nicht für erforderlich hielt. Schließlich war ich mit Sicherheit nicht der Mörder. Doch die Polizisten meinten nur, die Staatsanwältin hätte sie gebeten, sich zu beeilen. Ich verstand den Grund für diese Eile zwar nicht, richtete meine Aufmerksamkeit nun jedoch ausschließlich auf meinen Magen. Ich leide an der Autokrankheit, und mir wurde früher sogar in der Straßenbahn von Mailand immer übel. Ich öffnete das Fenster und hoffte, die frische Luft würde mir helfen. Aber leider konnte man jetzt das Geheule der Sirene nicht mehr ertragen.

Bis nach Padua verlief die Straße einigermaßen gerade, sodass sich die Übelkeit auf einem erträglichen Niveau hielt. Doch als wir in die Stadt einfuhren, verschlechterte sich mein Zustand von Kurve zu Kurve. Zum Glück hatte ich seit dem Vortag nichts mehr gegessen, sonst hätte ich mich kaum zusammenreißen können. Endlich hielten wir mit quietschenden Reifen vor der Staatsanwaltschaft. In leicht komatösem Zustand stieg ich aus dem Wagen und musste gar nicht erst in einen Spiegel schauen, um zu wissen, dass ich leichenblass war. Mir war so schlecht, dass ich mir schwor, niemals ein Verbrechen zu begehen, nur um nicht noch einmal diese Folter ertragen zu müssen.

Die beiden Polizisten mussten mich mehr oder weniger in den Aufzug schleppen, mit dem wir in den dritten Stock fuhren. Der Fahrstuhl war alt und langsam, und es dauerte ziemlich lange, bis sich seine Tür wieder öffnete und den Blick auf einen Flur mit grünem Linoleumboden und Dutzenden Türen freigab. Zielstrebig gingen die beiden Beamten auf eine Tür mit dem Namensschild der Staatsanwältin zu. Während sie anklopften, musste ich mir eingestehen, dass ich mich auf das Wiedersehen trotz allem freute. Der Polizist, der das Auto gefahren hatte, öffnete die Tür, trat ein und meldete meine Anwesenheit. Ich glaubte, ebenfalls eintreten zu sollen, machte einen Schritt nach vorne … und prallte gegen den Beamten, der auf Drängen der Staatsanwältin stehen geblieben war. Die Dal Nero erklärte mir, wir müssten umgehend zum Haus der Salvionis fahren und uns auf dem Weg dorthin weiter unterhalten. Also fuhren wir mit dem Aufzug wieder nach unten und stiegen vor der Staatsanwaltschaft zu meiner großen Enttäuschung wieder in das Polizeiauto. Unnötig zu erwähnen, dass wir mit quietschenden Reifen und Sirenengeheule losfuhren. Ich wollte vor der Frau nicht als Schwächling dastehen und versuchte, völlig unbekümmert zu wirken, eben wie ein Mann, der an gewisse Spannungen gewöhnt ist. Dabei war ich felsenfest davon überzeugt, dass die Dal Nero nichts von meinem Unwohlsein bemerkte.

»Was haben Sie denn, Ranieri? Ist Ihnen nicht gut? Ihr Gesicht hat die gleiche Farbe wie der Linoleumboden in meinem Büro …«

Toll, erwischt.

»Nein, nein ... Es ist nur ... Ich leider mitunter an der Autokrankheit ...«

»Halten Sie durch, Ranieri. Die Fahrt dauert höchstens eine Viertelstunde.«

»Das glaube ich gern! Bei dem Tempo ist es ein Wunder, dass wir nicht abheben«, japste ich.

»Es tut mir leid, dass es so gekommen ist. Aber es gibt Neuigkeiten, leider.«

»Leider?«

»Heute Morgen bat ich unsere Polizeipsychologin, Signora Salvioni die Nachricht vom Tod ihres Mannes zu überbringen. Da sie weder ans Telefon noch an ihr Handy ging, ließ die Psychologin die Wohnung vom Hausmeister mit einem Zweitschlüssel öffnen und fand Signora Salvioni tot auf.«

»Tot? Nein, nicht Patty! Wieso denn tot? Wurde sie auch ermordet?«, fragte ich völlig überrascht.

»Ja. Nach dem, was mir die Psychologin erzählt hat, hat man ihr mit einem Golfschläger den Kopf eingeschlagen.«

Ich war zutiefst betroffen.

»*Cristo*, was geht hier nur vor sich? Arme Patty ... Ich kann es kaum glauben ... sie, Massimo ... zwei so wunderbare Menschen!«

»Solange wir das Motiv für die Morde noch nicht kennen, kann ich Ihnen diese Frage nicht beantworten. Aber vielleicht können Sie uns ja helfen.«

»Wie denn?«

»Kurz vor ihrem Tod hat Signora Salvioni versucht, Sie auf dem Handy zu erreichen. Übrigens, haben Sie es in der Zwischenzeit gefunden?«

»Ähm, nein. Ich hatte noch keine Zeit, es zu suchen.«

»Auf jeden Fall haben die Polizisten, die bereits am Tatort sind, diesen Anruf der Signora Salvioni auf dem Telefondisplay gesehen. Jetzt wollen wir von Ihnen natürlich wissen, warum sie Sie sprechen wollte.«

»Ich habe keinen blassen Schimmer! Vielleicht wollte Patty fragen, ob ich ihren Mann gesehen hatte.«

»Das könnte sein. Signora Salvioni hat innerhalb kürzester Zeit auch Signor Ranni und weitere Personen angerufen, die ihren Mann zuletzt im Klub gesehen hatten.«

Mir blieb gerade noch genügend Zeit, um die Enttäuschung auf dem Gesicht der Staatsanwältin zu registrieren, bevor ich den unbändigen Drang verspürte, mich zu übergeben. Ich öffnete das Fenster auf meiner Seite, das sich leider nur halb öffnen ließ, streckte meinen Kopf, so weit es ging, heraus und ließ meinem Magen freien Lauf. Gott sei Dank faste ich hin und wieder, sodass ich das Autofenster nur wenig beschmutzte. Aber vermutlich war nun mein Ansehen bei dieser Frau wie schon bei meinen Dorfnachbarn unwiderruflich geschädigt. Ich tupfte mir mit einem Tuch das Gesicht ab und konnte sowohl ihren Blick als auch das Grinsen der beiden Beamten vorne im Wagen spüren.

»Entschuldigen Sie vielmals, aber ich konnte mich einfach nicht beherrschen …«, rechtfertigte ich mich beschämt.

»Machen Sie sich keine Sorgen, Ranieri, das macht nichts. Es tut mir wirklich leid, dass wir so rasen, aber in solchen Fällen ist die Zeit ein entscheidender Faktor.«

»Ja, das verstehe ich. Aber ich habe seit heute Morgen das Gefühl, durch einen Fleischwolf gedreht zu werden. Dass Massimo und Patty auf so gewalttätige Art und Weise gestorben sind, ist wirklich ein furchtbarer Schock.«

»Erzählen Sie mir mehr über Ihre Beziehung zu den beiden«, bat die Dal Nero.

»Da gibt es nicht viel zu erzählen. Wir haben uns fast jedes Wochenende in Frassanelle zum Golfspiel getroffen. Aber außerhalb des Platzes haben wir uns nie verabredet.«

Schumacher, der Fahrer, unterbrach unsere Unterhaltung. Wir hatten unser Ziel erreicht.

Eilig stiegen wir aus und betraten das vornehme Gebäude, in dessen zweiter Etage die Salvionis wohnten. Oben angekommen, wusste ich nicht, ob die Staatsanwältin noch Wert auf meine Anwesenheit legte. So beschloss ich, die Sache etwas langsamer anzugehen, und nahm mir einen Moment Zeit, um tief Luft zu holen, bevor ich erneut mit einer grausigen Szene konfrontiert wurde. Ich blieb auf dem Treppenabsatz stehen, weil ich nicht wirklich hineingehen wollte. Außerdem brauchte ich einen Augenblick zum Nachdenken. Mir war inzwischen klar geworden, dass ich wohl oder übel schon allein deshalb in diese unglaublich grauenhafte Geschichte verwickelt war, weil ich Massimos Leiche entdeckt hatte. Und wieder spürte ich, dass mir dabei irgendetwas entgangen war … Ich ließ den Vortag noch einmal Revue passieren: Wir spielten Golf. Auf dem Platz hatten wir uns zwar gestritten, aber ansonsten war nichts Besonderes vorgefallen. Selbst die Diskussionen mit Arcadio, so unerquicklich sie auch waren, lieferten keine nützlichen Hinweise. Nach dem Spiel hatten Massimo und ich unserem Ärger zusammen mit Alessandro, der der gleichen Meinung war, im Restaurant noch ein wenig Luft gemacht und dann … Genau, das war es! Und dann sagte Massimo, er wolle noch mit Arcadios Vater sprechen. Das hatte ich vergessen, Appuntato Cipolla zu sagen!

Ich warf einen Blick durch die Eingangstür in Massimos und Pattys Wohnung. Patty lag ausgestreckt da. Sie war wirklich tot. Der Polizist, der uns hierhergefahren hatte, erklärte mir, ich dürfe erst nach Aufforderung der Staatsanwältin eintreten. Ich sah sie kurz von hinten. Ihre Schuhe waren mit Zellophan umwickelt, die Hände steckten in Latexhandschuhen, und auf dem Kopf trug sie eine Duschhaube, während sie mit jemandem sprach, der seinem Anzug nach kein

Gespenst, sondern ein Mitarbeiter der Spurensicherung war. Als hätte sie meinen Blick gespürt, drehte sie sich zu mir um, und für einen kurzen Moment kam es mir so vor, als machte sie ihre seltsame Aufmachung, die weder schön noch weiblich war, verlegen. Ich wollte ihr von dem Besuch erzählen, den Massimo dem Conte abstatten wollte, und gab ihr ein Zeichen, herüberzukommen. Doch ich war nicht schnell genug und sie im nächsten Moment schon wieder außer Sichtweite. Sie schien sich wirklich zu ärgern, dass ich sie so sah. Dabei war sie meiner Meinung nach mir gegenüber noch immer klar im Vorteil: Ich hatte sie mit einer Duschhaube auf dem Kopf gesehen, aber sie mich, während ich gerade gegen die Scheibe eines Polizeiautos kotzte. Ich wandte mich wieder an den Polizisten und erklärte ihm, dass ich unten warten und etwas frische Luft schnappen würde. Sollte er doch von mir denken, was er wollte! Er informierte seinen Kollegen, der vor dem Gebäude stand, über sein Walkie-Talkie, dass ich auf dem Weg nach unten sei.

Während ich die Treppe hinunterging, überlegte ich, ob die Ermittlungsbeamten vielleicht Einzelheiten kannten, die vermuten lassen könnten, ich könnte auch eine ganz andere Rolle spielen als die eines einfachen Bekannten der Opfer. Mir lief ein Schauer über den Rücken, als mir bewusst wurde, dass ich in ihren Augen vielleicht der Mörder war. Doch dann tröstete ich mich mit den Beweisen, zu denen die Spurensicherung fähig war. Wie *National Geographic* in mehreren Dokumentarfilmen gezeigt hatte, kann man anhand eines Kothaufens zurückverfolgen, wer vor einhundertfünfzig Millionen Jahren einen Brontosaurus getötet hatte. Dann konnten die Beamten doch bestimmt auch feststellen, dass ich nichts mit diesen Morden zu tun hatte!

Der Beamte vor dem Gebäude fragte, ob ich noch immer an Brechreiz litte.

»Ich brauche vor allem etwas frische Luft.«

Ich setzte mich auf den Gehweg und zündete mir eine *Toscano*-Zigarre an. Zigarrerauchen hilft mir beim Nachdenken und entspannt mich.

Der Polizist sah mich mit einer Mischung aus Ekel und Vorwurf an: »Und das nennen Sie frische Luft, diese Zigarren?«

Oh, Mann, einen Besserwisser wie ihn konnte ich jetzt wirklich nicht gebrauchen.

Am liebsten hätte ich ihm erklärt, er solle sich um seinen eigenen Kram kümmern, aber er war ja schließlich Polizist.

Also antwortete ich stattdessen: »Zigarren sind weniger schädlich als Zigaretten und schmecken außerdem sehr viel besser.«

Ich hatte gehofft, meine banale Antwort würde ihn davon überzeugen, mich in Ruhe zu lassen, aber er meinte: »Rauchen ist in jeder Form schädlich und die häufigste Todesursache in unserem Land.«

Ich hatte keine Lust auf eine Diskussion, die allein dem Zweck diente, meine Dummheit zu beweisen. Also zog ich es vor, kräftig auf den Putz zu hauen: »Wissen Sie was? Die Salvionis haben weder geraucht noch Alkohol getrunken. Und soweit ich mich erinnere, haben sie mir immer gesagt, dass Rauchen die häufigste Todesursache in unserem Land ist! Seltsamer Zufall, was?«

Vermutlich hatte der Mann endlich verstanden, dass ich keine neuen Kontakte knüpfen wollte, und ließ das Thema mit einem verächtlichen Grunzen fallen.

Ich kehrte zu meinen Überlegungen zurück und fragte mich, ob Massimo noch mit dem Conte di Nogaredo hatte sprechen können oder ob er schon vorher getötet wurde. Um das herauszufinden, könnte ich im Golfklub nach der Telefonnummer des Conte fragen und ihn anrufen. Aber ich wollte das zuerst mit der Dal Nero besprechen und ihr die weiteren

Entscheidungen überlassen. So blieb mir nichts anderes übrig als zu warten.

Ich bin Journalist und arbeite für den Wirtschaftsteil des *Mattino di Padova*, einer Tageszeitung, die hauptsächlich in der Provinz Padua gelesen wird. Ob es nun moralisch war oder nicht, ich fragte mich, ob ich diese Lage, in der ich mich befand, nicht zu meinem Vorteil nutzen könnte. Das müsste ich den für die Nachrichtenseite verantwortlichen Redakteur fragen, Gibbo Piovesan. Eigentlich heißt er Giovanni Alberto, aber ich glaube, so nennt ihn noch nicht einmal seine Mutter. Aber ich zögerte, weil ich mich schämte, über den Tod von Menschen zu spekulieren, die ich persönlich gekannt hatte ... und weil ich ohne das Adressbuch in meinem Handy niemanden anrufen konnte.

Ich hatte die Zigarre noch nicht bis zur Hälfte geraucht, als der Beamte, der mich keinen Moment aus den Augen gelassen hatte, zu mir kam und meinte, ich solle zur Staatsanwältin Dal Nero hinaufgehen. Ich traf sie am Eingang zur Wohnung der Salvionis an.

Sie hatte inzwischen die Schutzkleidung der Spurensicherung abgelegt und war in ihrer Jeans und dem engen hellblauen Rollkragenpullover, der ihre Kurven betonte und einen wunderbaren Kontrast zu ihren blonden Haaren bildete, weitaus hübscher.

Gewohnt professionell sagte sie: »Ranieri, es gibt da ein paar Dinge, die ich gerne mit Ihnen besprechen würde.«

»Gerne. Aber erst muss ich Ihnen etwas erzählen, das mir noch zu Dottore Salvioni eingefallen ist.«

»Was denn?«

»Gestern nach dem Golfspiel, während der Dottore und ich zusammen mit Alessandro ein Bier tranken, sagte Massimo, er wolle Conte Alvise Di Nogaredo, Arcadios Vater, auf das unmögliche Verhalten seines Sohnes ansprechen. Arcadio war uns den ganzen Tag auf den Geist gegangen, und Massimo wollte das nicht mehr länger hinnehmen. Ob das Treffen stattgefunden hat, weiß ich nicht, aber das kann Ihnen der Conte ja selbst sagen.«

»Natürlich. Ich werde ihn fragen, vielleicht ergibt sich daraus etwas. Würde es Ihnen etwas ausmachen, wenn wir wieder zur Staatsanwaltschaft zurückfahren? Ich habe Signor Galli vorgeladen, da die Leiche des Dottore direkt im Verein gefunden wurde.«

Während wir die Treppe hinuntergingen, rief die Dal Nero jemandem an, um den Conte vorzuladen. Nachdem sie das Gespräch beendet hatte und bevor sie in das Polizeiauto stieg, schlug ich ihr vor, ein Taxi zu nehmen.

Sie lachte. Sie hatte ein schönes Lächeln, das fröhlich und spontan klang.

»Machen Sie sich keine Sorgen, Ranieri. Dieses Mal haben wir es nicht eilig. Wir können langsamer fahren.«

»Wenn Sie mir garantieren, dass Schumacher sein Formel-1-Syndrom unter Kontrolle hat ...«

Im Auto kehrten wir zu unserem ursprünglichen Gesprächsthema zurück.

»Haben Sie wichtige Informationen über den Mord an Patty gefunden? Mir ist aufgefallen, dass die Eingangstür zur Wohnung unversehrt war.«

»Ja, das war sie. Wahrscheinlich hat Signora Salvioni ihrem Mörder die Tür geöffnet. Es gibt mehrere Vermutungen, von denen wir bisher keine ausschließen können. Aber es ist sehr wahrscheinlich, dass sie ihren Mörder kannte. Ranieri, damit wir uns gleich richtig verstehen. Sie haben nicht vor, morgen all diese Hinweise im *Mattino* zu veröffentlichen, oder?«

»Machen Sie sich keine Sorgen. Erstens schreibe ich für die Wirtschaftsseite, und zweitens habe ich bereits darüber nachgedacht und bin zu dem Schluss gekommen, dass ich nicht über den Tod von Menschen spekulieren möchte, die ich kannte und mochte.«

Dass ich Piovesans Handynummer vergessen hatte, erwähnte ich lieber nicht.

»Je weniger Staub die Presse aufwirbelt, umso besser können wir arbeiten. Sagen Sie, Ranieri, wie war das Verhältnis zwischen den Salvionis und den anderen Klubmitgliedern?«

»Ich selbst habe Massimo nicht so oft getroffen wie viele andere im Verein. Ich spiele Golf, gehe duschen und fahre dann gleich wieder nach Hause. Aber soweit ich weiß, kamen Massimo und Patty mit allen gut aus. Die einzige Ausnahme war vielleicht Arcadio, aber der geht jedem auf die Nerven.«

Die Staatsanwältin lächelte mich vielsagend an.

Als wir die Staatsanwaltschaft erreichten, stand Galli bereits vor dem Eingang. Überrascht sah er mich zusammen mit der Dal Nero aus dem Polizeiauto steigen. Ich hatte den Eindruck, als schwanke unser Präsident zwischen dem Neid auf meine Rolle, mit der ich im Mittelpunkt der Aufmerksamkeit stand, und dem leisen Verdacht, ich könnte vielleicht der Täter sein.

Wir gingen gemeinsam in das Gebäude, doch anstatt in das Büro der Staatsanwältin wurden Galli und ich in einen Warteraum gebracht, in dem man uns alleine ließ.

Galli schaute mich neugierig an, und ich ahnte, dass ihm eine ganz bestimmte Frage unter den Nägeln brannte. Drei, zwei, eins …

Dann legte er los: »Wieso waren Sie denn in dem Polizeiauto, Ranieri?«

Mit einem gewissen Hang zur Grausamkeit beschloss ich, nur vage zu antworten. Zum einen wollte ich ihn in seiner Neugier noch etwas schmoren lassen, zum anderen fühlte ich mich wie eine Hauptperson: »Ich bin Teil der Ermittlungen und damit zur Vertraulichkeit verpflichtet. Wussten Sie, dass auch Patty ermordet wurde? Was für ein Unglück, wirklich ein Unglück nach dem anderen …«

»Ja, das wusste ich bereits. Das ist absurd! Aber Sie, Ranieri, wie passen Sie denn in das Bild? Gehören Sie etwa zu den Verdächtigen?«

»Nein, natürlich nicht. Sie können ganz beruhigt sein, Galli. Jedenfalls hoffe ich das.«

Just in diesem Moment wurden wir von einem Beamten unterbrochen, der Galli bat, ihm zu folgen, um die obligatorischen Fragen zu beantworten.

Ich stand auf und ging im Raum auf und ab, damit die Spannung wich. Schließlich warf ich einen Blick auf den Flur und sah Alvise Carlo Vitali, den Conte di Nogaredo, wie er gerade das Büro der Dal Nero betrat.

KAPITEL 3

Drei Stunden später wartete ich noch immer in diesem Zimmer.

Inzwischen war es zwanzig Uhr, ich war müde und musste dringend meine Hunde füttern. Also trat ich auf den Flur und klopfte an die Tür der Staatsanwältin – keine Antwort. Ich klopfte an die nächste Tür, aber auch hier ohne Erfolg.

Nachdem ich an drei weiteren Türen geklopft hatte, hörte ich endlich ein »Ja, bitte?«.

Ich öffnete langsam die Tür und sah einen Mann, der über einem Stapel Dokumente an seinem Schreibtisch saß.

»Entschuldigen Sie bitte, aber wissen Sie zufällig, wo ich Staatsanwältin Dal Nero finden kann?«

»Nein. Wer sind Sie?«, fragte er zurück und sah mich prüfend an.

»Mein Name ist Riccardo Ranieri, und ich bin ein Zeuge im Fall Salvioni.«

»Zeuge? Wollen Sie damit sagen, dass Sie gesehen haben, wer das Ehepaar Salvioni getötet hat?«

Siehe da, mir mangelte es tatsächlich an einer polemischen Abhandlung zur Etymologie rechtlicher Begriffe.

»Nein, ehrlich gesagt, nein… Oder besser gesagt, ich bin… ähm, ein Freund.«

Ich beschloss, mich kurz zu fassen: »Hören Sie, machen wir es kurz. Ich warte schon seit drei Stunden, dass ich aufgerufen werde, aber leider vergebens. Bisher hat sich niemand blicken lassen, und ich muss nach Hause, um meine Hunde zu füttern.«

»Wenn man Ihnen gesagt hat, dass Sie warten sollen, dann warten Sie auch.«

»Tolle Idee! Darauf wäre ich von alleine nie gekommen. Vielen Dank.«

Ich ging hinaus, und während ich die Tür schloss, brachte ich meine Ressentiments gegen diese vermeintlichen Staatsdiener, die glauben, ihre Mitmenschen demütigen zu können, deutlich zum Ausdruck. Und das nur, weil sie die gesunden Träger jener bürokratischen Vorgänge sind, die sie einzig mit dem Ziel erschaffen haben, Menschen wie mich anzustecken, denen eine ausreichende Immunabwehr fehlt.

Mit vorgetäuschter Gleichgültigkeit horchte ich an den anderen Türen. Absolute Stille. So langsam kam mir der Verdacht, man habe mich vergessen. Wie demütigend: Von der Hauptperson zur Randfigur, und das in weniger als zwei Stunden …

Ich beschloss, nach unten zu gehen. Vielleicht konnte jemand an der Pforte die Dal Nero aufspüren.

Dort traf ich auf eine weibliche Aufsicht: »Bitte entschuldigen Sie, *Agente*. Ich suche Staatsanwältin Dal Nero. Wissen Sie vielleicht, wo ich Sie finden kann?«

»Ich habe sie gesehen, als sie vor mehr als einer Stunde das Büro verlassen hat. Warum suchen Sie sie denn?«

»Die Staatsanwältin wollte mit mir über den Mord am Ehepaar Salvioni sprechen. Sie bat mich, oben zu warten, ließ dann aber nichts mehr von sich hören.«

»Es tut mir leid, da kann ich Ihnen auch nicht helfen. Ich weiß nur, dass sie mit einer Polizeistreife weggefahren ist. Sie müssen es sehr eilig gehabt haben, denn sie haben das Blaulicht am Polizeiauto eingeschaltet.«

»Schon wieder?«, meinte ich erstaunt.

»Was meinen Sie mit ›schon wieder‹?«

»Die Frau war heute Morgen schon einmal mit einem Polizeiauto unterwegs.«

»Dann gab es wohl tatsächlich noch einen Notfall.«

»Hören Sie, könnten Sie sie vielleicht auf ihrem Handy anrufen und fragen, was ich nun tun soll? Ich müsste dringend nach Hause und mich um meine Hunde kümmern. Dort ist sonst niemand, der ihnen Futter geben könnte.«

»Warten Sie, ich versuche es.«

Die Frau war wenigstens hilfsbereit. Das kleine Persönchen – wahrscheinlich erfüllte sie nur knapp die Mindestanforderungen an die Körpergröße für das Polizeikorps – sprach mit starkem römischem Akzent. Sie verschwand in der Pförtnerloge und kam kurze Zeit später mit dem Handy zurück. Wir schauten uns an, während sie darauf wartete, dass die Dal Nero ans Telefon ging. Nach etwa zehn Sekunden – ich war schon kurz davor, die Hoffnung aufzugeben – begann die junge Beamtin zu sprechen. *Grazie a Dio*, nach all dem Pech endlich ein kleines bisschen Glück …

»*Buonasera*, Frau Staatsanwältin Dal Nero. Hier spricht Agente Silvia Buoni im Dienste der Staatsanwaltschaft. Ich rufe Sie an, weil …«

Ich gab Agente Buoni ein Zeichen, sie solle mir das Handy geben. Sie hielt es mit einer Hand zu, während sie mir zuflüsterte, dass am anderen Ende der Leitung nur der Anrufbeantworter sei.

Also nahm ich mit Agente Buoni in der Pförtnerloge Platz. Während wir auf den Rückruf warteten, stellten wir fest, dass es Zeit zum Abendessen war, und ich schlug den Pizzaservice vor. Durch den vielen Stress hatte ich den ganzen Tag keinen Hunger gehabt, obwohl ich seit dem Vortag nichts mehr gegessen hatte. Doch jetzt sorgte mein niedriger Blutzuckerspiegel für ein leichtes Schwindelgefühl. Nach zehn Minuten brachte uns der Lieferjunge mit seinem Roller eine Pizza Margherita für mich und eine Pizza Quattro Stagioni für Agente Buoni. Der Duft, den man noch durch die Kartons riechen konnte, weckte sofort meinen Appetit. Zum Glück waren die Pizzen schon in Stücke geschnitten, und wir konnten gleich loslegen. Ich bezahlte den Jungen und machte mich über das erste Stück her.

Genau in diesem Moment klingelte Agente Buonis Handy. Da sie gerade nicht drangehen konnte, gab sie es mir.

»Entschuldigung, Ranieri. Ich hätte Sie informieren müssen. Aber leider gab es schon wieder einen Notfall. Jetzt ist es schon sehr spät, und wenn Sie möchten, können Sie nach Hause gehen. Wir können uns auch morgen früh unterhalten«, erklärte die Dal Nero.

»Einverstanden. Aber um diese Uhrzeit finde ich kein Taxi mehr, das mich wieder nach Bastia bringt.«

»Machen Sie sich darüber keine Gedanken. Geben Sie mir Agente Buoni.«

Ich gab das Handy weiter und stürzte mich wieder auf meine Pizza. Ich hörte, wie die Polizistin die Fragen der Staatsanwältin bejahte, wobei sie ihre Antworten stets mit einem Kopfnicken unterstrich, als ob die Dal Nero sie sehen könnte. Nachdem sie das Gespräch beendet hatte, meinte sie, sie würde mich in zwanzig Minuten nach Hause bringen, wenn ihre Schicht zu Ende und die Quattro Stagioni aufgegessen waren.

Die Scheiben des Wagens von Agente Buoni, ein alter Polo, waren so beschlagen, dass ich glaubte, in ein Milchglas zu steigen. Im Innenraum roch es zwar äußerst unangenehm, aber ich tat natürlich so, als wäre nichts. Agente Buoni fuhr langsam und bedächtig. Nachdem ich vorher mit einem mobilen Einsatzkommando unterwegs gewesen war, fühlte ich mich jetzt wie auf meinem Sofa zu Hause. Wir unterhielten uns ein wenig. Sie erzählte mir von einigen Fällen, in die sie verwickelt war, meist kleinere Gewalttätigkeiten am Rande von Fußballspielen oder anderen Veranstaltungen. Ich hatte gedacht, Frauen, die Uniform trugen, glaubten, besser als ihre männlichen Kollegen sein zu müssen, um ihre Ebenbürtigkeit zu beweisen, während sie gleichzeitig riskierten, zu einem fanatischen weiblichen Rambo zu mutieren. Doch Agente Buoni machte überhaupt keinen Hehl daraus, dass sie oft Angst hatte und unentschlossen war. Irgendwann warf ich einen Blick auf den Tacho und stellte fest, dass wir trotz freier Straßen langsamer als vierzig Stundenkilometer fuhren. Die Hunde würden sich zwar noch etwas gedulden müssen, aber wenigstens wurde mir nicht wieder übel.

»Bitte entschuldigen Sie, wenn ich Sie so direkt frage. Aber wie kommt es, dass Sie mir derart vertrauen und sich mit mir in ein Auto setzen, obwohl ich rein theoretisch ja der Mörder der Salvionis sein könnte?«

»Sie können unmöglich Signora Salvioni ermordet haben. Und wer sagt Ihnen, dass ich Ihnen vertraue?«

»Und wieso kann ich Signora Salvioni nicht ermordet haben?«, fragte ich neugierig.

»Weil sie noch keine Stunde tot war, als man ihre Leiche entdeckt hatte. Das heißt, sie wurde zwischen neun und zehn Uhr morgens ermordet. Und da waren Sie im Golfklub. Und außerdem sind Sie laut Staatsanwältin Dal Nero noch nicht einmal in der Lage, einer Fliege etwas zuleide zu tun. Und ich vertraue dem Urteil dieser Frau.«

Mir kam der Verdacht, dass ich an meiner Verführungstaktik, inspiriert vom Bild des starken und gleichzeitig bedrohlich düsteren Mannes, noch feilen musste.

»Als ich meinte, dass Sie mir vertrauen, bezog ich mich auf die Tatsache, dass Sie allein mit einem potenziellen Mörder in einem Auto sitzen.«

»Ach so, wenn es nur darum geht: Ich empfinde Ihre Gegenwart als sehr beruhigend. Schließlich hätten sie noch nicht einmal genügend Zeit, überhaupt daran zu denken, mich anzufassen, bis Sie die Eckzähne von Onofrio in Ihrer Halsschlagader spüren würden.«

»Und wer ist Onofrio?«

»Der Rottweiler hinter Ihnen.«

Ich drehte mich um, doch ich spürte seinen Blick, noch bevor ich ihn sah. Ich liebe Hunde, aber wenn ich mich weniger als dreißig Zentimeter entfernt von einem Tier befinde, das mich mit nur einem Biss zu meinem Schöpfer schicken könnte, fühle ich mich doch sehr verletzlich und werde äußerst nervös. Man sagt ja, dass Hunde spüren, wenn ein Mensch Angst hat. Als mein Blick seinen gelben Augen begegnete, war meine Angst so groß, dass selbst ein Kanarienvogel sie mit Sicherheit bemerkt hätte.

»*Cristo Santo*, das hätten Sie mir auch gleich sagen können, oder?«, protestierte ich lautstark.

»Ich dachte, Sie hätten vielleicht etwas dagegen. Aber haben Sie denn nicht diesen Geruch bemerkt? Oder haben Sie etwa gedacht, dass ich so stinke?«

»Lassen wir das … Sagen Sie mir lieber, ob ich mir Sorgen machen muss! Ich habe nämlich den Eindruck, als wäre Onofrio etwas ungehalten.«

Sie musste lachen: »Was denn, Ranieri? Ich dachte, ich bin derjenige, der Angst haben müsste.«

»Ja, danke, machen Sie sich nur über mich lustig. Aber Ihnen sitzt ja auch kein Rottweiler im Nacken. Sobald wir bei mir angekommen sind, werden wir ja sehen, wie er mit meinen Schäferhunden klarkommt.«

Cavolo, was für ein Tag! Sobald unvorhersehbare Ereignisse die Routine des Alltags über den Haufen werfen, kommt die Scheinheiligkeit der eigenen Selbstkontrolle ans Licht. Ich hatte das Gefühl, als hätte man mich in das Leben eines anderen hineinkatapultiert. Ein waghalsiges Leben, das Vasco Rossi besingt und von dem ich stets überzeugt war, es kontrollieren und anders führen zu können. Doch jetzt erkannte ich, wie verwundbar und völlig unvorbereitet ich auf eine solch emotionsgeladene Erfahrung war. Wenn mich schon jemand derart erschrecken konnte, der zu meinem Schutz abgestellt war, wie würde ich dann erst auf jemanden reagieren, der mir etwas Böses wollte? Die Dal Nero hatte recht: Als Mörder wirkte ich alles andere als glaubhaft.

»Ist die Dal Nero eigentlich verheiratet?«, wechselte ich kurzerhand das Thema.

»Aha! Sie gefällt Ihnen, was?«

»Sie ist eine schöne Frau und … Ja, vielleicht gefällt sie mir, aber eigentlich kenne ich sie ja gar nicht. Aber egal, ist sie nun verheiratet?«

»Finden Sie Ihre Frage nicht etwas zu dreist?«

Warum müssen manche Frauen die Dinge so kompliziert machen? Agente Buoni machte es mir wirklich nicht leicht.

»Sehen Sie, Signora Buoni, ich habe mich unsterblich in sie verliebt und möchte sie heiraten. Bevor ich jetzt aber das Aufgebot bestelle, möchte ich sichergehen, dass ich nicht die Empfindlichkeit eines möglicherweise bereits vorhandenen Ehemannes verletze. Also, verraten Sie es mir jetzt?«

»Okay, aber geben Sie später nicht mir die Schuld. Nein, sie ist nicht verheiratet. Oder besser gesagt, sie ist es nicht mehr. Sie wurde vor ungefähr einem Jahr geschieden. Aber verraten Sie bloß nicht, dass ich Ihnen das erzählt habe. Die Staatsanwältin ist nämlich ziemlich reserviert, und ich möchte nicht, dass sie erfährt, dass ich mit anderen über sie spreche, die einfach nur bei einer Ermittlung zusammenarbeiten.«

Ich wollte diesen Vorteil ausnutzen: »Und warum haben Sie es mir dann doch erzählt?«

»Na ja, vielleicht erzähle ich jetzt ja dummes Zeug. Aber ich glaube, dass die Dal Nero, als sie mir vorhin von Ihnen erzählte, mehr als Frau und weniger als Staatsanwältin sprach. Verstehen Sie, was ich meine?«

»Nein!«

»Ach, Ranieri! Sind Sie wirklich so schwer von Begriff, oder tun Sie nur so?«

»Tja, vielleicht bin ich das, ich weiß es nicht ... Auf jeden Fall habe ich es dieses Mal verstanden. Sie glauben, dass es die Dal Nero gar nicht abwarten kann, mich zu heiraten.«

»Sehen Sie, genau das meinte ich ... Also sagen Sie ihr das ruhig, okay?«

Ich drehte mich noch einmal zu Onofrio um, streckte meine Hand aus und streichelte seinen Kopf, um mich ein bisschen einzuschmeicheln. Dieser Hund hatte einen wirklich großen Kopf und reagierte erst überhaupt nicht auf meine Streicheleinheiten. Aber ich kenne die Schwächen eines Hundes, und so begann ich, ihn hinter dem Ohr zu kraulen, und bald legte er seinen Kopf ein wenig zur Seite, damit ich ihn besser kraulen konnte. Die Dal Nero vielleicht noch nicht, aber Onofrio fraß mir jetzt schon aus der Hand.

»Ich glaube, Ihren Bodyguard habe ich mit meiner Tätschelei schon eingewickelt«, scherzte ich.

»Sie können gut mit Hunden. Mit Frauen auch?«

»Um einen Ihnen vertrauten Ausdruck zu verwenden, würde ich sagen, dass ich, was Frauen angeht, ein Serienmörder bin. Aber nur in dem Sinne, dass ich mit methodischer Konsequenz alle Gelegenheiten kille, die sich mir bieten!«

Agente Buoni musste erneut laut loslachen.

Ich stimmte in ihr Lachen ein, vielleicht auch, damit sich die Anspannung löste, die sich in den letzten Tagen angestaut hatte. Und so schlug ich ihr vor, das formelle Sie wegzulassen und uns stattdessen zu duzen.

»Gleich sind wir da, Silvia. In zweihundert Metern musst du an dem Tor auf der rechten Seite halten.«

Ich öffnete Giuseppes Tor mit meiner Fernbedienung, während Silvia das Tempo von langsam auf sehr langsam drosselte.

Während der kurzen Fahrt über die gemeinsame Auffahrt meines Nachbarn sah ich, dass Giuseppe und seine Familie wieder am Fenster standen, um mein Kommen und Gehen zu kontrollieren. Vielleicht waren sie sogar ein wenig enttäuscht, dass ich noch immer auf freiem Fuß war. Die unerwartete Anwesenheit einer Frau würde mir ihr Interesse weiterhin sichern und ihnen die Gelegenheit für neuen, reizvollen Klatsch und Tratsch bieten. Es bedurfte keiner allzu großen Fantasie, um sich vorzustellen, dass die Nachbarn mich schon des grausamsten Verbrechens für schuldig befunden hatten. Die Beweise gegen mich waren erdrückend: ein Fremder, der zu allem Übel auch noch aus Mailand kam, frei von jeglichen Talenten in der Gartenarbeit, ein chronisch Abwesender in der Sonntagsmesse, den man – last but not least – noch nie in der Dorfkneipe gesehen hatte.

Silvia hielt vor dem Tor an, das ich schon reflexartig per Fernbedienung öffnete. Im nächsten Moment wurden wir von Mila und Newton umzingelt, während Onofrio direkt wild zu bellen begann. Newton stellte die Vorderbeine auf das Auto, bellte seine ganze Wut heraus und zeigte durch das Autofenster seine Zähne, während Onofrio gleichzeitig versuchte, es mit dem Kopf einzuschlagen.

In diesem Höllenchaos konnte ich nicht verstehen, was Silvia mir sagen wollte. Ich gab ihr ein Handzeichen und stieg aus. Gleichzeitig versuchte ich, Newton zurückzuhalten, der unbedingt in das Auto wollte, um die Angelegenheit mit seinem Rivalen zu klären. In diesem Moment kam auch noch Mila dazu, die gleichzeitig Onofrio drohend anbellte und mich begrüßte, indem sie sich mit den Vorderbeinen gegen meinen Oberkörper stemmte und meine Lederjacke von oben bis unten mit Matsch beschmierte. Ich versuchte, die Autotür zu schließen, doch Mila brachte mich aus dem Gleichgewicht. In dem Moment zersplitterte die Fensterscheibe. Ich spürte einen stechenden Schmerz in der rechten Hand, und Silvia rief mir etwas zu. Die Hunde bellten wild weiter, und ich fand mich plötzlich auf dem Boden wieder. Silvia war aus dem Wagen gestiegen und schoss mehrmals mit ihrer Dienstwaffe in die Luft. Es war so ein Chaos, dass ich überhaupt nicht verstand, was los war. Onofrio sprang mit einem Satz aus dem Auto und lieferte sich eine furchtbare Schlägerei mit Newton. Vielleicht lag es am Adrenalin, dass mir derart sachliche und unumstöß-liche Anweisungen über die Lippen kamen, als stünde die Welt plötzlich still. Dann sah ich, wie einige Zentimeter vor meinen Füßen plötzlich die Mülltonne, die immer vor meinem Tor steht, explodierte. Die Hunde hörten auf zu bellen und konzentrierten sich auf einmal auf den Kanaldamm, der etwa dreißig Meter von uns entfernt lag und an dem ich unscharf die Silhouette eines Menschen erkennen konnte.

Ich hörte, wie Silvia fragte, ob ich verletzt sei.

»Nein … Nein, ich glaube nicht … Aber meine Hand tut weh …«

»Los, geh hinter das Auto, du Idiot! Oder willst du zur Zielscheibe werden?«

»Aber ich wusste doch nicht, dass wir beschossen wer-den …«

»Komm hierüber! *Porca puttana*, verdammte Scheiße!«

Silvias Stimme klang leicht hysterisch, was unter diesen Umständen sicherlich gerechtfertigt war. Ich dagegen blieb relativ ruhig und klar, begünstigt durch die Tatsache, dass ich immer noch nicht kapierte, was gerade passierte. Offenbar lag mein Überlebensinstinkt unter Tonnen trügerischer Unsterb-lichkeit begraben, die die alltägliche Routine jedem Menschen, vor allem aber Wirtschaftsjournalisten, schenkt.

Ich sah, wie die Hunde auf unserer Seite des Kanaldamms stehen blieben. Also vermutete ich, dass, wer auch immer auf uns geschossen hatte, auf der anderen Seite gestanden und inzwischen das Weite gesucht hatte. Wir waren nicht mehr in seinem Schussfeld, und außerdem hatte unser Angreifer, wer auch immer es war, bestimmt nicht damit gerechnet, dass Silvia das Feuer erwiderte.

Ich schaute auf meine Hand: Sie blutete noch immer und tat höllisch weh. Ich rief Mila und Newton zurück, die mir plötzlich aufs Wort gehorchten.

Ich hörte, wie Silvia mit der Polizeiwache telefonierte und meldete, dass man auf uns geschossen hatte und wir einen Krankenwagen brauchten.

»Wer braucht denn einen Krankenwagen? Ich etwa?«, fragte ich sie, nachdem sie ihr Gespräch mit wem auch immer beendet hatte.

»Nein, der ist für meinen Opa. Natürlich für dich! Hast du nicht gesehen, dass deine Hand blutet?«

Tatsächlich blutete meine Hand sehr stark, und den Schmerzen nach zu urteilen war etwas gebrochen. Inzwischen war es dunkel geworden, und es gab nicht genug Licht, um sie besser untersuchen und das Ausmaß der Verletzung abschätzen zu können.

Plötzlich richtete Silvia die Pistole in meine Richtung und rief jemandem hinter mir zu, er solle stehen bleiben und die Hände hochheben. Diesen Jemand erkannte ich sofort, als er in dem mir vertrauten Dialekt fragte, wer da sei, und trotz des Dämmerlichts ahnte ich, dass er mit einer Schrotflinte auf uns zeigte.

»Ich bin Agente Buoni. Wenn Sie noch einen Schritt weitergehen, schieße ich!«

Ich trat zwischen die beiden und meinte: »Nur mit der Ruhe, Agente! Das ist Giuseppe, mein Nachbar. Giuseppe, nimm die Flinte herunter. Die Frau ist wirklich von der Polizei.«

»Aber was ist denn hier los? Wir haben Schüsse gehört!«, fragte Giuseppe.

»Nichts Schlimmes, mach dir keine Sorgen. Mir tut das ganze Chaos furchtbar leid, und ich hoffe, deine Familie hat sich nicht zu sehr erschrocken.«

»Und wie wir uns erschrocken haben! Aber wer kann denn schon wissen, was du machst? Erst kommt heute Morgen ein Polizeiauto mit Sirenen daher, und heute Abend fallen Schüsse. Ich möchte wirklich mal wissen, in was du da hineingeraten bist!«

»Giuseppe, das ist jetzt wirklich nicht der richtige Moment, aber ich werde dir später alles erklären. Bleib ruhig …«

Mir blieb nicht die Zeit, um den Satz zu beenden, da Onofrio mit einem Satz Giuseppe in den Rücken sprang und ihn zu Boden warf. Hinter ihm schrien seine Frau und seine Tochter auf, die inzwischen näher gekommen waren. Gleichzeitig befahl Silvia dem Rottweiler, stehen zu bleiben. Onofrio war gut ausgebildet und gehorchte sofort, ganz im Gegensatz zu Mila und Newton, die leider gleichzeitig begannen, drohend und aufgeregt in Richtung der beiden Frauen zu bellen. Ich versuchte, meine Hunde zurückzurufen – leider ohne Erfolg. Aber wenigstens verstummte das hysterische Geschrei der beiden Frauen. Stattdessen flüchteten sie nun in Richtung Haus und legten dabei einen richtigen Sprint hin.

Während Silvia Giuseppe half aufzustehen und die drei Hunde sich untereinander kennenlernten, suchte ich auf dem Boden nach der Fernbedienung, um mein Tor wieder zu öffnen. Ich musste ins Haus, um meine Hand zu verarzten, damit ich endlich meine Hunde füttern konnte. Ich widersetzte mich Silvias Worten, unter diesen Umständen war ich entschlossener als sie und ging davon, ohne ihr noch länger zuzuhören.

Wie befürchtet, fand ich im Haus kein geeignetes Verbandsmaterial, aber zumindest entdeckte ich in der Waschküche das Desinfektionsmittel für Hunde, von dem ich immer einen stattlichen Vorrat horte. Unter diesen Umständen hielt ich es für einen wirkungsvollen Ersatz, den man auch am Menschen verwenden konnte. Als die Flüssigkeit auf die tiefe Wunde floss, spürte ich einen stechenden Schmerz, der mein Gehirn zu durchbohren schien. Nun verstand ich das zweistimmige Gejaule Milas und Newtons, sobald ich ihre Wunden mit dieser teuflischen Flüssigkeit desinfizierte. Ich verband die Hand mit einer Serviette, nahm die Futternäpfe meiner Hunde und entsorgte die Futterreste. Ich versuchte, so gut wie möglich den Mülleimer zu treffen, doch wie immer fiel das meiste daneben. Dann ging ich in Richtung Garten zu ihren Zwingern. In diesem Moment hörte ich die Polizeisirene. Vielleicht war es aber auch der Krankenwagen, der immer näher kam. Ich hatte noch immer nicht realisiert, dass mich eben jemand töten wollte oder, besser gesagt, nach den Salvionis auch mich töten wollte. Das alles kam mir wie ein Albtraum vor oder wie eine dieser Nachrichten über ein Verbrechen, das nur auf dem Papier stand, aber nicht in der realen Welt passieren konnte.

Ich stellte die Schüsseln vor Milas und Newtons Zwinger und ging zurück zum Tor. Silvia sprach noch immer mit Giuseppe, und ich war mir sicher, dass er sie verhörte und nicht umgekehrt. In diesem Moment fuhr das Polizeiauto, gefolgt von einen Krankenwagen, durch Giuseppes Tor und blieb direkt vor uns stehen.

Ich überließ es Silvia, ihren Kollegen zu erklären, was geschehen war, und ging zu den Sanitätern, die gerade aus dem Krankenwagen stiegen.

»Guten Abend, meine Herren. Es tut mir leid, dass Sie sich so beeilt haben, aber das hier ist kein Notfall, sondern nur eine Schnittverletzung«, versuchte ich sie zu überzeugen.

Der Ältere der beiden, ein großer Mann mit grauen Haaren und der Figur eines Kleiderschranks, bat mich, in den Krankenwagen zu steigen, damit er meine Wunde untersuchen könnte. Während ich seiner Bitte folgte, stieg mir plötzlich dieser unverwechselbare Krankenhausgeruch in die Nase. Im Wageninnern angekommen nahmen sie mir die inzwischen blutgetränkte Serviette ab.

Der Arzt, vielleicht war es auch ein Sanitäter, nahm meine Hand, drehte sie ins Licht und fragte: »Wurden Sie von einer Kugel getroffen?«

»Ehrlich gesagt, ich bin mir nicht mehr sicher, aber ich glaube, dass auf mich geschossen wurde. Oder besser gesagt: Ich bin mir sicher, dass auf mich geschossen wurde, aber ich weiß nicht, ob ich von einer Kugel getroffen wurde oder von dem Glas der Autoscheibe, die explodierte...«, erklärte ich etwas umständlich.

»Okay. Also, Signor...?«

»Ranieri.«

»Also, Signor Ranieri, wir bringen Sie jetzt ins Krankenhaus, wo man Ihre Hand röntgen wird«, erklärte er mir und verband die Wunde.

Noch während er sprach, schloss sich die Tür des Krankenwagens direkt vor Silvias Nase, die inzwischen zu uns herübergekommen war. Ich hatte keine Zeit mehr, mich von ihr zu verabschieden, hatte aber den Verdacht, dass mir die ganze Horde in die Notaufnahme des Krankenhauses folgen würde. Durch das Fenster des Krankenwagens sah ich, wie sich Mila und Newton im Garten über ihr Futter hermachten und kein Interesse am Schicksal ihres Herrchens zeigten.

Als ich hörte, wie die Sirene des Krankenwagens aufheulte, verlor ich tatsächlich die Geduld. Ich blaffte den Mann an, er solle die Sirene ausmachen. Das sei schließlich kein Notfall, und es gebe keinen Grund, das ganze Dorf wegen einer dusseligen

Schnittwunde aufzuscheuchen. Während ich herumbrüllte, hatte ich seltsamerweise das Gefühl, als würde sich die Sirene entfernen. Leider bemerkte ich meinen Fehler zu spät, und der Fahrer, er war wohl um die dreißig, hatte sich bereits zu mir umgedreht und schaute mich mit resignierter Überheblichkeit an. Die Sirene kam von dem Polizeiwagen, der auf der Suche nach diesem Mistkerl, der mich töten wollte, mit quietschenden Reifen über Giuseppes Auffahrt losgefahren war. Wir dagegen standen immer noch am gleichen Fleck.

Ich brummelte eine Entschuldigung, während mich dieser Kleiderschrank, der in einem weißen Kittel steckte, bat, auf der Bahre liegen zu bleiben, und mich mit einem Sicherheitsgurt anschnallte.

»Machen Sie sich keine Sorgen, Signor Ranieri. Sagen Sie mir lieber, ob wir jemanden informieren sollen, dass wir Sie ins Krankenhaus bringen?«

»Nein, ich habe keine Angehörigen, bin ein Einzelkind und weder verheiratet noch verlobt. Ich glaube, der einzige Mensch, der momentan ein Interesse an meinem Schicksal haben könnte, ist der Tabakwarenverkäufer in Bastia. Aber ich habe gestern erst eine Stange *Toscani*-Zigarren gekauft, also wird er mich vor nächster Woche nicht vermissen.«

»Na, Ranieri, jetzt spielen Sie mal nicht das Opfer. Würden Sie meine Ehefrau kennen, wären Sie froh, keine Verwandten zu haben. Und außerdem stimmt es nicht, dass niemand sich für Sie interessiert. Da draußen gibt es zum Beispiel jemanden, der gerne auf Sie schießt, oder?«

»Stimmt. Und ich habe keine Ahnung, warum.«

KAPITEL 4

Auf dem Weg ins Krankenhaus von Abano dachte ich darüber nach, dass mich jemand heute bereits zum zweiten Mal ohne meine ausdrückliche Zustimmung von zu Hause wegbrachte.

Für meinen Magen war die Fahrt bei Vollgas in einem Polizeiauto bereits ein einschneidendes Erlebnis gewesen. Aber liegend in einem Krankenwagen transportiert zu werden war nicht weniger dramatisch, zumal ich auch noch eine Pizza verdauen musste.

»Dottore, bitte entschuldigen Sie. Ich leide an der Autokrankheit ... Könnte ich vielleicht aufstehen?«, fragte ich zögerlich.

»Es tut mir leid, aber wir müssen bestimmte Regeln einhalten. Außerdem könnten Sie aufgrund des Blutverlusts kollabieren und Ihr Zustand sich verschlechtern.«

»Okay, aber wenn es sich nur um eine Schnittverletzung handelt ...«, versuchte ich ihn zu überzeugen.

»Abgesehen davon, dass es bei Ihnen kein einfacher Schnitt ist, sondern eine tiefe Fleischwunde, dürfen Sie auf keinen Fall aufstehen. Bleiben Sie einfach ein paar Minuten liegen, nur keine Panik.«

»Wie, eine tiefe Fleischwunde?«

Es ist eine Sache, wenn man selbst so etwas als Laie sagt. Etwas ganz anderes ist es, wenn ein Arzt das sagt, der schon aus Gründen der Professionalität die Aufregung eines Patienten mildern und nicht verstärken will.

»Also, Ranieri. Nach dem, was ich gesehen habe, wurde Ihre Hand von einer Kugel durchschossen. Mehr kann man Ihnen erst nach der Röntgenaufnahme später im Krankenhaus sagen.«

Und dann begann der Kleiderschrank, mit einer furchteinflößenden Spritze vor meiner Nase herumzufuchteln.

»Dottore, bitte entschuldigen Sie. Aber was haben Sie mit dieser Spritze vor?«, fragte ich besorgt.

»Ich muss Ihnen etwas Blut abnehmen, damit wir Ihre Blutgruppe bestimmen können. Dann können die Ärzte später im Krankenhaus schneller agieren. Und hören Sie auf, mich ›Dottore‹ zu nennen! Ich habe gerade erst mein Diplom als Buchhalter gemacht.«

Die Tatsache, dass ich wie eine Salami gefesselt auf einer Bahre lag, während ein mit einer Spritze bewaffneter riesiger Buchhalter in einem Krankenwagen, der wie eine von Indianern verfolgte Kutsche über die Straße jagte, vor mir stand, machte mich, ehrlich gesagt, etwas nervös.

Mit Rücksicht auf meine Ängste traf der Buchhalter meine Vene im Arm erst im dritten Anlauf und das auch noch auf äußerst schmerzhafte Weise.

»Fertig, Ranieri. Bleiben Sie ruhig liegen, bis wir angekommen sind.«

Nach einiger Zeit hielt der Krankenwagen, und seine Heckklappe wurde geöffnet. Just in diesem Moment stieg der unvermeidliche Drang in meiner Kehle hoch, mich zu übergeben. Ich konnte mich nicht länger beherrschen, und während eine Krankenschwester dem Riesen half, die Bahre aus dem Krankenwagen zu ziehen, erbrach ich die Pizza Margherita direkt vor den Eingang des Krankenhauses. Mein einziger Trost war die Gewissheit, dass die Dal Nero nicht sah, wie ich mich innerhalb weniger Stunden zum zweiten Mal übergeben musste. Doch dieser schwand in dem Moment, als sie plötzlich nur wenige Schritte neben mir auftauchte. Ich beschloss tief in meinem Herzen, sorgfältig zu prüfen, ob ich nicht zumindest vorübergehend meine Versuche, diese Frau zu verführen, einstellen sollte. Bevor ich das versuchen sollte, sollte ich mich wohl besser in weniger anspruchsvollen Unternehmungen üben, zum Beispiel an einem Achttausend-Meter-Barfußlauf teilnehmen oder einen Ozean durchschwimmen.

Während man mich durch das ganze Krankenhaus schob, sah ich, wie die Dal Nero eine Weile mit dem Buchhalter sprach. Dann wurde ich in einen Raum mit vielen Geräten geschoben, der sogar einen NASA-Mitarbeiter in ehrfürchtiges Staunen versetzt hätte.

Inzwischen hatte die Krankenschwester, die mich durch das Krankenhaus kutschiert hatte, den Verband, den der Buchhalter zuvor angelegt hatte, abgenommen.

»Was ist passiert?«, wollte sie wissen.

»Ich wurde angeschossen«, erklärte ich gelassen.

»Aha! Und wieso?«

»Das habe ich mich auch schon gefragt…«

»Wissen Sie denn wenigstens, wer es war?«, fragte sie recht interessiert.

»Würden Sie es mir glauben, wenn ich Ihnen sagte, dass ich noch nicht einmal das weiß?«

»Ja, machen Sie sich keine Sorgen. Aber in solchen Fällen müssen wir die Polizei informieren, und es sind auch schon einige Polizisten eingetroffen, die nach Ihnen gefragt haben. Von daher halte ich es nicht für notwendig, Ihnen an deren Stelle weitere Fragen zu stellen. Ich werde jetzt die Wunde desinfizieren, und anschließend gehen wir zum Röntgen. Aber vermutlich hat die Kugel einige Beugesehnen in der Hand verletzt.«

»Einige was?«, fragte ich doch etwas beunruhigt.

»Beugesehnen, also die Sehnen, die für die Bewegung der Finger verantwortlich sind.«

»Aha … Heißt das, dass ich sterben muss?«

»Nein. Aber wir werden Sie operieren und kontrollieren müssen, ob noch weitere Verletzungen vorliegen.«

»Das heißt?«

»Das heißt, ob Knochen oder Nerven verletzt wurden.«

»Ich muss Ihnen wirklich ein Kompliment machen.«

»Warum?«

»Ehrlich gesagt, habe ich bisher geglaubt, dass Krankenschwestern nur die Betten durch die Gegend schieben und den Patienten helfen, während Sie mehr wie eine Ärztin wirken.«

»Aber ich bin Ärztin. Ich bin Dottoressa Sonia Migliorini.«

Der einzige Teil meines Lebens, der von dem ganzen Chaos nicht betroffen war, war meine unglaubliche Fähigkeit, mich zum Idioten zu machen.

»Ähm, ja …«

In diesem Moment betraten die Dal Nero und Silvia den Raum.

»Ranieri, wie geht es Ihnen?«

Bevor ich antworten konnte, wandte sich die Dottoressa an die beiden Frauen: »Bitte entschuldigen Sie, aber Sie dürfen sich hier nicht aufhalten. Wenn Sie bitte draußen warten würden?«

»Entschuldigen Sie bitte, Dottoressa. Aber ich bin die leitende Staatsanwältin und muss einen Doppelmord aufklären – und jetzt wohl auch noch einen Mordversuch. Das ist Silvia Buoni, die Polizistin, die Signor Ranieri während der Schießerei beschützt hat. Ich muss Ihrem Patienten nur ein paar Fragen stellen, und dann sind wir auch schon wieder weg.«

»Es tut mir leid, aber die Wunde von Signor Ranieri ist keine Kleinigkeit, und ich weiß nicht, wie viel Blut er schon verloren hat. Geben Sie mir ein paar Minuten. Dann können Sie uns in die Radiologie begleiten, wo Sie sich ungestört unterhalten können.«

Mit diesen Worten stieß die Dottoressa die Nadel eines

Tropfs mit solcher Vehemenz in meinen Arm, dass ich schon befürchtete, die Nadel käme auf der anderen Seite wieder heraus.

Nachdem sie mich mit drei oder vier Nadeln, an denen bunte Röhrchen hingen, durchlöchert hatte, wandte sich die Dottoressa erneut an die Staatsanwältin und erklärte ihr, dass sie und Silvia uns jetzt nach unten in die Radiologie begleiten könnten. Dann brachte mich eine Krankenschwester auf einer speziellen Transportliege nach unten. Die Dal Nero warf der Dottoressa einen scharfen Blick zu, dem diese mit Leichtigkeit standhielt, bevor mir beide endlich mit schnellen Schritten folgten. Für einen Moment befürchtete ich, sie würden ihre angeborene weibliche Konkurrenzfähigkeit gegenüber einem Bübchen meines Kalibers in einem Kurzstreckenlauf austragen und dabei einen solchen Eifer an den Tag legen, dass sie die Liege zusammen mit ihrem wertvollen Inhalt von der Strecke drängen würden.

Während wir uns mit hoher Geschwindigkeit der Lifttür näherten und ich innerlich den Einsatz des Safety-Cars forderte, trat die Dal Nero an meine Seite und sagte: »Also, Ranieri, erzählen Sie mir, was passiert ist.«

Während ich meinen Blick fest auf den Gang gerichtet hielt, antwortete ich: »Da gibt es nicht viel zu sagen. Wie Sie es angeordnet hatten, brachte mich Agente Buoni nach Hause. Als ich vor meinem Tor aus dem Auto stieg, explodierte plötzlich die Autoscheibe, die Mülltonne flog durch die Luft und landete neben meinen Füßen.«

»Haben Sie zwei Schüsse gehört?«

»Ehrlich gesagt, verstand ich zunächst überhaupt nicht, was da gerade passierte, weil zwischen meinen Hunden und Onofrio eine dämliche Rauferei im Gange war.«

»Wer ist Onofrio?«

»Agente Buonis Löwe.«

Die Polizistin, die uns mit zwei Schritten Abstand gefolgt war, ergänzte: »Er ist ein Rottweiler.«

»Ja, wie ich also schon sagte, die Hunde kämpften wie verrückt miteinander, und in diesem ganzen Durcheinander habe ich nicht genau mitbekommen, was gerade passierte. Ich wäre tatsächlich zur Zielscheibe geworden, hätte Agente Buoni nicht geschrien, dass ich hinter dem Auto in Deckung gehen soll.«

Die Dal Nero nickte: »Konnten Sie sehen, wer auf Sie geschossen hat?«

»Ich habe jemanden am Kanaldamm gesehen, ungefähr dreißig Meter von uns entfernt. Aber es war dunkel. Deshalb kann ich die Person, die wohl von mittlerer Statur war, auch nicht genau beschreiben.«

»Wie groß war sie? Ungefähr einen Meter sechzig?«

»Ich würde sagen, ja, auch wenn ich es nicht beschwören könnte. Ich habe sie ja nur flüchtig gesehen. Denn plötzlich sprang Onofrio Giuseppe an …«

»Giuseppe ist einer Ihrer Hunde?«, fragte die Dal Nero ernsthaft.

»Nein, Giuseppe ist mein Nachbar, der das ganze Chaos gehört hatte und mit seinem Jagdgewehr herüberkam. In diesem Moment tauchte Onofrio auf und sprang ihn an.«

»Entschuldigen Sie, Ranieri. Aber wollen Sie mir damit sagen, dass Giuseppe mit seinem Gewehr auf Agente Buoni und vielleicht auch auf Sie schießen wollte?«, fragte die Dal Nero überrascht.

»Nein, auf gar keinen Fall! Giuseppe wurde durch die Schüsse aufgeschreckt. Er kam aus seinem Haus, um zu sehen, was passiert war. Sein Gewehr hatte er nur zur Sicherheit mitgenommen …«

Die Dal Nero wandte sich an Silvia: »Agente Buoni, seien Sie bitte so freundlich und bitten Sie Ricciardi, zu diesem

Giuseppe zu gehen und ihn zu fragen, ob er vielleicht etwas gesehen hat, das Ihnen beiden entgangen ist. Anschließend kontrollieren Sie ordnungshalber, ob er wenigstens eine Waffenbesitzkarte hat.«

»Entschuldigen Sie, Frau Staatsanwältin, aber müssen Sie Giuseppe wirklich noch um diese Uhrzeit aufsuchen? Ich frage das nur, weil ich nicht gerade der Traumnachbar bin. Und nach diesem ganzen Chaos glaube ich, dass er und seine Familie ohnehin kein Wort mehr mit mir wechseln werden.«

»Ranieri, vielleicht ist Ihnen nicht klar, was hier gerade passiert. Zwei Menschen wurden ermordet, und eine dritte Person steht im Visier des Mörders. Und falls Sie es noch immer nicht kapiert haben, diese dritte Person sind Sie!«

Während die Dal Nero sich wieder Silvia zuwandte, erreichte ich die Radiologie.

Im Röntgenraum angekommen, führte Dottoressa Migliorini einen Schlauch in meine rechte Hand, der mit einer Art kleinem mechanischem Kran verbunden war, und sagte dann: »Sie müssen nun den Raum verlassen, Frau Staatsanwältin. Ich selbst gehe nach nebenan und starte die Röntgenaufnahme. Und Sie, Ranieri, bewegen sich erst wieder, wenn wir beide zurück ins Zimmer kommen.«

Ich war für diese Pause, ehrlich gesagt, sehr dankbar, denn seit man auf mich geschossen hatte, war ich keine Minute mehr für mich gewesen. Ich nutzte den Augenblick, um festzustellen, dass die Verletzung im Großen und Ganzen kaum schmerzte. Ich hatte mich schon immer gefragt, welchen Schmerz man spürt, wenn man von einer Kugel getroffen wird. Und ich muss zugeben, dass ich in diesem Moment, in dem ich stark gedämpft das für eine solche Art von Verletzung typische Brennen spürte, so etwas wie männlichen Stolz empfand. Leider hielt dieses Gefühl nur so lange an, wie ich die Augen auf die Beutel heftete, die an einem Haken über meiner Liege hingen:

Während in dem einen Beutel Blut war, befanden sich in den beiden anderen sicherlich die Betäubungsmittel.

Zusammen mit der resignierten Erkenntnis, nicht so stark wie Bruce Willis zu sein, drängte sich mir das Gewicht dieses völlig aberwitzigen Tages in Form einer unglaublichen Müdigkeit auf. Kurze Zeit später hörte ich, wie die Dal Nero und die Dottoressa wieder ins Zimmer kamen. Zunächst konnte ich noch die Umrisse ihrer Körper unterscheiden, doch dann wehrte ich mich nicht mehr gegen diese Müdigkeit, die mich mit voller Wucht getroffen hatte, und ließ mich einfach fallen.

Am nächsten Morgen wurde ich an der verletzten Hand operiert und stand den ganzen Tag unter der Wirkung der Narkose und der aufgestauten Müdigkeit. In einem der wenigen Momente, in denen ich kurz bei Bewusstsein war, weil ein sehr helles Licht durch eines der gardinenlosen Fenster schien, bemerkte ich, dass ich meinen rechten Arm nicht bewegen konnte, verstand es aber nicht. Es dauerte noch einen weiteren Tag, bis ich mich vollständig erholt hatte und wieder bei Kräften war. Ich kann mich an verschiedene Empfindungen in diesen Momenten erinnern: an einen künstlichen und metallischen Geschmack im Mund, dann, in schneller Reihenfolge, an den Durst eines Schiffbrüchigen in der Wüste und an eine verzweifelte Dringlichkeit im Bereich der Blase. Vierundzwanzig Stunden nach der Operation wollte ich endlich ins Bad gehen. Also hielt ich Ausschau nach einer Glocke oder einer Ruftaste, um eine Krankenschwester zu rufen. Nachdem ich nichts fand, rief ich laut um Hilfe. Das Geräusch, das aus meinem Mund kam, hatte keinerlei Ähnlichkeit mit dem »Ist da jemand?«, das ich eigentlich rufen wollte, genügte aber, um die Aufmerksamkeit eines Polizisten zu wecken, der vor meiner Zimmertür stand. Innerhalb weniger Sekunden, nachdem er die Tür geöffnet hatte, um mir zu helfen, standen mehrere Personen in meiner Zimmertür, die mich mit Fragen bombardierten und teilweise auch untereinander sprachen. Zum Glück kam sofort eine Krankenschwester, die die Tür wieder schloss und so diese Menschen am Eintreten hinderte. Ich fragte sie sofort, warum ich meinen Arm nicht bewegen konnte.

»Ihr rechter Arm ist im Moment noch fest verbunden und mit Riemen gesichert, damit Sie sich im Schlaf nicht wehtun.«

Ich versuchte, meinen Kopf anzuheben, spürte jedoch einen so stechenden Schmerz im Nacken, dass ich auf ihre Worte vertraute, ohne sie tatsächlich zu überprüfen.

Ich fragte nur: »Ich muss ins Bad. Darf ich aufstehen?«

»Wenn Sie möchten, können Sie es versuchen. Aber es wäre besser, wenn ich Ihnen helfen würde. Ihnen könnte nämlich schwindelig werden. Setzen Sie sich erst einmal langsam auf.«

Die Krankenschwester löste die Riemen, mit denen mein Arm gesichert war, und half mir, mich langsam aufzusetzen. Diese Bewegungen waren nicht einfach, aber nach einem kurzen Moment spürte ich, wie meine Kräfte und ein Minimum an Klarheit zurückkehrten, während sich in meinem Kopf alles drehte und ich schmerzhafte Stiche verspürte.

In diesem Moment erschien Dottoressa Migliorini.

Unsere Blicke trafen sich, als sie fragte: »Wie fühlen Sie sich, Signor Ranieri?«

»Hm ... Ich würde sagen, dass ich mich alles in allem erholt habe. Ich wollte gerade aufstehen, weil ich mal dringend ins Bad müsste.«

»Ja, das ist normal. Aber seien Sie vorsichtig in Ihren Bewegungen.«

Der Verband an meinem rechten Arm reichte nur bis zum Ellenbogen und behinderte mich nicht zu sehr in meinen Bewegungen. Aber ich musste ständig darauf achten, diese Hand nicht zu benutzen. Die Krankenschwester und die Dottoressa halfen mir beim Aufstehen, und als ich erst einmal auf meinen Füßen stand, schaffte ich es bald alleine. Ich ging so entschlossen wie möglich ins Bad und schloss die Tür. Bis auf ein weißes Hemd, das an den Seiten offen war, war ich völlig nackt. Da ich leider kein Linkshänder bin, war mir die anstehende Körperfunktion ohne den Einsatz meiner rechten Hand nicht vertraut. Außerdem musste ich mit der linken Hand gleichzeitig auch noch das Hemd weghalten. Das Ergebnis entsprach jenem, das Frauen Männern am häufigsten ankreiden. Zumal die Endphase aufgrund der geringen Geschicklichkeit der linken Hand doch eher »ungenau« verlief. Ich versuchte, den Schaden zu bereinigen oder, wie die Dal Nero es bevorzugt ausdrückte, die Spuren zu beseitigen. Anschließend wusch ich meine linke Hand und ging zurück ins Zimmer.

Dort fand ich nur die Ärztin vor, die offensichtlich erneut die vorrangigen Gründe der Medizin geltend machen wollte. Sie schloss die Zimmertür und zwang alle anderen, draußen zu bleiben.

»Hier bin ich wieder. Kann ich etwas essen oder trinken?«, fragte ich sie.

»Heute sollten Sie nur Fruchtsaft trinken und etwas Leichtverdauliches essen wie Kompott. Ab morgen können Sie dann wieder wie gewohnt essen. Wie fühlen Sie sich, Ranieri?«

»Ich würde sagen, ganz gut. Es ist etwas ungewohnt, die rechte Hand nicht benutzen zu können. Aber Sie werden mir jetzt vermutlich erklären, dass ich einfach die Fahrradklingel auf der linken Seite des Lenkers anbringen soll.«

»Demnach fahren Sie oft mit dem Fahrrad?«, fragte mich die Ärztin und grinste über meinen faden Witz.

»Nein, ich scherze nur ... Entschuldigung, aber anscheinend setzt sich mein Körper wieder in Bewegung, bevor es mein Gehirn tut ...«

»Machen Sie sich keine Sorgen. Ich wollte Ihnen kurz erklären, was meine Kollegen und ich während des Eingriffs gemacht haben.«

»Okay, schießen Sie los, Dottoressa.«

»Wir haben in der Hand die Beugesehnen des Zeigefingers, die durch die Kugel verletzt wurden, rekonstruiert. Da wir keine weiteren Schäden gefunden haben, haben wir die Wunde mit fünf Stichen auf der einen und mit fünf Stichen auf der anderen Seite genäht. Der Eingriff war einfach, aber Sie müssen zehn Tage einen Verband tragen und anschließend Ihre Motorik wiederaufbauen, damit die Glieder wieder voll funktionsfähig sind. Haben Sie das verstanden?«

Ich nickte: »Wann kann ich nach Hause?«

»Sobald das Entlassungsformular ausgefüllt ist. Aber Staatsanwältin Dal Nero wartet auf dem Flur und will mit Ihnen sprechen, sobald Ihnen danach ist.«

»Ja, natürlich.«

»Okay. Dann schicke ich sie jetzt herein. Vorher möchte mich noch von Ihnen verabschieden und erwarte Sie dann in zehn Tagen zum Fädenziehen und zur Kontrolluntersuchung.«

»Einverstanden, Dottoressa. Fürs Erste herzlichen Dank für alles.«

Ich drückte ihre rechte mit meiner linken Hand. Sie lächelte mir zu und schenkte mir einen Blick menschlichen Verständnisses für eine Person, die bis zum Hals in Schwierigkeiten steckte. Dann drehte sie sich um, öffnete die Zimmertür und erklärte der Staatsanwältin, dass ich nun zur Verfügung stehe. Verstohlen blickte ich durch die Tür auf den Flur und stellte fest, dass alle anderen Personen, die ebenfalls draußen warten mussten, Journalisten waren.

Und gerade noch rechtzeitig bemerkte ich, dass die Dal Nero nicht mehr die Jeans vom Vortag trug, sondern einen engen Rock, der ihren eleganten Gang fantastisch zur Geltung brachte.

»Guten Tag, Signor Ranieri. Wie geht es Ihnen?«

»Danke, ganz gut. Sie sagen, ich hätte das Schlimmste hinter mir.«

»Aus medizinischer Sicht mögen Sie da recht haben. Aber aus Sicht der Ermittlungen fürchte ich, dass Sie noch gar nichts hinter sich haben.«

»Das heißt?«

»Da Sie derjenige waren, der die Leiche von Dottore Salvioni entdeckt hat, und da es da draußen jemanden gibt, der Sie töten will, würde ich behaupten, dass ›das Schlimmste hinter sich haben‹ eine Spur zu optimistisch ist. Meinen Sie nicht auch?«

»Ich muss schon sagen, Sie wissen, wie Sie mich beruhigen können ...«

»Ich muss Sie nicht beruhigen, sondern Ihnen die Dinge sagen, wie sie sind. Außerdem wird Sie ab sofort zu Ihrem eigenen Schutz ein Polizist auf Schritt und Tritt begleiten.«

»Sagen Sie das niemandem, aber da lasse ich mich doch lieber umbringen!«

»Es tut mir leid, Ranieri, aber Sie haben keine Wahl. Ihnen scheint nicht klar zu sein, dass man noch einmal versuchen wird, Sie zu ermorden. Es ist absurd, keinen Schutz zu wollen. Warum wollen Sie das nicht?«

»Zum einen, weil ich mit diesem ganzen Schlamassel nichts zu tun habe.«

»Ja, natürlich. Das werden Sie Ihrem Mörder sicher auch erklären.«

»Zweitens würde mich der Leibwächter wahnsinnig irritieren. Ich bin es gewohnt, Platz zu haben und frei zu sein. Ich würde noch nicht einmal Miss World ständig in meiner Nähe dulden, geschweige denn einen Polizisten, der ewig an mir klebt!«

»Hören Sie, Ranieri. Ich kann Sie nicht dazu zwingen, vernünftig zu sein, aber Sie sollten wissen, dass wir unter diesen

Umständen gezwungen sind, Ihnen zu folgen und Sie ständig zu überwachen. Sie werden sich ohnehin nicht mehr frei fühlen, und wir werden uns abmühen, um Sie zu schützen.«

»Ich danke Ihnen vielmals für Ihre Besorgnis, aber ...«

»Meine Besorgnis? Da sind Sie aber auf dem Holzweg, Ranieri. Meine einzige Besorgnis ist die, dass ich im Laufe der Ermittlung auf eine weitere Leiche stoßen könnte, vor allem, wenn mir diese Leiche nützliche Hinweise hätte geben können.«

»Und diese Hinweise erhoffen Sie sich von mir? Ich weiß nicht, warum Massimo ermordet wurde, und ich weiß auch nicht, warum seine Frau ermordet wurde, und noch weniger weiß ich, warum jemand versucht, auch mich zu töten. Welche Hinweise sollte ich Ihnen also geben können?«

Die Dal Nero hielt einen Moment inne und sah mich an, als überlege sie, ob sie mir etwas Bestimmtes sagen sollte. Diese Pause gab uns beiden die Gelegenheit, kurz durchzuatmen und unseren Ton zu ändern. Grundsätzlich standen wir ja auf der gleichen Seite, und mit einem Streit war niemandem geholfen.

In einem freundlicheren Ton nahm die Dal Nero das Gespräch wieder auf: »Wir haben das Handy von Dottore Salvioni gefunden. Er hat Ihnen kurz vor seiner Ermordung eine SMS geschickt.«

»Aha ... und was hat er geschrieben?«

»Falsches Blut.«

KAPITEL 5

»Falsches Blut …? Und was bedeutet das?«

»Das frage ich Sie. Wenn Dottore Salvioni Ihnén diese Nachricht geschickt hat, dann, weil er glaubte, dass Sie sie auch verstehen.«

»Stattdessen sagt sie mir überhaupt nichts. Falsches Blut … Nein, das macht keinen Sinn. Das scheint doch eher eine Nachricht an einen Kollegen zu sein, oder? Nein, mir sagt sie überhaupt nichts.«

»Hat Dottore Salvioni vielleicht vor Kurzem mit Ihnen über mögliche Probleme im Krankenhaus gesprochen? Oder über irgendwelche Patienten?«

»Massimo war sehr zurückhaltend. Außerdem haben wir nie über die Arbeit gesprochen, weder über seine noch über meine.«

»Ranieri, ich habe Grund zu der Annahme, dass das Motiv, warum man Sie töten will, im Zusammenhang mit dieser Nachricht steht. Also denken Sie in Ruhe darüber nach, und versuchen Sie, einen Sinn in diesen beiden Worten zu finden.«

»Natürlich denke ich darüber nach. Aber, ehrlich gesagt, bin ich nicht gerade optimistisch, was das Ergebnis meiner Überlegungen angeht.«

»Auf dem Flur warten einige Journalisten. Bitten denken Sie daran, dass Sie nichts sagen dürfen. Jede Information, die nach außen dringt, kann fatale, sogar tödliche Folgen für Sie haben, wenn Sie verstehen, was ich meine.«

»Oh, das beruhigt mich jetzt ungemein! Machen Sie sich keine Sorgen, Frau Staatsanwältin. Aber wenn Sie möchten, können Sie ja dabei sein, wenn ich mit den Journalisten spreche«, schlug ich ihr treuherzig vor.

»Auf jeden Fall. Und Sie beschränken sich darauf, nur zu erzählen, wie Sie sich fühlen, ohne darauf hinzuweisen, dass wir nicht wissen, wer auf Sie geschossen hat. Ist das klar?«

»Oh, das wird nicht sonderlich schwer sein, denn alles, was ich weiß, ist, wie ich mich fühle.«

»Ich meinte damit, dass niemand erfahren soll, dass Sie Ihr Handy vermissen und dass Dottore Salvioni Ihnen vor seiner Ermordung diese Nachricht geschickt hat.«

Sie warf mir einen wütenden Blick zu und benahm sich wie eine Mutter gegenüber ihrem ungehorsamen Sohn.

»Aber was ist, wenn die Journalisten mich fragen, warum ich auf keinen der vielen Anrufe reagiert habe?«, gab ich zu bedenken.

»Ranieri«, so langsam wurde ihr Ton schärfer, »sagen Sie denen, dass Sie andere Sachen im Kopf hatten, okay?«

»Okay, regen Sie sich nicht auf. Es ist schließlich das erste Mal, dass man mich umbringen will. Was ich damit sagen will, ist, dass ich, mit Verlaub, in solchen Dingen etwas unerfahren bin.«

Ich entlockte ihr ein Lächeln, das zwar zwischen Ironie und Verständnis schwankte, sie aber dennoch wunderschön strahlen ließ.

Während ich noch darüber nachdachte, wie ich ihr das sagen könnte, ohne dass es banal klang, ging sie zur Tür, um die wartenden Reporter hereinzulassen. Neben meinen wirklichen Kollegen, dem Direttore des *Mattino*, Gianluca Grandi, und Piovesan, einem weiteren Mitarbeiter aus dem Wirtschaftsressort, waren noch einige vermeintliche Kollegen gekommen, die sich selbst als meine besten Freunde ausgaben. Mein Zimmer war plötzlich so voll, dass ich kurz überlegte, hinauszugehen.

Sie legten sofort mit ihren Fragen los, und ihre Stimmen übertönten sich gegenseitig, sodass Staatsanwältin Dal Nero beschloss, auf ihre ganz persönliche Weise einzugreifen, das heißt, sie übertönte diese Stimmen mit ihrer eigenen.

»Meine Herren, bitte, wir sind hier in einem Krankenhaus! Sprechen Sie doch etwas leiser. Ich wiederhole noch einmal, was Ihnen bereits gesagt wurde. Es sind ausschließlich Fragen zur Gesundheit zulässig. Klar?«

Piovesan ergriff als Erster das Wort. »*Caro* Ranieri, kannst du mir sagen, wer auf dich geschossen hat?«

Während ich lachen musste, mischte sich die Dal Nero wieder ein.

»Haben Sie nicht gehört, was ich gesagt habe? Spreche ich Chinesisch?«

»Entschuldigen Sie, Frau Staatsanwältin, aber der Typ, der auf Ranieri geschossen hat, ist doch in gewisser Hinsicht relevant in Bezug auf seine Gesundheit, oder etwa nicht?«

Bevor die Dal Nero ihm den Kopf abreißen konnte, meinte ich: »Mann, Gibbo, jetzt versuch nicht, sie für dumm zu verkaufen. Die Staatsanwältin hat schon genug mit mir zu tun. Jetzt bring du nicht das Fass zum Überlaufen. Was ich weiß, werde ich auch ohne deine Fragerei sagen. In den letzten Tagen wurden zwei Personen, die ich kannte, ermordet, zwei Personen, mit denen ich gemeinsam im Golfklub Frassanelle Golf gespielt habe. Am Sonntagmorgen habe ich die Leiche von Dottore Salvioni entdeckt, und am gleichen Abend«, ich suchte den Blick der Dal Nero, »wurde ich von der Polizei nach Hause begleitet. Dort schoss man vom nahe gelegenen Kanaldamm auf mich. Ich schätze, aus einer Entfernung von etwa dreißig Metern. Ich wurde an der Hand getroffen, und der Täter flüchtete, als die Polizei das Feuer erwiderte, womit er vermutlich nicht gerechnet hat.«

Mir blieb keine Zeit, um dem Gesagten noch etwas hinzuzufügen, da sie mich mit Fragen nur so bombardierten.

Ich seufzte und meinte zu Grandi: »Ich weiß noch nicht, wann ich wieder arbeiten kann. Aber ich lasse es Sie so schnell wie möglich wissen.«

Die Dal Nero packte die Gelegenheit beim Schopfe und teilte den Anwesenden mit, dass keine Fragen mehr beantwortet werden würden, und bat sie, das Zimmer zu verlassen. Trotz einiger Proteste blieb ich bald alleine mit der Dal Nero zurück.

»Wissen Sie was, Frau Staatsanwältin?«

»Was denn, Ranieri?«

»Nach weniger als fünf Minuten auf der anderen Seite gehen mir Journalisten schon auf die Nerven!«

Sie musste lachen und verzog dabei ihr Gesicht – eine natürliche Geste, voller Weiblichkeit.

»Na ja, aber dieses Mal haben Sie sich gut geschlagen! Übrigens, haben Sie über die Nachricht nachgedacht, die Ihnen Dottore Salvioni geschickt hat?«

Nun war es an mir, empört zu reagieren: »Aber haben Sie mir nicht gesagt, dass ich in Ruhe darüber nachdenken soll?«

Bevor sie sich aus der Affäre ziehen konnte, kam Dottoressa Migliorini mit den notwendigen Dokumenten für meine Entlassung zurück.

»Ranieri, wenn Sie wollen, können Sie jetzt gehen. Ihre Entlassungspapiere sind fertig. Sie müssen sie nur noch unterschreiben. Aber denken Sie daran, Ihre rechte Hand nicht zu belasten. Außerdem darf der feste Verband nicht nass werden. In zehn Tagen erwarte ich Sie zum Fädenziehen und zur Kontrolluntersuchung«, erklärte sie mir, während sie mir die Dokumente übergab.

»Dottoressa, ich glaube nicht, dass das notwendig sein

wird. Sollte Ranieri weiterhin unseren Schutz ablehnen, wird das Ziehen der Fäden sein letztes Problem sein«, gab die Dal Nero zur Antwort.

Die Staatsanwältin baute noch immer auf eine kameradschaftliche Frauenallianz, in der Hoffnung, ich würde meine Sturheit aufgeben. Oder sie zielte auf den Selbsterhaltungstrieb ab, der ihrer Vermutung nach einem Vertreter der Medizin angeboren sein musste.

Die pikierte Antwort der Dottoressa überraschte mich: »Das ist nicht mein Problem. Sollte Ranieri lebend hier im Krankenhaus auftauchen, werde ich ihm die Fäden ziehen. Sollte er tot ankommen, hat er mir Arbeit erspart.«

Dann beugte sie sich zu mir herunter, damit ich die Dokumente, die mich aus den Fängen des Krankenhauses befreiten, leichter unterzeichnen konnte. Anschließend verabschiedete sie sich und ging, ohne sich noch einmal umzudrehen.

»Wissen Sie was, Staatsanwältin Dal Nero?«

»Was?«

»Sie oder ich, oder wahrscheinlich wir beide, waren dieser Frau wohl äußerst unsympathisch.«

»Nicht, dass mich das sonderlich interessieren würde, aber ich glaube, Sie haben recht.«

Sie lächelte mich wieder an, aber dieses Mal schaute sie mir direkt in die Augen.

Und so fühlte ich mich ermutigt, zu fragen: »Sollten wir uns nicht so langsam duzen? Also nur, weil es jedes Mal eine halbe Stunde dauert, wenn ich Sie Staatsanwältin Dal Nero nennen muss.«

Noch ein Lächeln.

»Einverstanden, Ranieri. Ich heiße Giulia.«

»Und ich Riccardo.«

Dann folgte ein Moment verlegener Stille, bis ich beschloss, das Thema zu wechseln und in die Realität zurückzukehren.

»Sag mal, Giulia, hast du schon mit Conte di Nogaredo gesprochen?«

»Ja, aber er hat mir nichts Besonderes erzählt. Er habe an dem Abend, an dem Massimo ermordet wurde, mit ihm gesprochen, und der Dottore habe sich über seinen Sohn Arcadio beschwert. Dieser würde sich zu viele Vertraulichkeiten herausnehmen und sei schlecht erzogen.«

»Ich kannte Massimo und kann mir nicht vorstellen, dass das alles gewesen sein soll.«

»Wir können auch kaum behaupten, dass Dottore Salvioni getötet wurde, nur weil er sich bei dem Conte über das ungehobelte Benehmen seines Sohnes beschwert hatte.«

»Nein, natürlich nicht. Das wäre etwas übertrieben. Aber ich wüsste nur zu gerne, worüber sie wirklich gesprochen haben. Giulia, ich habe gerade die Entlassungspapiere unterschrieben und möchte jetzt so schnell wie möglich hier raus. Und da es fast acht Uhr ist, könnten wir unser Gespräch doch bei einer Pizza fortsetzen, oder?«

Sie schaute mich etwas zweifelnd an und warf dann einen Blick auf ihre Uhr, als wollte sie meine Behauptung überprüfen.

Ich setzte nach: »Du könntest mich dann auch gleichzeitig beschützen. Du trägst doch eine Waffe, oder etwa nicht?«

»Gott bewahre, nein! Aber wir hätten auf jeden Fall Polizeischutz.«

»Okay. Ende der Diskussion, wir gehen Pizza essen.« Noch bevor sie zum Widerspruch ansetzen konnte, sagte ich schnell: »Aber jetzt entschuldige mich bitte, Giulia. Die Verlockung, mich nackt zu sehen, mag ja groß sein, aber würdest du bitte draußen warten, bis ich mich angezogen habe?«

»Ich gehe schon, Riccardo. Aber ich bin mir nicht sicher, ob es eine gute Idee war, dein Du zu akzeptieren.«

»Keine Panik. Ich weiß mit diesem Privileg wie ein wahrer Gentleman umzugehen.«

Kurze Zeit später verließen wir das Krankenhaus in Begleitung eines Polizisten in Zivil, der sich als Paolo Battiston vorgestellt hatte. Giulia und ich stiegen in ihren Mercedes der C-Klasse, Battiston in seinen Ford Fiesta. Egal, wie viel Sicherheit oder dreisten Leichtsinn ich auch vorzutäuschen versuchte, mir war anzusehen, dass ich nicht mehr so ruhig war wie kurz zuvor im Krankenhaus. Die Tatsache, dass mich jemand töten wollte, störte mich doch ungemein.

Auf dem Weg von Abano zu mir nach Hause hielten wir wenig später vor einer Pizzeria. Der Polizist ging mit uns hinein, und wir entschieden uns für einen der abgeschiedenen Tische. Ich bestellte meine obligatorische Pizza Margherita und nahm mir vor, sie dieses Mal nicht bei der erstbesten Gelegenheit zu erbrechen.

Während wir auf das Essen warteten, sprachen wir über die Ermittlungen.

»Wie oft ich auch über diese Nachricht grüble, sie sagt mir einfach nichts. Wenn Salvioni für ›falsches Blut‹ getötet wurde, schickte er mir diese Nachricht vielleicht in dem Glauben, sich retten zu können, wenn er dieses Geheimnis nicht länger für sich behielt. Wahrscheinlich vertraute Massimo darauf, dass, wenn andere über das ›falsche Blut‹ Bescheid wüssten, es keinen Grund mehr für seine Ermordung gäbe. Aber wie diese Nachricht eine Person hätte aufhalten können, die zu einem derart brutalen Mord bereit war, verstehe ich einfach nicht.«

»Wir haben im Archiv des Krankenhauses nach Fällen falscher Bluttransfusionen gesucht, aber in den letzten zehn Jahren gab es noch nicht einmal etwas annähernd Ähnliches. Es war vielmehr sehr schwierig, überhaupt irgendwelche Vorwürfe gegen Dottore Salvioni zu finden, geschweige denn einen schwerwiegenden Fehler, an dem er die Schuld trug. Ehrlich gesagt, glaube ich nach wie vor an die Spur im Klub. Ich habe auch das Gefühl, dass der Conte di Nogaredo mir vieles verheimlicht hat, und von daher sollten wir ihn noch einmal gemeinsam besuchen. Wenn du dabei bist, kann ich seine Reaktionen beobachten. Denn wenn du wirklich etwas damit zu tun hast, lässt er sich von deiner Anwesenheit vielleicht beeinflussen und fühlt sich emotional beteiligt. Wenn eine Person nervös wird und sich unter Druck gesetzt fühlt, verliert sie sehr oft die Kontrolle.«

»Ja, das ist so eine Art Faustregel!«, stimmte Battiston ihr zu.

»Einverstanden, aber ich kenne Conte Alvise nur vom Sehen und wurde ihm auch nie persönlich vorgestellt. Er kommt nur selten in den Klub und sucht generell nur wenig Kontakt zu anderen Menschen.«

»Hatte er Kontakt zu Dottore Salvioni?«

»Ja und nein. Salvioni hatte mehr oder weniger zu allen Kontakt. Massimo konnte sich den verschiedensten Menschen anpassen und mit ihnen reden, als würde er sie ewig kennen, auch wenn er sie gerade erst kennengelernt hatte.«

»Ja, ich weiß, was du meinst. Aber in diesem Fall würden die Ermittlungen deine Anwesenheit erklären, und ich denke, wir sollten dem Conte auch von der Nachricht erzählen.«

»Aber ich will nicht, dass der Conte danach seine Pistole zückt und mich erschießt! Es ist eine Sache, im Dunkeln aus einer Entfernung von dreißig Metern zu schießen, aber eine ganz andere, bei Tageslicht mit einem Abstand von einem Meter.«

Battiston konnte sich das Lachen kaum verkneifen.

»Aber dann hätten wir den Fall gelöst! Und nicht nur das, wie hätten auch der Dottoressa Migliorini die Mühe erspart, dich noch einmal untersuchen zu müssen«, meinte Giulia ironisch.

Diese Frau gefiel mir immer besser. Sie konnte in einem Moment größter Anspannung lachen. Und auch wenn das

Leben, das in Gefahr war, mein eigenes war, war das eine fantastische Eigenschaft, die sie nur noch faszinierender machte. Ich musste einfach herausfinden, ob diese Anziehungskraft auf Gegenseitigkeit beruhte.

Als unsere Pizzen kamen, stellte mich die Tatsache, dass ich meine rechte Hand nicht benutzen konnte, vor eine wichtige Entscheidung: Entweder verzichtete ich auf die Rolle des erwachsenen Mannes und bat jemanden, mir die Pizza in Stücke zu schneiden, oder ich befolgte den Rat der Dottoressa Migliorini und entschied mich für eine flüssige Ernährung. Ich beschloss, meinen Polizeischutz zu nutzen und ihn auch für diese Aufgabe einzusetzen. Auch wenn ich ziemlich skeptisch war, ob dieser Polizist wirklich eine abschreckende Wirkung auf meinen potenziellen Mörder hatte, wollte ich seine Anwesenheit nutzen und ihn auf meine Pizza ansetzen. Wenigstens konnte er mit dieser kleinen Hilfe einen Teil des Ungemachs wiedergutmachen, das seine Einmischung in mein Leben verursachte.

Nach dem Essen begleiteten Giulia und Battiston mich nach Hause, genauer gesagt, sie eskortierten mich bis zum Haus. Nachdem wir Giuseppes Tor passiert hatten, zeigte ich Giulia, von wo auf mich geschossen worden war. Als ich die Situation und die Schießerei noch einmal durchspielte, einschließlich des rabiaten und gleichzeitig freudigen Gebells von Mila, lief mir ein Schauer über den Rücken: Wie beim letzten Mal war es Abend, und ich wurde von der Polizei nach Hause begleitet.

Instinktiv vorsichtig stieg ich aus Giulias Wagen, ging zu meinem Tor und öffnete es, damit Mila und Newton herauskommen konnten. Die beiden Hunde liefen sofort das gesamte Areal ab, beschnupperten Giulias und Battistons Beine und suchten das Gelände ab wie gut ausgebildete Soldaten. Ehrlich gesagt, führte Mila diese Sicherungsmaßnahme durch, während Newton sich lieber von Giulia streicheln ließ:

Monatelange Ausbildung und geduldige Disziplin waren sofort vergessen dank weniger Liebkosungen und – oh, dieser Glückliche – einiger liebevoller Worte.

Nachdem ich Giulia den Ablauf der Schießerei geschildert hatte, lud ich meine Gäste ins Haus ein. Bevor ich die Hundenäpfe mit Futter und frischem Wasser auffüllte, ließ ich die beiden in der Küche Platz nehmen. Mit dem Kamin und einer Einrichtung im provenzalischen Stil, die mich mehr als drei Jahre meiner Ersparnisse gekostet hatte, ist mir die Küche der gemütlichste Raum in meinem Haus. Obwohl das Wohnzimmer gut achtzig Quadratmeter groß ist, seine Fenster den Blick auf die angrenzenden Hügel freigeben und die Sofas sehr bequem sind, ziehe ich die Wärme der Küche vor. Vielleicht liegt es an meiner mangelnden Erfahrung mit Besuchern, aber ich lasse meine Gäste immer dort Platz nehmen.

»Wohnst du wirklich alleine hier, Riccardo?«, fragte Giulia ungläubig.

»Nachdem ich zwanzig Jahre in einer Zweizimmerwohnung in Mailand gelebt hatte, hatte ich das Gefühl, mich mit großen Räumen und viel Grün umgeben zu müssen. Und als ich dann dieses Haus zum ersten Mal besichtigt hatte, wusste ich sofort, dass es nur auf mich gewartet hatte.«

Wir saßen zusammen am Tisch, und ich fragte Giulia und meinen Leibwächter, mit dem ich ab sofort untrennbar verbunden war, ob sie etwas trinken wollten, bevor ich Battiston das Du anbot. Nach einer Pizza trinke ich mehr als ein Kamel, und auch meine Gäste waren durstig. Doch mehr als Coca Cola, Bier und Wasser gab mein Kühlschrank nicht her. Wir überlegten uns eine Strategie für das Treffen mit dem Conte di Nogaredo, oder besser gesagt, Giulia erklärte mir, wie wir es arrangieren könnten.

»Dieses Mal möchte ich ihn nicht zur Befragung in die Staatsanwaltschaft laden. Ohne neue Beweise hält der Conte es vielleicht nicht für nötig, alles noch einmal zu wiederholen. Nein, ich würde ihn lieber mit dir zusammen in seiner Villa besuchen.«

»Und was soll ich sagen?«

»Solange er dich nicht direkt anspricht, sagst du gar nichts. Sollte er dich aber fragen, musst du ihm unbedingt von der Nachricht erzählen, die du bekommen hast. Dabei lässt du durchblicken, dass du dir darüber so deine Gedanken gemacht hast.«

»Darüber meine Gedanken gemacht habe?«

»Du musst ihn glauben lassen, dass du den Sinn der Nachricht verstanden hast und mit mir darüber sprechen willst. Nicht mehr. Sollte der Conte Alvise dich um eine Erklärung bitten, erklärst du ihm, dass du das nicht darfst. Und in diesem Moment werden wir seine Reaktion beobachten. Leider können wir nicht mehr tun, als hoffen, dass wir ihn irgendwie reizen.«

»Mit Reizen kenne ich mich nicht aus, aber anderen auf die Nerven zu gehen, darin bin ich ein Meister. Wann gehen wir?«

»Das weiß ich noch nicht. Ich rufe den Conte morgen früh an und frage, ob wir ihn gegen elf Uhr besuchen können. Anschließend melde ich mich bei dir.«

»Ja, mach das. Fragt sich nur, wie du mich anrufen willst. Mein Handy liegt irgendwo herum, und der Akku ist komplett leer.«

»Dann musst du es heute Abend suchen. Ich rufe auf Paolos Handy an, und er spielt den Vermittler. Er wird hier schlafen, und da du so viel Platz hast, kannst du mir kaum erzählen, dass dir deine Privatsphäre fehlt.«

Paolo war etwas kleiner als ich, hatte aber einen solchen Bauch, dass man sich fragte, wie er im Stand das Gleichgewicht halten konnte. Mir gefiel der Gedanke nicht, einen Eindringling in meinem Haus zu haben, aber unter den gegebenen Umständen wollte ich keine Schwierigkeiten machen.

Ich wollte lediglich ein wenig Beachtung gewinnen und fragte Giulia: »Wenn ich zustimme, essen wir dann morgen Abend gemeinsam?«

»Natürlich nicht. Wie kommst du darauf? Und wozu sollte das gut sein?«

Aus den Augenwinkeln sah ich, wie Paolo verlegen auf seinem Stuhl hin und her rutschte. Vielleicht wünschte er sich noch mehr als ich, er wäre an einen anderen Ort.

Ich log schamlos: »Ich möchte, dass du mich über den neuesten Stand der Ermittlungen informierst.«

»Riccardo, jetzt versuch nicht, mich für dumm zu verkaufen. Ich weiß es noch nicht, wir werden sehen. Ich bin nicht verpflichtet, irgendjemanden auf den neuesten Stand zu bringen. Ich gehe jetzt, wir hören morgen voneinander.«

Wir standen auf, und ich begleitete sie zusammen mit Paolo, Mila und Newton zum Auto. Newton schien nach ihrem Weggang am stärksten an gebrochenem Herzen zu leiden, aber wenigstens wurde er von ihr liebevoll gestreichelt, während Paolo und ich mit einem banalen »Gute Nacht« verabschiedet wurden.

Wir blickten ihr nach, während Giulias Auto in die Nacht entschwand. Ich bin es nicht gewohnt, am Abend Gäste zu haben, geschweige denn über Nacht, und dann auch noch Herrenbesuch.

Paolo schien mein Unbehagen zu spüren und meinte gleich: »Mir ist schon klar, dass es dir lieber gewesen wäre, wenn die Staatsanwältin an meiner Stelle geblieben wäre.«

»Komm schon, was redest du da! Neinnnn … Ich liebe es, in meinem Haus mit einem fremden und bewaffneten Mann zu schlafen.«

»Da ich hier bin, damit man nicht noch einmal auf dich schießt, ist es wohl gar nicht so schlecht, dass ich bewaffnet bin, oder?«

»Natürlich, Paolo, das war doch nur ein Witz. Aber wie wollen wir das denn jetzt heute Nacht machen?«

»Wenn du noch eine Matratze hast, legen wir sie vor deine Zimmertür, und alles ist in bester Ordnung.«

»Aha! Also eine konsequente Deckung?«

»Ich bin halt nun mal hier, also sollten wir das Beste daraus machen.«

»Nur damit du es weißt: Hier ist man sicherer als in Fort Knox. Bei Mila fällt noch nicht einmal ein Blatt auf den Boden, ohne dass sie bellt, und Newton lässt bestimmt niemanden ins Haus.«

»Ja, aber was ist, wenn der Mörder auf deine Hunde schießt?«

Diese offensichtliche Möglichkeit hatte ich, ehrlich gesagt, übersehen.

»In dem Moment würde ich so wütend werden, dass mich noch nicht einmal eine Bazooka aufhalten könnte.«

»Meiner Meinung nach hält dich schon ein Damenpistölchen auf.«

Zweifelsohne passte die harte Rolle à la Bruce Willis nicht wirklich zu mir.

»Vielleicht hast du ja recht, Paolo. Wärst du jetzt vielleicht so freundlich, mir bei der Suche nach meinem Handy zu helfen?«

KAPITEL 6

Dank seines erneut aufkommenden Appetits suchte Paolo gänzlich uneigennützig in der Küche, während ich mich in der Waschküche im Erdgeschoss umsah.

Trotz allem, was Paolo gesagt hatte, war ich felsenfest davon überzeugt, dass die beste Abschreckung möglicher Angriffe meine deutschen Schäferhunde waren, und so ließ ich sie ins Haus, damit sie mich auf der Suche nach meinem Handy begleiten konnten.

Die Waschküche bestach dank meines Unbeendeter-Umzug-Syndroms durch ihre unordentliche Atmosphäre, die bei einer unzureichend vorbereiteten Person zu bleibenden psychologischen Schäden führen könnte. Dieser Raum, der schon in den Originalplänen als Waschküche gedacht war, hatte eine Größe von rund vierzig Quadratmetern, bei denen dreißig von Kisten mit Überbleibseln meines Lebens beansprucht wurden. Er verfügte über drei Fenster, die eigentlich den Blick nach draußen freigaben, wobei zwei Fenster aber mit Kartons zugestellt waren. Während ich auf einem Regal mit einer Unmenge an Waschmittelflaschen, Reinigungsmitteln und Medikamenten nach einem Platz suchte, an dem ich das Handy abgelegt haben könnte, hatte ich plötzlich das deutliche Gefühl, als wäre ein Schatten an einem der Fenster vorbeigehuscht. Im selben Moment begannen Mila und Newton das Fenster anzubellen, und ich geriet in Panik. Während der Schießerei war der Überraschungseffekt so groß gewesen, dass ich keine Zeit hatte, um zu verstehen, was vor sich ging. Doch jetzt wurden mir zwei Dinge schlagartig bewusst. Erstens: Da draußen gab es einen Verrückten, der beharrlich seine Mordabsichten weiterverfolgte. Zweitens: Ich musste schnell handeln, wollte ich überleben.

Ich rief nach Paolo, obwohl ich wusste, dass das Bellen der Hunde meine Stimme übertönen würde. Ich hatte keinen Zweifel daran, dass da draußen jemand war. Das zeigte mir die Wut der Hunde, der sie lautstark Ausdruck verliehen, da jemand in ihr Territorium eingedrungen war. Ich wusste nicht, ob ich die Tür nach draußen öffnen sollte oder nicht. Sollte dieser Typ bewaffnet sein, würde er womöglich meinen Tieren etwas antun. Ich nahm die dickste Flasche aus dem Regal und umklammerte sie mit meiner einsatzfähigen linken Hand. Dann versuchte ich vergeblich, Mila und Newton zum Schweigen zu bringen, während ich mich hinter der Tür versteckte, damit man mich durch das Fenster nicht sehen konnte. Das war die schlechteste Wahl, die ich hatte treffen können: Paolo, der das fürchterliche Hundegebell gehört hatte, kam nach unten gelaufen und trat so heftig gegen die Tür zur Waschküche, als wolle er sie einschlagen. Die Tür traf mich mitten ins Gesicht und an der verletzten Hand, die ich instinktiv zum Schutz hochgehoben hatte. Die Wucht des Schlags war so enorm, dass ich glaubte, mich hätte der Blitz getroffen.

Ich fand mich auf dem Boden wieder, und Paolo fragte, was passiert sei, als ich feststellte, dass die Hunde nicht mehr bellten. Mit hängendem Schwanz drückten sie sich an der Wand entlang, um zur Tür und nach draußen zu gelangen. Dieses Verhalten konnte nur eins bedeuten: Sie wussten, dass jemand da draußen war. Ich erklärte Paolo, dass jemand im Garten sei, und während er zur Tür eilte, klingelte es an der Haustür: Es war Giuseppe, der mit Unschuldsmiene fragte, warum ich nicht ans Handy ging. Mir fiel sofort das ein oder andere obszöne Wort ein, aber ich hielt mich zurück.

»Woran hast du dich denn gestoßen?«, fragte er mich, als er sich mein Gesicht genauer besah.

»Wieso gestoßen?«

»Na, dein rechtes Auge ist blau wie ein Veilchen.«

»Ich bin gegen eine Tür gerannt.«

»Klar. Und ich bin der Papst.«

»Nein, das stimmt wirklich. Zuerst kam Paolo nach unten, weil die Hunde bellten und … ach was, lassen wir das.«

Ich ging ins Bad und besah mich im Spiegel. Tatsächlich, mein rechtes Auge war blau angelaufen. Im Moment sah ich mit der verletzten Hand und dem blauen Auge wirklich nicht aus wie die Gesundheit in Person.

Hinter mir brummelte Paolo eine Entschuldigung, aber ich meinte nur: »Also, wenn das deine Art von Schutz ist, dann lasse ich lieber den Mörder ins Haus. Der zielt wenigstens saumäßig.«

»Was kann ich denn dafür? Und wieso versteckst du dich auch direkt hinter der Tür?«

Giuseppe unterbrach uns und fragte, was das denn für eine Flüssigkeit auf dem Boden sei.

»Welche Flüssigkeit?«

»Dieses blaue Zeug da.«

Ich ging die Treppe hinunter und sah, wie sich eine zähe Flüssigkeit zwischen Waschküche und Eingang ausbreitete.

»Verdammter Mist. Das ist der Weichspüler!«

»Weichspüler? Machst du um diese Uhrzeit noch deine Wäsche?«

»Nein, den hatte ich zur Verteidigung in der Hand.«

»Du wolltest dich mit Weichspüler verteidigen?«

»Ja, nein … Das war die einzige Flasche, die griffbereit war.«

Wir waren echt ein tolles Trio. Ich fragte mich wirklich, wozu ich noch einen Mörder brauchte. Wenn das so weiterginge, würde ich die Nacht sicher nicht überstehen.

Nach mehr als einer halben Stunde hatten wir den Boden in der Waschküche halbwegs trocken gelegt. Danach war ich ziemlich müde und hatte keine Lust mehr, mein Handy zu suchen, und wollte stattdessen nur noch in mein Bett. Ich begleitete Giuseppe gemeinsam mit Mila, Newton und Paolo hinaus in den Garten, als in Newtons Maul etwas glitzerte. Auf mein »Lass los«, das jeden gut erzogenen Hund dazu bringt, seine Beute herzugeben, verzog Newton keine Miene und wedelte träge mit dem Schwanz. Ich hatte keinen Zweifel mehr daran, was er in seinem Maul hatte, und zu dritt versuchten wir, ihm diesen Gegenstand herauszuholen. Das war fast noch anstrengender, als den Boden zu putzen, aber zum guten Schluss hielt ich mein Handy in der Hand. Es war voller Hundesabber, Kratzer und Dellen, und auf einer Taste fehlten die Ziffern, aber wenigstens war es nicht im Newtons Magen gelandet.

Als ich endlich in meinem Bett lag, schloss ich mein wiedergefundenes Handy an das Ladegerät an und lud es auf. Im Speicher fand ich Massimos Nachricht, die ich nun nicht mehr entziffern musste: »falsches Blut«. Die Nachricht direkt auf meinem Handydisplay zu lesen hinterließ aber doch einen gewissen Eindruck. Ich fand auch Pattys unbeantworteten Anruf. Unter einem Dutzend weiterer entgangener Anrufe von Verwandten, Freunden und Kollegen und fast dreißig Anrufmeldungen, die alle meine Aufmerksamkeit wecken wollten, sprang mir die Meldung einer Nummer ins Auge, die nicht in meinem Adressbuch gespeichert war. Das war vermutlich das erste Mal, dass mich jemand in einer SMS siezte, und ihr Wortlaut passte mehr zu einer Hochzeitskarte als zu einer Kurznachricht: »Ich bitte vielmals um Entschuldigung, aber ich erachte es für außerordentlich dringend und wichtig, Sie zu treffen. Alvise Casati Vitali, Conte di Nogaredo«.

Diese Nachricht änderte mit Sicherheit die Strategie, die ich mit Giulia besprochen hatte. Also beschloss ich, Giulia zu informieren, auch wenn die Nachricht schon mehrere Tage alt war. Ich ging zu Paolo, der auf der Matratze vor meiner Zimmertür lag.

»Paolo, ich muss die Dal Nero anrufen. Kannst du mir ihre Handynummer geben?«

»Warum willst du sie denn um diese Uhrzeit anrufen?«

»Ich habe gerade etwas erfahren, das wichtig für die Ermittlungen sein könnte. Unter den Nachrichten auf meinem Handy war auch eine von Conte Alvise, in der er mich um ein Treffen bittet. Da Giulia und ich morgen früh zu ihm gehen wollen, wäre es sicherlich besser, wenn ich ihr frühzeitig Bescheid gebe.«

»Okay, warte. Drei, drei, vier...«

»Verdammter Mist. Mir fehlt die Drei.«

»Was heißt das, dir fehlt die Drei?«

»Dass Newton sie erst verdauen muss.«

»Dann nimm mein Handy.«

Paolo wählte die Nummer und gab mir sein Handy. Nach dem vierten Klingeln hörte ich Giulias verschlafene Stimme.

»*Ciao*, Giulia. Ich bin's, Riccardo. Entschuldige, dass ich um diese Uhrzeit anrufe.«

»Ach, Riccardo, du bist's. Sag einfach, was du willst.«

»Ich habe endlich mein Handy wiedergefunden, und unter den Nachrichten war auch eine des Conte di Nogaredo, in der er mich um ein Treffen bittet.«

»Aha! Das ist ja seltsam... und ändert alles. Lass uns kurz nachdenken... Sicherlich wäre es jetzt besser, wenn du alleine zu dem Treffen gehst und dir anhörst, was der Conte dir zu sagen hat. Wenn ich mitkäme, würde er vermutlich nur wiederholen, was er mir bereits gesagt hat... Ja, ich denke, das ist so in Ordnung. Aber ich habe ihn bereits kontaktiert, kurz nachdem ich dein Haus verlassen hatte. Ich werde ihn morgen früh anrufen, und dann werden wir dich vor eurem

Treffen verkabeln, damit wir eure Unterhaltung mithören können.«

Wie schnell diese Frau dachte, beeindruckte mich immer wieder. Wir telefonierten mitten in der Nacht miteinander, und trotzdem wusste sie sofort, wie das Treffen verlaufen sollte.

»Okay, dann bis morgen.«

»Gute Nacht, Riccardo.«

»Ich wünsche dir auch eine Gute Nacht, Giulia.«

Am nächsten Tag wachte ich um sieben Uhr auf, ging ins Bad und erschrak vor meinem eigenen Spiegelbild: Mein Auge war geschwollen, halb geschlossen und dunkellila verfärbt. Da ich an einer leichten Hautreizung leide, rasiere ich mich immer mit einem Rasiermesser, und in den vergangenen fünfundzwanzig Jahren habe ich das Messer immer mit der rechten Hand geführt. Also schnitt ich mich heute mehr als einmal, und mein Gesicht glich einem Schlachtfeld.

Als ich fertig war, ging ich in die Küche, um Kaffee zu kochen. Dort traf ich auf Paolo, der sich gerade gegen Newtons Aufdringlichkeit wehrte. Mila, die immer ein bisschen zurückhaltender und vorsichtiger ist, beobachtete die beiden aus sicherer Entfernung. Als sie mich sah, stürzte sie sich gleich auf mich und forderte ihre ersten Streicheleinheiten des Tages. *Ubi maior minor cessat*: Selbst Newton ließ von Paolo ab, um sein Herrchen zu feiern.

»Möchtest du einen Kaffee, Paolo?«

»Gerne. Aber was hast du denn mit deinem Gesicht gemacht?«, fragte er mich und sah mich neugierig und gleichzeitig besorgt an.

»Du meinst die Schnitte?«

»Ja.«

»Ich habe mich mit der linken Hand rasiert.«

»Also, wenn du dich jeden Morgen so zurichtest, solltest du

dir vielleicht einen Bart wachsen lassen, solange deine rechte Hand noch nicht wieder fit ist.«

»Besser nicht, denn ein Bart juckt nicht nur, er steht mir auch nicht. Ich sehe damit aus wie Che Guevara. Auf jeden Fall werde ich duschen, während wir auf Giulia warten. Sollte sie in der Zwischenzeit kommen, biete ihr einen Platz an, bis ich fertig bin.«

»Nur die Ruhe. Ach, Riccardo! Nur eins noch …«

»Was denn?«

»Der Kaffee.«

»Ach ja … Entschuldige.«

Nachdem ich geduscht hatte, beschloss ich, mich sportlich zu kleiden, und dachte darüber nach, wie meine Kleidung zusammenpasste: Ich musste mir selbst gegenüber eingestehen, dass Giulia bereits meinen Kleidungsstil beeinflusste.

Als ich zurückkam, saß Paolo mit Giulia und einem Mann – klein, dünn, um die fünfzig und mit einer Brille, deren Gläser so dick waren, dass ich mich fragte, wie das Gestell sie tragen konnte – in meiner Küche.

Giulia begrüßte mich und fragte mit einem Blick auf mein Äußeres: »Was ist denn mit deinem Gesicht passiert, Riccardo?«

Inzwischen hatte ich mich an diese Frage schon gewöhnt.

»*Ciao*, Giulia. Wenn du auf die Schnitte anspielst, die sind mein Verdienst, weil ich mich nach fünfundzwanzig Jahren zum ersten Mal mit der linken Hand rasiert habe. Das blaue Auge dagegen habe ich deiner brillanten Idee zu verdanken, dass Paolo mich beschützen soll.«

Paolo antwortete verärgert: »Das war einzig und allein deine Schuld! Du hast dich hinter einer Tür versteckt.«

»Und warum hast du dich versteckt?«, fragte Giulia.

»Wir hatten Schritte im Garten gehört und dachten, es wäre der Mörder. Dabei war es nur Giuseppe, mein Nachbar, den du bereits gesprochen hast.«

»Und was wollte er dieses Mal, dieser Giuseppe?«

»Na, ich denke, er wollte einfach nur ein Schwätzchen halten. Weißt du, ich glaube, ich bin inzwischen so etwas wie eine Berühmtheit in Bastia. Und Informationen aus erster Hand über den Fall des Tages sind für einen Abend in der Dorfkneipe schon von Bedeutung.«

»Du siehst ziemlich übel aus! Aber gut, ich habe den Conte angerufen, bevor ich hierherkam, und habe unser Treffen wegen eines Notfalls verschoben. Also kannst du ihn jetzt anrufen und ihm sagen, dass du ihn besuchen wirst.«

»Das mache ich, trotz meiner Bedenken.«

»Welcher Bedenken?«

»Wenn er derjenige ist, der mich töten will, dann mache ich ihm die Sache doch ziemlich einfach, oder nicht?«

»Darüber habe ich auch schon nachgedacht, aber das Risiko ist kalkulierbar. Auch aus diesem Grund wirst du ein verstecktes Mikrofon tragen. Außerdem sind wir immer in deiner Nähe, und sollten die Dinge anders laufen als geplant, sind wir in wenigen Sekunden bei dir.«

»Na ja, eine Kugel ist schneller«, entgegnete ich wenig überzeugt.

»Riccardo, du könntest auch von einer Straßenbahn überfahren werden, wenn du über die Straße gehst.«

»Ach, ja? Also das beruhigt mich jetzt ungemein.«

»Darf ich dir Dottore Piero Giacomini, unseren Techniker, vorstellen? Er wird dich verkabeln.«

Ich reichte diesem Techniker die Hand und dachte bei mir: Wenn er so gut hört, wie er sieht, bin ich praktisch schon tot.

»Guten Tag, Signor Ranieri. In Wirklichkeit muss überhaupt nichts befestigt werden. Sehen Sie diesen Knopf?«

Da er mir den Knopf direkt unter die Nase hielt, war es kaum möglich, ihn nicht zu sehen. Aber um ihn nicht zu beleidigen, behielt ich diesen kleinen Scherz für mich und beschränkte mich auf ein einfaches Kopfnicken.

»Das ist das Mikrofon oder auch die Abhörwanze, ganz wie Sie wollen. Es ist äußerst empfindlich, sodass es ausreicht, wenn Sie es in der Tasche tragen. Außerdem ist es so eingestellt, dass es durch Ihre Hosentasche ein Gespräch mit einer Person, die bis zu zwei Meter von Ihnen entfernt steht, klar aufzeichnet. Außerdem kann dieses Mikrofon Ihr Gespräch im Umkreis von fünf Kilometern übertragen. Aber wie Staatsanwältin Dal Nero Ihnen bereits erklärt hat, werden wir wesentlich näher an Ihnen dran sein und im Notfall eingreifen.«

Für jemanden wie mich, der mit James-Bond-Filmen aufgewachsen ist, war die Gelegenheit zu verlockend, um sich den Witz zu verkneifen: »Kann man damit auch lähmende Strahlen abschießen?«

Ohne jeden Sinn für Ironie oder vielleicht auch beleidigt von meinem Mangel an Ernsthaftigkeit antwortete Dottore Giacomini voller Ernst: »Nein. Es hat nur eine Mikrofonfunktion.«

»Oh, das sollte ein Scherz sein.«

Die Dal Nero beschloss, mir aus der Verlegenheit zu helfen, und meinte: »Es ist bereits zehn Uhr, Riccardo. Du solltest jetzt den Conte anrufen!«

Ich rief seine Nachricht in meinem Handy auf und drücke auf die Wähltaste. Nach wenigen Sekunden teilte mir der Netzbetreiber mit, dass der Teilnehmer das Handy vermutlich ausgeschaltet hatte. Nach einer Viertelstunde probierte ich es erneut – mit demselben Ergebnis.

Um den Conte nicht mit einer zu hohen Anzahl an Anrufversuchen zu stören, beschlossen Giulia und ich, auf seinen Rückruf zu warten. Drei Stunden später hatte mich die Warterei meinen Vorrat an Thunfischdosen gekostet und nicht weniger als ein Dutzend Äpfel, die wir direkt von den Bäumen im Garten ernteten.

Jedes Mal, wenn sich unsere Blicke trafen – vielleicht war es auch nur meine Selbstüberzeugung –, hatte ich das Gefühl, dass es zwischen Giulia und mir subtile Hinweise auf eine stille Verbundenheit gab, als bedauerten wir beide, nicht alleine zu sein. Im Laufe dieser drei langen Stunden ging ich mehrmals in den Garten, um mit Mila und Newton zu spielen oder um zu sehen, ob Giulia mir folgen und die Unterlagen, die sie offenbar in Erwartung einer langen Wartezeit mitgebracht hatte, beiseitelegen würde. Obwohl ich wirklich schwere Geschütze auffuhr und reife Äpfel und süße und seltene Brustbeeren pflückte, ließ Giulia zu meiner großen Enttäuschung nicht vom Studium dieser Papiere ab. Dafür durfte ich die kontinuierliche und langweilige Gesellschaft von Dottore Giacomini genießen, der ein fast krankhaftes Interesse an meiner gesamten Obsternte zeigte, sodass ich davon letztendlich an diesem Morgen mehr als sonst in der ganzen Saison aß.

Obwohl Giulias Anwesenheit für mich von großem Interesse und eine wunderbare Ablenkung von der spannungsvollen Warterei war, hatte ich das Gefühl, mich im Auge eines Zyklons zu befinden, in dem Bewusstsein, am Rande unkontrollierbarer Ereignisse zu stehen, die ich vielleicht mit meinem Leben bezahlen würde. Ich spürte, wie sich Angst in meiner Brust breitmachte. Ein ähnliches Gefühl hatte ich schon einmal gehabt, am 11. September 2001, als ich vor dem Fernseher die Ereignisse in New York verfolgte. Ich spürte bereits den Kontakt mit negativen Energien, die die sichere Routine meines Alltags überrollten und mich in eine unbekannte Dimension voller Fallstricke zogen.

Es war ein bisschen so, als stehe man da ohne Schutz und auch ohne Regenschirm und sehe einen Tornado auf sich zukommen.

KAPITEL 7

Um halb sechs am Abend war nicht nur meine Geduld, sondern auch mein Vorrat an Brustbeeren aufgebraucht.

Ich beschloss, die Warterei zu beenden, und sagte zu Giulia: »Ich glaube, der Conte ist nicht der Typ Mensch, der sein Handy oft in die Hand nimmt. Allein die Nachricht mit korrekten Satzzeichen und ohne diese lustigen Abkürzungen lässt vermuten, dass er sein Handy nur alle Jubeljahre oder in Notfällen anmacht. Also könnte ich doch auch einfach zu ihm nach Hause fahren und klingeln, oder?«

Giulia war sofort einverstanden: »Aber seltsam ist das schon. Denn als ich ihn heute Morgen anrief, um unseren Termin abzusagen, war er schon nach dem ersten Klingeln am Telefon. Aber da er noch nicht einmal einen Festnetzanschluss zu Hause hat, haben wir keine andere Möglichkeit. Schlimmstenfalls kehren wir wieder um.«

Der Conte residierte in einem Schloss auf einer Anhöhe über dem Ortsteil Montemerlo im Park der Colli Euganei, nicht weit von meinem Haus entfernt. Dieses Schloss herrscht über das Dorf Nogaredo, als wollte Conte Alvise noch immer seine Feudalmacht über das umliegende Land ausüben. Das Anwesen ist zwar sehr groß, in Wirklichkeit aber alles andere als alt, wie ich später nach und nach aus den Erzählungen meiner Golffreunde erfahren sollte. Es stammte aus der Nachkriegszeit und war aufgrund des testamentarischen Willens des Vaters des derzeitigen Conte errichtet worden, damit

seine Familie in dieser Region unauslöschliche Spuren hinter-
ließe.

Ich stieg in mein Auto, Paolo und Dottore Giacomini
fuhren mit Giulia los. Zum Glück hat mein Volvo ein Automa-
tikgetriebe, sodass ich ihn mit etwas Anstrengung trotz meiner
verletzten rechten Hand steuern konnte. Ich hatte mit Giulia
abgesprochen, dass sie mir bis zu einem bestimmten Punkt
zusammen mit Paolo und dem hungrigen Dottore Giacomini
folgen würde und bei Bedarf jederzeit eingreifen konnte. Am
Ziel angekommen, parkte ich vor dem Tor, das den Zutritt zum
Besitz des Conte versperrte. Neben dieser Einfahrt für Autos
gab es nur noch einen kleineren Einlass für Fußgänger. Ich
stieg aus dem Wagen und stellte erstaunt fest, dass es zwar keine
Sprechanlage gab, das kleinere Tor aber offen stand. Genau
genommen konnte man es mit einem Handgriff öffnen. Ich
sah mich um, nur für den Fall, dass mir ein anderer Zugang
entgangen sein sollte. Als ich keinen weiteren fand, ging ich
hinein.

Auf dem schmalen Kiesweg zum Schloss erinnerten mich
die Geräusche meiner Schritte an meine Kindheit – an eine
Zeit, in der meine Mutter mich oft in das Haus einer Freundin
mit ähnlicher Auffahrt brachte. Leider war meine Stimmung
unter den gegebenen Umständen eine ganz andere als damals,
und ich fühlte mich weniger draufgängerisch, während ich
mich der Residenz näherte. Zweifel stiegen in mir hoch: Wie
würde Conte Alvise reagieren, wenn ich sein Schloss betrat?
Und wenn er eine Pistole ziehen und auf mich schießen würde?
Wer würde da nicht auf den Erfolg der Ermittlungen pfeifen?
Und in der Zwischenzeit wäre ich tot. Ich verlangsamte meinen
Schritt und sah mich suchend um, sah aber niemanden – und
mit jedem Schritt wurde das Schloss größer. Es tauchte ausgesprochen beeindruckend vor mir auf mit seinen raffinierten
weißen Holzrahmen im provenzalischen Stil, die die Wirkung

einer militärischen Festung etwas milderten. Die große Eingangstür in Form eines Bogens maß an die zehn Meter. An den Seiten wurde sie von zwei Balkontüren flankiert, und während ich feststellte, dass eine der beiden Türen nur angelehnt war, hörte ich in der Ferne ein Geräusch, das mir das Blut in den Adern gefrieren ließ. Das Betreten des Besitzes einer mir unbekannten Person war mir bereits mehr als unangenehm gewesen, doch jene Szene, die sich mir nun bot, erinnerte mich an meine schlimmsten Albträume. Auch wenn ich die Entfernung mit nur einem gesunden Auge nicht exakt abschätzen konnte, waren es wohl weniger als hundert Meter, auf denen sich mir drei riesige Hunde mit erschreckender Geschwindigkeit näherten. Instinktiv wusste ich, dass ich auf keinen Fall umkehren konnte. Mir bliebe nicht genügend Zeit, um das Tor zu erreichen. Meine einzige Chance war die angelehnte Balkontür rechts vom Eingang. Und so sprang ich so schnell nach vorne, wie es meine Ledersohlen auf dem rutschigen Kies erlaubten. Mir fehlten noch etwa dreißig Meter, und diese drei Bestien gewannen so schnell an Boden, als würden sie fliegen. Inzwischen konnte ich ihr wütendes Gebell deutlich vernehmen. Mir war, als könnte ich das Adrenalin in meinem Blut fließen hören und eine verzweifelte Energie in meinen Beinmuskeln spüren, während ich versuchte, meine einzige Chance auf Rettung zu nutzen. Noch trennten mich fast zwanzig Meter von dem, was für mich den Unterschied zwischen Leben und Tod bedeuten könnte, als mir plötzlich die verschiedensten Gedanken durch den Kopf gingen und ich mich an eine Theorie zur Verteidigung gegen aggressive Hunde erinnerte: Man solle sich auf den Boden legen und bewegungslos liegen bleiben.

Vielleicht um die Spannung zu lösen, schrie oder besser spie ich die Worte heraus: »Von dem ganzen Unsinn, den ich je gehört habe, ist das der echt größte Mist. Bastarde, Bastarde!«

Ich weiß nicht, wie oft ich das Wort »Bastarde« wiederholte, geschweige denn, wen ich damit meinte. Diese drei Hunde waren noch fünfzehn Meter von mir und ich weniger als zehn Meter von meiner Rettung entfernt, aber ich hatte den Vorteil, dass ich direkt in Richtung der Balkontür laufen konnte, während sie um die Fassade herumlaufen mussten und damit einen Teil ihrer Geschwindigkeit einbüßen würden – zumindest hoffte ich das.

Der Hund, der den beiden anderen gegenüber einen Vorsprung hatte, war komplett schwarz und vermutlich ein Dobermann, aber ein Dobermann, der so groß war wie ich. Ich hörte, dass ich sinnloses Zeug schrie, während ich mit der linken Hand die Tür aufriss und ins Innere des Gebäudes sprang. Ich drehte mich um meine eigene Achse, und mit der gleichen Hand schloss ich die Tür mit solcher Wucht, dass sie die Köpfe der Hunde, wären sie dazwischen gewesen, zermalmt hätte. Die Hunde warfen sich mit ganzer Wucht gegen die Glasscheibe und fielen übereinander, als sie diese Hürde aus Holz und Glas, die sie daran hinderte, ihre Wut an mir auszulassen, überwinden wollten. Während diese Bestien mir ihre Reißzähne zeigten, beschmierten sie die Scheibe mit ihrem Sabber.

Ich versuchte, Luft zu holen. Vor Stress und Angst krümmte ich mich zusammen und raunte den Polizisten, die mir über das Mikrofon zuhörten, zu: »Ich bin im Haus. Um ein Haar hätten die Hunde mich gehabt, aber jetzt ist es alles gut.« Ich drehte dem Fenster und den noch immer bellenden Hunden den Rücken zu und sah mich drinnen nach einer Menschenseele um.

Die Eingangshalle war sehr groß und nur schwach beleuchtet, genauso, wie ich sie mir vorgestellt hatte: Der Boden war aus hellgrauem Marmor, die Decke an die zehn Meter hoch, die Tapete im geräumigen Treppenaufgang dunkelrot, und an den Wänden hingen beeindruckende Porträts. Der Besitzer dieses Hauses wollte wohl mit jedem Detail darauf hinweisen, dass er trotz des ersten Artikels der italienischen Verfassung noch immer sehr mächtig war. Ich rief laut, ob jemand da sei, aber die einzige Antwort war eine raumfüllende Musik aus Lautsprechern. Klassische Musik. Meine Kenntnisse bezüglich klassischer Musik – und nicht nur diese – sind ausgesprochen bescheiden, aber was ich da hörte, war mit Sicherheit eine *Toccata und Fuge* von Bach. Zumindest bedeutete dies, dass jemand im Haus war. Ich rief noch einmal, diesmal lauter, ob jemand da sei, und während ich immer noch keine Antwort bekam, erreichte ich die Prunktreppe, von der rechts eine große Tür abging, die mir im ersten Moment nicht aufgefallen war. Ich wollte sie gerade öffnen und legte meine Hand auf den Griff, als eine leise Stimme in mir sagte: *Riccardo, verdammt noch mal, was machst du da? Du machst dich gerade des Hausfriedensbruchs strafbar, und das auch noch in dem Schloss des Mannes, der dich vielleicht umbringen will. Willst du da wirklich alle Türen öffnen, die du findest?*

Mit der Hand am Griff versuchte ich nachzudenken: Natürlich konnte ich nicht einfach nach draußen gehen, wo die drei Löwen nur darauf warteten, mich zu zerfleischen. Einen besseren Einwand gab es wohl nicht. Ich wollte gerade Giulia um Rat fragen, als ich feststellte, dass das Mikrofon keinen Empfang mehr hatte. Und wie Dottore Giacomini mir bereits fachmännisch erklärt hatte, konnte es auch keine lähmenden Strahlen aussenden. Just in diesem Augenblick klingelte mein Handy, als wolle es meine Selbstachtung noch mehr demütigen. *Cazzo*, verdammt noch mal! Ich war so in meiner James-Bond-Mission versunken, dass mir eine so banale Lösung wie ein Telefonanruf nicht eingefallen war.

»Hallo, wer ist da?«, fragte ich, durch die Unterbrechung leicht irritiert.

»Ich bin es, Giulia. Was ist passiert? Wir haben erst Hunde in der Ferne bellen und dann dich fluchen gehört.«

»Nicht wirklich in der Ferne. Es hatte nur ein Meter gefehlt, und ein mannsgroßer Dobermann hätte deinen wertvollsten Mitarbeiter verspeist.«

»Und wo bist du jetzt?«

»Ich bin im Schloss, aber habe bis jetzt noch keine Menschenseele gefunden. Ich konnte auch nicht klingeln, weil diese Hunde hinter mir her waren, und als ich eine offene Tür fand, bin ich einfach hineingelaufen. Übrigens, ist das jetzt Hausfriedensbruch?«

»Riccardo, du bist nicht zum Stehlen dort!«

»Sicher nicht. Aber was mache ich jetzt? Hier ist... warte...«

»Warum?«

»Warte... Ich glaube, irgendjemand hat die Musik lauter gedreht.«

»Musik? Welche Musik?«

»Hier ist klassische Musik zu hören. Das heißt, es muss jemand da sein. Ich suche in den anderen Zimmern weiter.«

»Wenn du wieder Probleme bekommst, ruf mich an.«

Ermutigt durch Giulias Stimme und entschlossen, endlich mit diesem verdammten Conte zu sprechen, öffnete ich schließlich die Tür.

Ich fragte, ob ich eintreten dürfe, und kam in einen riesigen Saal von mindestens zweihundert Quadratmetern mit einem langen rechteckigen Tisch in der Mitte, der bestimmt zwanzig Meter lang und fünf Meter breit maß, und einem Kamin auf der linken Seite, der größer als mein Schlafzimmer war. In diesem Ambiente fühlte ich mich wie in einem King-Arthur-Film. Auch in diesem Raum übertrugen mehrere Lautsprecher die Bach'sche Musik. Während ich die Tür wieder schloss, wurde die Musik noch lauter. Es ist schon seltsam, wie die Lautstärke unsere emotionalen Reaktionen verändert: Ist die Musik gedämpft, sorgt sie für eine elegante und faszinierende

Atmosphäre, ist sie jedoch laut, erzeugt sie Spannung und ein störendes Gefühl. In diesem Moment war jeder Versuch zu fragen, ob jemand da sei, unnötig, sofern ich nicht lauthals schrie.

Links von mir erkannte ich einen Korridor, der vermutlich zur Küche führte. Fast mit jedem Schritt wiederholte ich mit Rücksicht auf die Regeln einer guten Erziehung die Frage, ob ich eintreten dürfe, obwohl das unter diesen Umständen absolut überflüssig war. Ich ging über den Flur in die Küche. Noch stärker als der Saal löste dieser Raum allein durch seine Größe eine gewisse Befangenheit in mir aus. Er erschien fast grenzenlos, mit einer riesigen Arbeitsplatte aus Mauerwerk und Holz in seiner Mitte.

An seinen Seiten standen alle Arten von Gerätschaften zum Anrichten von Speisen und Spülen. Über der zentralen Arbeitsplatte hingen Töpfe, die in ihrer Größe proportional den Maßen der Küche entsprachen. Sie waren so groß wie das Kochgeschirr, das ich während meines Militärdienstes schrubben musste. Auch in der Küche war keine Menschenseele, aber alles so ordentlich und sauber, geradezu künstlich, dass meine Angst stetig wuchs.

Zunehmend besorgt ging ich zurück. Die Musik wurde noch lauter, meine Brust fühlte sich an wie in einen Schraubstock gepresst. Ich wollte mir Mut machen und versuchte, die Situation logisch zu betrachten. Aber hier war gar nichts logisch. Ich redete mir ein, dass das nur Musik sei und es irgendwo einen Idioten gebe, der mit der Lautstärke und meinen Nerven spielte. Ich ging wieder zurück, vorbei an der Balkontür, vor der noch immer die drei Hunde auf mich warteten, die gleich wieder zu bellen begannen, sobald sie mich sahen. Ihr Gebell konnte ich jedoch nur erahnen, denn die Musik war jetzt so laut, dass ich es nicht einmal dann hätte hören können, wenn die Tiere im Raum gewesen wären.

Unter diesen Umständen blieb mir nichts anderes übrig,

als die Treppe hinaufzusteigen und nachzusehen, ob oben jemand war. Während ich hinaufging, wurde die Musik noch lauter, und ich wunderte mich, dass die Lautsprecher nicht explodierten. Mein Herz raste, und ich konnte einfach den Sinn dieser Musik nicht erkennen, wobei ich wohl nicht weiter erwähnen muss, dass ich zu diesem Zeitpunkt bereits nicht mehr klar denken konnte: Es war, als könnte ich meine eigenen Gedanken nicht mehr hören. Ich wollte mir mit den Händen die Ohren zuhalten, aber der Verband an meiner rechten Hand hinderte mich daran. Ich fühlte mich völlig hilflos.

Schnell stieg ich die Treppe hinauf. Ich fühlte mich wie ein Taucher, der nicht mehr atmen kann, dem die Luft ausgeht und der versucht, so schnell wie möglich an die Wasseroberfläche zu gelangen. Oben angekommen, entdeckte ich links ein Zimmer, das vermutlich als Bibliothek genutzt wurde, auch wenn es seiner Größe nach eher eine Bücherei war. Vor mir lag ein Korridor, von dem abwechselnd rechts und links ein Dutzend Türen abgingen. Ich machte fünf Schritte nach vorn und öffnete eine Tür, ohne anzuklopfen, da bei diesem Lärm ohnehin nichts zu hören war.

Es war ein Schlafzimmer mit einem Doppelbett, einem Kleiderschrank, zwei Fenstern mit Blick in den Garten und jeweils einem Lautsprecher in den vier Ecken, die der Musik diese unmenschliche Lautstärke verliehen. Obwohl es kaum noch möglich war, wurde die Musik noch lauter. Die Lautsprecher klangen zum Teil verzerrt und hatten dadurch eine noch verheerendere Wirkung auf meine Nerven. Ich konnte sie schlichtweg nicht mehr ertragen: Ich wollte mich in eine Ecke verkrümeln und warten, bis jemand diese verdammte Folter beendete, doch mir fehlte die Kraft dazu, und ich lehnte mich gegen die Zimmertür. Als ich mich umdrehte, glaubte ich, einen Schatten am Ende des Korridors verschwinden zu sehen. Instinktiv rief ich in diese Richtung, aber ich konnte meine eigene Stimme nicht mehr hören. Das war wirklich nicht mehr auszuhalten, ich konnte mich nicht hören und auch kaum noch atmen. Ich lief den Flur entlang, wild entschlossen, diesem Schatten, den ich nur kurz gesehen hatte, zu folgen, bis ich bemerkte, dass die letzte Tür auf der linken Seite offen stand. Auf der Türschwelle blieb ich stehen.

Vor meinen Augen erschien eine an sich ganz normale Szenerie, die aber angesichts der ungewöhnlichen Situation sehr surreal, fast absurd wirkte: Eine ältere Frau saß auf einem Stuhl, die Hände im Schoß gefaltet, bewegungslos in diesem Höllenlärm, als würde sie der Krach überhaupt nicht stören. Jenseits der Absurdität dieser Situation lag etwas Seltsames in der Haltung der Frau: Ihr Kopf hing unnatürlich herab und bildete einen Fünfundvierziggradwinkel zu Schultern und Hals. Weder der Schock, den der Anblick dieser Frau auslöste, noch der Höllenlärm mit dem unaufhaltsamen Crescendo der Musik, konnten verhindern, dass ich die bösartige Präsenz hinter mir wahrnahm. Ich wusste, dass er es war, ich spürte ihn hinter mir. Mein Herz begann, bis an seine Grenzen zu rasen – ganz im Gegensatz zu seiner Ruhe, seiner Kälte. Er hatte endlich sein Ziel erreicht, und er genoss das unvermeidliche Finale. Vielleicht, um überschüssiges Adrenalin abzubauen, durchfuhren mich wahllos Tausende Gedanken, von denen einer war, dass letztendlich das Sterben den Schlusspunkt setzen würde in dieser grauenhaften Musik. Ein anderer Gedanke galt einem Mädchen, einer meiner frühen Flammen, die einmal zu mir gesagt hatte: »Ein Verlierer ist nicht derjenige, der verliert, sondern derjenige, der ohne zu kämpfen verliert.«

Vielleicht konnte der Mann hinter mir meine Gedanken lesen und machte die erste Bewegung. Ich spürte den kalten Stahl einer Klinge oder vielleicht auch einer Pistole an meinem Hals. Es war diese kalte Berührung, die mich instinktiv reagieren ließ. Ich spürte, wie sich mein Oberkörper fast wie von selbst zur Seite drehte, während mein rechter Arm hochfuhr, um wie ein Hammer auf den Mörder hinter mir niederzufahren. Meine Bewegung war so blitzschnell, dass ich mich darauf konzentrieren musste, die Hand zur Faust zu ballen, damit der Schlag überhaupt eine Wirkung haben konnte. Doch ich war nicht schnell genug. Für den Bruchteil einer Sekunde spürte ich, wie der Stahl mir mit unglaublicher Wucht ins Genick fuhr. Ich konnte noch die unaufhaltsame Kraft dieses Teufelswerkzeugs spüren, das mein Fleisch zerriss, bevor mein Körper von einer Welle der Ohnmacht überrollt wurde. Während ich das Bewusstsein verlor, erkannte ich, dass ich nichts mehr tun konnte.

Dunkelheit umhüllte mich, und ich wurde mir meines eigenen Todes bewusst.

KAPITEL 8

Wenn eine Gazelle am Morgen aufwacht, weiß sie, dass sie schneller laufen muss als der Löwe, um zu überleben. Der Löwe wacht auf und weiß, dass er schneller laufen muss als die Gazelle, um zu überleben. Es ist also egal, ob du der Löwe oder die Gazelle bist – wenn du leben willst, musst du loslaufen. Okay. Auch wenn ich jetzt Gefahr laufe, eine alte afrikanische Weisheit zu beleidigen, glaube ich dennoch nicht, dass es egal ist, ob man ein Löwe oder eine Gazelle ist, denn in meinem Fall, oder besser gesagt, in der Situation, in der ich mich befand, wurde ich sowohl von einem Löwen als auch von einer Gazelle verfolgt. Und es war tatsächlich dieses Miststück von Gazelle gewesen, das mein Genick mit seinem Huf, der an ein Bügeleisen erinnerte, getroffen hatte.

»Aua!«, protestierte ich unter Schmerzen.

»Ruhig, Ranieri, alles ist gut. Warten Sie, ich lege Ihnen ein Kissen unter den Kopf.«

»Wo bin ich?«

»Wohlbehalten aufgewacht. Im Krankenwagen.«

»Schon wieder?«

»O ja. Und wenn Sie diesen Rhythmus beibehalten, bekommen Sie von uns noch ein Abo: Bei drei Fahrten gibt es dann eine umsonst.«

Ich weiß nicht, wie hoch die Wahrscheinlichkeit ist, zweimal innerhalb weniger Tage in einem Krankenwagen zu landen. Für diejenigen, die mit wiederkehrenden gesundheitlichen Problemen zu kämpfen haben, mag das kein außergewöhnliches Ereignis sein, aber zweimal hintereinander vom selben riesigen Buchhalter ins Krankenhaus gebracht zu werden, widerspricht meiner Meinung nach allen Regeln der Statistik.

»Meine Schläfe schmerzt entsetzlich … Was ist denn passiert?«

»Die Carabinieri erzählten mir, Sie wären ohnmächtig geworden und auf den Rand einer Kommode aufgeschlagen.«

»Die Carabinieri?«

»Ja, Ranieri, wir mussten eingreifen.«

Den Polizisten, der rechts von mir auf einem kleinen Stuhl saß, hatte ich bis dahin überhaupt nicht wahrgenommen. Doch nun meinte er: »Und soweit ich weiß, stecken Sie bis zum Hals in Schwierigkeiten.«

»Ja und, ich denke, das ist im Moment wirklich nichts Neues.«

Offensichtlich wussten die Carabinieri noch nicht, dass ich in Giulias Auftrag im Schloss gewesen war. Aber ich war noch derart von dem Pfeifen in meinen Ohren betäubt, dass ich keine Lust auf Diskussionen hatte und mich gerade noch beherrschen konnte, nach der Staatsanwältin zu fragen.

Seit einigen Tagen versuchte ich, wieder die Kontrolle über mein Leben zurückzugewinnen, und wurde dabei von den verschiedensten Ereignissen wie ein Blatt im Wind getrieben. Ich beschloss, meine Augen zu schließen und mich weiß Gott wo hinbringen zu lassen. Da ich noch bis eben noch geglaubt hatte, getötet zu werden, hatte sich meine Situation also alles in allem durchaus verbessert.

Vielleicht schlief ich ein, vielleicht wurde ich ohnmächtig, was wahrscheinlicher war, denn als ich meine Augen wieder öffnete, lag ich bereits in einem Krankenhausbett. Es war wie ein Déjà-vu vom Abend der Schießerei, nur dass ich dieses Mal die Krankenschwestern, Ärzte und Carabinieri direkt erkannte. Ja, ja, die Erfahrung…

Mein Kopf schmerzte fürchterlich, ich verlor wiederholt das Bewusstsein und hörte immer wieder dieses mörderische Pfeifen in den Ohren. Das Erste, was ich sah, als ich wieder erwachte, war der Carabiniere, den ich gleich erkannte: Maresciallo Costanzo.

Und er fragte mich auch sofort: »Also, Ranieri! Was soll ich davon halten, hm?«

»Guten Abend, Maresciallo Costanzo. Es tut mir leid, aber mir geht es wirklich nicht gut. Würde es Ihnen etwas ausmachen, wenn mir die Ärzte zuerst das Leben retten?«

»Nein, Ranieri, die Situation ist alles andere als eindeutig, und Sie werden mir schon erklären müssen, was ich davon zu halten habe.«

Ich stellte mir vor, wie die Ärzte äußerst entschlossen eingriffen, um die Carabinieri zum Schweigen zu bringen und mir die nötige Pflege zukommen lassen. Doch stattdessen verhielten sie sich nicht nur mucksmäuschenstill, sondern schienen sich nur deshalb in meiner Nähe aufzuhalten, damit sie ein bisschen herumschnüffeln konnten. Ich sehnte mich nach der Migliorini.

Da ich keine andere Chance hatte, beschloss ich, ihm gleich richtig einzuheizen.

»Maresciallo, ich muss mit Staatsanwältin Dal Nero sprechen. Sie war es, die mich zum Schloss des Conte di Nogaredo geschickt hat.«

»Lassen Sie die Staatsanwältin Dal Nero aus dem Spiel, und sagen Sie mir, was Sie dort gemacht haben.«

Obwohl ich sehr erschöpft war, registrierte ich seinen veränderten Tonfall und erkannte, dass ich ihm lieber nicht widersprechen, sondern die Wahrheit wiederholen sollte.

»Ich habe Ihnen doch schon gesagt: Staatsanwältin Dal Nero hat mich dorthin geschickt.«

»Ja, natürlich. Und die Staatsanwältin hat Ihnen auch gesagt, dass Sie die Mutter des Conte ermorden sollen?«

»Aber was reden Sie denn da? Sie glauben doch nicht wirklich, dass ich diese Frau ermordet habe?«

»Ach nein? Und warum nicht? Beim ersten Mal habe ich Sie neben der Leiche von Dottore Salvioni angetroffen und beim nächsten Mal neben der Leiche dieser armen alten Frau. Also wundern Sie sich nicht, dass ich da ein wenig misstrauisch werde. Ranieri, Sie sollten mir jetzt auf der Stelle die Wahrheit sagen, damit wir dieses ganze Chaos schnell auflösen können.«

»Also gut, Maresciallo, machen Sie schon. Rufen Sie die Staatsanwältin an, und Sie werden sehen, dass Sie hier keineswegs Ihre Zeit verschwenden. Und dann müssen Sie schon etwas Geduld mit mir haben. Ich bin krank, mir brummt der Schädel, und ich habe ein schreckliches Pfeifen im Ohr.«

Endlich mischte sich einer der Ärzte ein: »Machen Sie sich keine Sorgen, Signor Ranieri. Das Pfeifen in Ihren Ohren ist ein Tinnitus, also eine ganz normale Reaktion auf eine extreme Lärmbelastung, die die Haarzellen der Hörschnecke geschädigt hat, also die Zellen des Hörapparats. Dieses Phänomen sollte schon in den nächsten Stunden zurückgehen und schließlich ganz verschwinden.«

»Und diese Kopfschmerzen?«

»Sie standen unter großem emotionalem Stress, wurden ohnmächtig, stießen mit dem Kopf gegen eine Kommode und zogen sich eine Platzwunde an der Schläfe zu. Wir haben bereits ein CT gemacht, während Sie bewusstlos waren. Bleiben Sie ruhig liegen, dann werden die Kopfschmerzen bald vorübergehen.«

Die kalte und gleichgültige Analyse des Arztes, der neugierig hier herumschnüffelte, verschaffte mir wenigstens etwas Klarheit.

Ich hatte jedes Zeitgefühl verloren und war praktisch in Kontakt mit dem Mörder gekommen.

»Hören Sie, Maresciallo, wenn Sie Ihre Inquisition für einen Moment unterbrechen könnten, ist es vielleicht noch nicht zu spät. Rufen Sie die Dal Nero an und sagen Sie ihr, dass der Mörder, den wir suchen, im Haus des Conte Alvise war. Vielleicht hält er sich ja dort noch versteckt und wartet, bis die Luft rein ist.«

»Ranieri, damit das klar ist: Staatsanwältin Dal Nero ist hier und unglaublich wütend, weil Sie ihr alle Bewegungen im Schloss hätten melden müssen. Stattdessen haben Sie sie nicht nur nicht darüber informiert, was passiert ist, sondern haben auch noch diese alte Frau umgebracht.«

Ich hatte keine Lust auf eine Diskussion mit dem Maresciallo, mein Kopf schien zu explodieren, und bei jedem Gedanken hatte ich das Gefühl, als würde mir ein Dolch in den Schädel fahren.

Ich wandte mich noch einmal an den Arzt. »Dottore, könnten Sie mir etwas gegen diese Kopfschmerzen geben? Sie sind kaum auszuhalten.«

»Sie müssen etwas Geduld haben, Ranieri. Ich kann Ihnen nichts geben, weil wir wissen müssen, ob die Schmerzen von allein verschwinden oder nicht. Sie sind ein Zeichen Ihres Körpers, dass irgendetwas nicht in Ordnung ist. Wie ich schon sagte, das CT hat keine Anomalien gezeigt, aber man weiß ja nie. Bei einem Trauma sollte man auf Nummer sicher gehen, dass keine Spätfolgen auftreten.«

Ja, ja, so wird es sein. Nicht, dass mir das alles klar war. Aber ich zog es vor, die Augen zu schließen und keine Aufklärung zu verlangen. Ich wollte keine weiteren grauenhaften Details über mögliche Spätfolgen erfahren.

Ich hörte zwar undeutlich, wie der Maresciallo mit seiner Fragerei fortfuhr, stellte mich aber schlafend, was mir nicht schwer fiel, denn ich hatte ohnehin das Gefühl, sterben zu müssen.

Doch auch nachdem der Maresciallo von seiner Befragung abließ, war mir keine Ruhe gegönnt. Ich hörte, wie jemand auf dem Flur üble Beschimpfungen ausstieß. Es bedurfte keiner großen Fantasie, um zu erkennen, dass es sich bei diesem Jemand um Arcadio handelte. Die Carabinieri wollten ihn daran hindern, mein Zimmer zu betreten, wurden aber quasi von ihm überwältigt. Ich wusste, dass sein Geschrei mir galt, und hörte so etwas wie: »Du Bastard, ich werde dich umbringen! Ich werde dir dein Herz herausreißen!«, zusammen mit weiteren Freundlichkeiten. Die Carabinieri hielten ihn an der Türschwelle fest: Er war völlig außer sich, und ich stellte mir vor, er würde mich so beißen, wie es seine Hunde im Schloss vorhatten. Dabei stellte ich fest, dass es wirklich stimmt: Hunde ähneln im Aussehen ihren Besitzern.

In all dem Chaos trat Giulia hinter Arcadio in das Zimmer, und als ich den Ausdruck auf ihrem Gesicht sah, kam mir der Gedanke, dass das, was Arcadio im Sinn hatte, vielleicht besser für mich wäre. Meine Hand war durchlöchert und verbunden, mein Gesicht vom Rasiermesser zerschnitten und mein Auge dank der Tür, die Paolo mir ins Gesicht geknallt hatte, blau angeschwollen. Ich hatte eine Platzwunde an der Schläfe, ein in Flammen stehendes Gehirn und ein Pfeifen in den Ohren, das an einen Zug erinnerte. Und dann gab es da noch eine Staatsanwältin, die wütend auf mich war, und einen Maresciallo, der mich des dreifachen Mordes beschuldigte. Alles in allem war dieser Idiot, der mich umbringen wollte, also mein geringstes Problem.

Im Gegensatz zu Arcadio musste Giulia nicht schreien. Ihre Verachtung zeigte sie mir mit dem eisigen Ton, in dem sie mich fragte, wie es mir ging.

Ohne meine Antwort abzuwarten, fügte sie hinzu: »Ich

dachte, wir hätten ausgemacht, dass du mich über alle deine Bewegungen informierst.«

Wenn ich wollte, konnte auch ich durchaus gelassen wirken: »Ich dachte, wir hätten ausgemacht, dass ihr bei Problemen eingreift.«

»Aber du hast uns nicht gesagt, dass du in Gefahr bist.«

An diesem Punkt begannen mein Tonfall und meine Kopfschmerzen anzusteigen. »Kam dir nicht der Gedanke, dass das vielleicht nicht möglich war? Eurer Meinung nach war diese Musik von Bach mit einer Lautstärke von zehntausend Dezibel eine ganz normale Sache? Und kannst du mir erklären, wie ich euch bei diesem Gedudel hätte bitten sollen, mir zu helfen, wo ich noch nicht einmal meine eigene Stimme hören konnte?«

»Dann sag mir wenigstens jetzt, was du in dem Schloss gemacht hast«, sagte Giulia knapp.

Arcadio, den die Carabinieri noch immer an der Türschwelle festhielten, schrie wieder: «Er hat meine Großmutter umgebracht! Dieser Bastard!«

In diesem Moment tat der Maresciallo das einzig Richtige: Er befahl den Carabinieri, Arcadio hinauszubringen, der mir hinterherschrie, dass er draußen auf mich warten und mich totschlagen würde.

Ich konnte mir nur mit Mühe den schlechten Witz verkneifen, dass er damit warten müsse, bis er dran war. Stattdessen würdigte ich ihn keines Blickes und wandte mich an Giulia. Ich konnte ihre Anspannung förmlich spüren, vermutlich eine Folge des ganzen Chaos hier, das wiederum aus der Tatsache resultierte, dass ich wirklich irgendetwas falsch kombiniert hatte. Ich berichtete, wie ich vor den Hunden des Conte in das Schloss geflüchtet war, ich erzählte von der fürchterlichen Musik, von diesem flüchtigen Schatten, den ich am Ende des Korridors gesehen hatte, und schließlich von der Frau, die mit gebrochenem Genick auf dem Stuhl saß.

»Und jetzt erklär mir bitte, warum ihr nicht eingegriffen habt.«

»Nachdem wir telefoniert hatten, hörten wir über die Wanze nur noch ein Pfeifen. Also dachten wir, du hättest sie kaputt gemacht. Wir versuchten, auf das Grundstück zu kommen, aber da waren ja die Hunde. Gerade als wir mit dem Auto das Tor durchbrechen wollten, sahen wir, wie dir jemand im Park folgte. Wir sind in seine Richtung gelaufen, konnten ihn aber nicht fassen.«

»Vielleicht hält sich der Mörder noch immer dort versteckt.«

»Das glaube ich nicht. Wir haben Unterstützung angefordert, die das Haus und die Umgebung zwei Stunden lang durchkämmt haben.«

»Ich verstehe das aber noch nicht ganz. Wenn dieser Kerl diese Frau getötet hat ...«

Der Maresciallo unterbrach mich: »Die Frau war die Mutter des Conte.«

»Okay, die Mutter des Conte. Also, wenn der Kerl die Mutter des Conte getötet hat, warum hörte er sich dann Musik von Bach an, und das auch noch mit einer solch mörderischen Lautstärke? Warum riskiert er es, geschnappt zu werden, anstatt zu flüchten?«

Wieder mischte sich der Maresciallo ein: »Ranieri, Sie haben das anscheinend immer noch nicht kapiert: Diese mörderische Musik, wie Sie sie nennen, war eine einfache Alarmanlage, die durch Lichtschranken im Innern des Schlosses aktiviert wurde. Sobald jemand die Lichtschranke durchbricht, ertönt im Schloss des Conte anstelle einer Sirene wie in gewöhnlichen Häusern eine Musik, deren Lautstärke kontinuierlich ansteigt. Sehr raffiniert, oder?«

»Ein Einbrecher?«

Ich wusste wirklich nicht, was demütigender war: die Tatsache, dass ich das nicht verstanden hatte, oder dass der

Maresciallo vom anklagenden Ton in einen mitfühlenden Ton übergegangen war.

Giulia antwortete: »Ja, Riccardo. Und genau das hat das Mikrofon, das wir dir mitgegeben haben, außer Gefecht gesetzt.«

»Mag ja sein, aber das ist doch kein Grund, wütend auf mich zu sein oder mich des Mordes zu beschuldigen.«

»Ich habe dich nicht des Mordes beschuldigt. Ich habe nur gesagt, dass du mit mir hättest reden sollten.«

Der Maresciallo blickte zwischen Giulia und mir hin und her.

»Aber wie zum Teufel hätte ich das denn machen sollen, wenn die Wanze nicht mehr funktionierte?«

»Mit dem Handy natürlich!«

»Aber glaubst du wirklich, ich hätte in diesem Chaos telefonieren können? Außerdem fehlt auf meinem Handy die Taste mit der Nummer drei, und falls dir das noch immer nicht reicht: Ich kenne deine Nummer nicht auswendig.«

»Es hätte genügt, meine Nummer in der Liste der eingegangenen Anrufe aufzurufen und die Wahlwiederholung zu drücken. Ich hatte ich ja erst kurz zuvor angerufen.«

»Okay, du hast recht, Giulia. Also lass es mich so sagen: Das ist nicht mein Job. Ich bin es nicht gewohnt, Häuser auf diese Art und Weise zu betreten oder überhaupt in solche Situationen zu geraten.«

Ich nutzte unseren Waffenstillstand, um noch einmal die Situation zu rekapitulieren: In dem Moment, als ich die Leiche der Mutter des Conte entdeckt hatte, wusste ich noch nicht, was hinter meinem Rücken passierte.

»Als ich das Zimmer mit der toten Frau betrat, spürte ich, wie mir jemand von hinten eine Klinge oder ein Messer an den Hals hielt, und dann bekam ich einen heftigen Schlag ab.«

Der Maresciallo unterbrach mich: »Keine Klinge, kein Messer. Das war der Lauf meiner Winchester.«

»Der Lauf Ihrer Winchester?«

Ich war völlig überrascht und konnte es kaum glauben.

»Ja, Ranieri. Wissen Sie, die Alarmanlage im Schloss ist mit der Kaserne von Bastia verbunden. Also sind wir ausgerückt. Aber wir haben keine Hunde gesehen.«

»Weil die Hunde den Einbrecher gejagt haben«, bemerkte Giulia.

»Also sind wir in das Schloss gegangen. Als ich zum Zimmer der Signora Roncadelle kam, habe ich Sie nur von hinten gesehen und dachte, Sie wären ihr Mörder.«

»Dabei war *ich* das.«

»Ja, aber Sie hätten genauso gut der Mörder sein können.«

»Jetzt kommen Sie schon!«

»Ich rief: ›Polizei! Stehen bleiben!‹ Aber Sie sind nicht stehen geblieben, also habe ich Ihnen einen leichten Schlag gegen den Kopf versetzt.«

»Einen leichten Schlag? Sie haben mir fast den Schädel eingeschlagen!«

»Ach was, den Schädel eingeschlagen … Jetzt übertreiben Sie aber!«

»Ich übertreibe überhaupt nicht! Ich verlor sogar das Bewusstsein, schon vergessen?«

»Sie hätten sich halt nicht bewegen sollen! Ich hatte Sie schließlich aufgefordert, stehen zu bleiben!«

»Und Ihnen war nicht klar, dass ich Sie überhaupt nicht hören konnte?«

»Na ja, ich hatte den Verdacht, dass …«

»Zum Glück hatten Sie nur einen Verdacht. Oder was hätten Sie sonst gemacht? Mich gleich erschossen, oder was?«

»Ja.«

»Maresciallo, erinnern Sie sich, dass die Ärzte meinten, ich wäre gegen den Rand der Kommode geschlagen?«

»Ja, das hatte ich Ihnen aber auch schon gesagt.«

»Aber ich kann mich nicht an eine Kommode in diesem Zimmer erinnern!«

»Mann, Ranieri, jetzt seien Sie mal nicht so kleinlich.«

»Nein, ich bin überhaupt nicht kleinlich! Sie hätten mich erst beinahe getötet, und dann beschuldigen Sie mich auch noch des Mordes.«

Die Dal Nero versuchte, die Gemüter zu beruhigen.

»Lassen Sie uns nicht noch mehr Chaos verursachen. Also, Riccardo, du erholst dich jetzt erst einmal, während Sie, Maresciallo, mithelfen, den Conte zu finden.«

Ach ja, der Conte. In den Wirren der Ereignisse hatte ich glatt den Grund vergessen, warum ich wieder in einem Krankenhausbett lag. Zumindest könnte dies bedeuten, dass er und seine gesamte Familie tatsächlich der Schlüssel zu all dem waren. Ich ging davon aus, dass dieser Albtraum endlich ein Ende haben würde, wenn wir ihn erst einmal gefunden hätten, sei es nun tot oder lebendig.

Trotz der stechenden Kopfschmerzen versuchte ich nachzudenken, nachdem alle gegangen waren und ich das Licht gelöscht hatte. Für einen Moment lag ich in völliger Dunkelheit, aber bald stellte ich fest, dass es nur ein Halbschatten war, denn das Fenster ließ noch genügend Licht durch. Ich weiß nicht, warum, aber durch das Fenster eines Krankenhauszimmers fällt fast immer Neonlicht, und meistens sind die Rollläden nicht geschlossen.

Ich versuchte, die Situation aus verschiedenen Perspektiven zu betrachten – aus der des Mörders, aus der der Opfer und aus meiner. Aber eine Sache verstand ich einfach nicht: Was bringt einen Menschen, oder auch mehrere Menschen, dazu, andere zu töten? Ich war überzeugt, dass dem Mörder oder den Mördern die Situation aus den Händen geglitten war. Der erste Mord, also der Mord an Massimo, war auf jeden Fall auch als Warnung für jemanden gedacht. Schließlich hatte man

Massimo die Lippen zugenäht. Dieser jemand, vielleicht sogar ich selbst, reagierte aber nicht so, wie der Mörder es geplant hatte. Also sah sich dieser gezwungen, erneut zu töten. Wenn der Conte der Schlüssel zu allem war, und davon ging ich ja aus, welche Rolle spielte dann Arcadio? Auch wenn er mir alles andere als sympathisch war, konnte ich nicht glauben, dass er zu einem Mord fähig war. Außerdem hatte seine Reaktion auf meine Wenigkeit nach dem Tod seiner Großmutter sehr überzeugend gewirkt. Und wo war die Verbindung zwischen den Salvionis und der Mutter des Contes? Und schließlich: Wo war der Conte Alvise, den ich weder am Handy erreichen konnte noch in seinem Schloss gefunden hatte? Auf all diese Fragen fand ich keine Antworten, als mich erneut ein stechender Schmerz im Nacken traf. Also beschloss ich, dass es auch nicht meine Aufgabe war, sie zu finden, und ich endlich schlafen sollte.

Irgendwann in der Nacht wachte ich auf. Meiner Meinung nach ist das Krankenhaus der ideale Ort, um jedes Zeitgefühl zu verlieren. Ich schaute auf die Uhr – vier Uhr. Mich hatte eine lebhafte Diskussion auf dem Gang zwischen zwei Ärztinnen oder Krankenschwestern geweckt.

Erleichtert stellte ich fest, dass sowohl die Kopfschmerzen als auch das Pfeifen in den Ohren endlich verschwunden waren. Sozusagen als Test versuchte ich zu hören, was die beiden Frauen da draußen besprachen. Ich konnte nicht alles verstehen, aber sie unterhielten sich über das beste Verfahren zur Bluttransfusion in einem Fall von besonderer Dringlichkeit. Ein Wort, das mich ganz besonderes interessierte, durchfuhr mich wie ein Schlag: Kompatibilität.

Ich dachte an Massimos Nachricht, die er mir kurz vor seiner Ermordung auf das Handy geschickt hatte: »Falsches Blut«. Und wenn die Lösung in der Unvereinbarkeit der verschiedenen Blutgruppen zu finden war? Manche Blutgruppen vertragen sich nicht miteinander und können weder Leben retten noch welches entstehen lassen.

Massimo war Gynäkologe – und brachte Kinder auf die Welt.

KAPITEL 9

Mit vierzig Jahren bin ich durchaus in der Lage, anhand dezenter Hinweise zu erkennen, ob es ein guter Tag oder ein schlechter wird.

Eine Krankenschwester, hässlich wie die Nacht, weckte mich um halb fünf Uhr mit einem Frühstück, das aus einer gekochten Birne – oder besser gesagt einer feuchten Masse, die in ihrem Aussehen einer solchen ähnelte –, einer Tasse Milch, in die ein Löffel Instantkaffee geworfen worden war, und zwei bunten Pillen bestand.

Mein Gehör hatte sich erholt, und auch die Kopfschmerzen waren verschwunden. Und mit der körperlichen Erholung kehrte auch mein Humor zurück. Da das klassische Krankenhausmenü jedes noch so grämliche Detail aufführt, konnte ich es einfach nicht lassen. Ich drückte die Ruftaste und fragte die Krankenschwester, ob ich vielleicht eine Suppe mit Sternchennudeln bekommen könnte. Ich hatte eine ironische Antwort erwartet, doch sie sah mich eher erstaunt an. Vielleicht war sie ja keine Italienerin, und ich bereute sofort, einen Spaß mit jemandem getrieben zu haben, der nur seine Arbeit machen und sich um mich kümmern wollte.

Die Schwester ging leicht verwirrt hinaus, während ich aufstand und ins Bad ging. Ich wollte mich rasieren, hatte aber keinen Rasierer. Dann fiel mein Blick auf das hoffnungslos leere Glas für Zahnbürste und Zahnpasta. Ich fühlte mich schmutzig und hatte einen unangenehmen Geschmack im

Mund, während ich mich den Fantasien über die Privilegien der First-Class-Airlines wie den Emirates hingab und beschloss, ein paar Schlucke von diesem Milchkaffee zu schlürfen. Erstaunlicherweise schmeckte er noch schlimmer, als er aussah, half mir aber ähnlich einer Ohrfeige, wach zu werden.

Paolo, der noch immer den Auftrag hatte, mich zu beschützen oder, wie es Maresciallo Costanzo gerne hätte, mich zu kontrollieren, erschien in der Tür.

»Wie geht es dir heute, Riccardo?«

»Jedes Mal, wenn ich in letzter Zeit gesagt hatte, es gehe mir gut, ist mir anschließend irgendetwas zugestoßen. Also lassen wir das lieber. Gibt es hier vielleicht irgendwo einen anständigen Kaffee?«

»Ich bin doch kein Kellner. Außerdem, wer sagt dir, dass du was trinken darfst?«

»Entschuldige, aber warum sollte ich keinen Kaffee trinken dürfen? Ich leide schließlich nicht an Schlaflosigkeit. Tatsächlich habe ich zwischen den Ohnmachtsanfällen und den verschiedenen Beruhigungsmitteln länger geschlafen, als ich wach war. Außerdem habe ich dich nicht gebeten, mir einen Kaffee zu bringen. Wenn du mir sagst, wo der Kaffeeautomat steht, hole ich mir selbst einen.«

»Woher soll ich das wissen?«

»Paolo, in jedem Krimi halten die coolen amerikanischen Cops immer eine Tasse dampfenden Kaffee in der einen und einen cholesterinfördernden Kuchen in der anderen Hand.«

»Ja, aber ich bin kein Amerikaner.«

»Woher kommst du?«

»Von der Adria, aus Papozze.«

»O ja, da hast du recht. Das ist wirklich nicht das Gleiche … Weißt du, was ich jetzt mache?«

»Nein, was machst du jetzt?«, fragte Paolo mit leicht sarkastischem Unterton.

»Ich werde mich anziehen und nach Hause fahren.«

»Dafür brauchst du das Einverständnis der Ärzte. Und dann muss ich klären, ob Staatsanwältin Dal Nero vielleicht andere Pläne hat.«

»Ärzte, Staatsanwältin, Pläne … Ehrlich gesagt, ich habe keinen Bock mehr. Ich werde jetzt nach Hause gehen, und wenn dieser dämliche Volltrottel mich umlegen will, nur zu! Das interessiert mich alles nicht mehr. Ich muss meine Hunde füttern und wieder zur Arbeit gehen, falls ich überhaupt noch eine habe.«

»Und ob du noch eine hast! Besser gesagt: Seit heute hast du sogar zwei.«

Ich schaute über Paolos Schulter, um herauszufinden, wer das gesagt hatte: Piovesan stand plötzlich in meinem Zimmer.

»Du sitzt ab heute in den Tagesnachrichten«, fügte er hinzu.

»Guten Morgen, Piovesan, und warum zwei?«

Meine unterkühlte Begrüßung war als Ausdruck meiner Verachtung für sein unhöfliches Eindringen sowie die herbe Änderung meiner beruflichen Kompetenzen gedacht, über die er mich gerade informierte.

»Was für zwei?«

»Du hast gesagt, zwei Arbeiten.«

»Ich habe dir doch gesagt, dass du den Tagesnachrichten zugeteilt wurdest.«

»Ja, das habe ich verstanden, aber das ist *eine* Aufgabe!«

»Die andere ist die, die du bereits im Wirtschaftsteil hast.«

»Moment mal, habe ich das richtig verstanden? Ich habe jetzt die doppelte Arbeit? Dann gehe ich mal davon aus, dass ich auch zweimal bezahlt werde.«

»Nein. Wenn es bei den Tagesnachrichten gut läuft, kannst du die Wirtschaftsseite abgeben.«

»Und wer hat dir gesagt, dass ich zu den Tagesnachrichten wechseln möchte? Schließlich bin ich Diplomvolkswirt.«

So langsam verlor ich die Geduld, und meine Stimme wurde lauter. Dass all die Ereignisse meine Zeitung beunruhigen würden, war verständlich, aber mir einfach so einen anderen Kompetenzbereich zuzuweisen erschien mir geradezu inakzeptabel.

»Nur die Ruhe, Riccardo. Lass es dir in Ruhe erklären. Bei der Zeitung brauchen wir jemanden, der nahe an der Story dran ist, in der du mittendrin hängst. Und wer kennt die Details besser als du?«

»Gibbo, ich bin nicht blöd. Der Grund, warum die Zeitung will, dass ich die Tagesnachrichten gerade jetzt schreibe, ist offensichtlich. Was ich nicht verstehe, ist, wie ihr das beschließen könnt, ohne vorher mit mir darüber zu sprechen.«

»Wenn du nicht willst, musst du das natürlich nicht machen. Aber ich denke, dass du der Richtige für diese Aufgabe bist. Und außerdem, was spricht denn dagegen? Die Tagesnachrichten sind ein gutes Sprungbrett.«

»Ja, natürlich. Und als Nächstes gewinne ich den Pulitzer-Preis. Komm schon, Gibbo, tu mir den Gefallen und lass es gut sein.«

Piovesans Auftauchen war so plötzlich und unserer Gespräch so bedrängend, dass Paolo die Zeit oder der Reflex fehlte, um einzugreifen oder Fragen zu stellen. Würde sich mir der Mörder auf ähnliche Weise wie Piovesan nähern, würde das für Paolo bedeuten, dass er mich im Handumdrehen umgebracht hätte.

Während ich mich hinter Paolos und Gibbos Rücken anzog, trat eine Person ins Zimmer, durch die ich mich plötzlich ganz armselig fühlte: Die Krankenschwester, die vermutlich aus Moldau stammte, hielt einen Teller mit dampfender Suppe in der Hand, den sie mir auf den kleinen Tisch neben dem Bett stellte.

Als ich mich kurze Zeit später fertig angezogen hatte, trat

ein Arzt ein, der sehr wichtig zu sein schien, zumindest wirkte er so, da ihm eine ganze Schar weiterer weißer Kittel folgte.

Nachdem er mit einer Mischung aus Neugier und Abscheu auf meine Suppe geblickt hatte, stellte er sich als leitender Stationsarzt vor, kam auf mich zu und schüttelte meine linke Hand.

»Wie ich sehe, haben Sie Appetit und es eilig, uns zu verlassen, Signor Ranieri.«

»Sagen wir mal so, ich habe bestimmt schon für genug Unruhe gesorgt. Und da es mir heute ganz gut geht, sehe ich keinen Grund, länger hier zu bleiben.«

»Da haben Sie sicher recht. Aber ich möchte Sie trotzdem noch kurz untersuchen, damit es keine unerwünschten Überraschungen gibt.«

Wie Onofrio strecke auch ich die Waffen, wenn man mich hinter den Ohren krault: Ich zog die Jacke aus und ließ mich brav untersuchen. Die Visite bestätigte mein positives Gefühl, und der Arzt entließ mich aus dem Krankenhaus.

Obwohl es noch nicht einmal sieben Uhr dreißig in der Früh war, tummelten sich am Ausgang mindestens dreißig Journalisten, die auf mich warteten.

Im Scherz fragte ich Paolo, der seit zwanzig Minuten verzweifelt und doch vergeblich versuchte, die Dal Nero zu erreichen: »Was meinst du, Paolo? Soll ich mein Gewissen erleichtern und den Journalisten alles erzählen?«

»Denk noch nicht einmal daran, Riccardo. Ich will echt keine Schwierigkeiten …«

Ich unterbrach seine Strafpredigt und meinte belustigt: »Das sollte ein Scherz sein, entspann dich! Außerdem müssen wir an diesen armen Kerl denken, der mich umbringen will. Sollte er mich auch nur ein einziges Mal alleine erwischen, würde mir das vermutlich sehr leidtun.«

»Wie leid, weißt du, wenn dich eine Kugel am Kopf trifft.«

»Danke, Paolo. Zum Glück bist du ja da und weißt, wie man einer Sache die Dramatik nimmt.«

Piovesan, der der Krankenschwester in meinem Auftrag zehn Euro Trinkgeld gegeben hatte, kam uns atemlos am Ausgang entgegen:

»Oh, Riccardo! Nicht vergessen, stumm wie ein Fisch, nicht wahr?«

Woraufhin Paolo erwiderte: »Das hatte ich ihm bereits gesagt.«

»Und wenn ich dir eine Exklusivgeschichte für den *Corriere della Sera* im Tausch gegen einen Platz in den Tagesnachrichten anbiete?«, schlug ich Piovesan völlig überraschend vor.

Ich bin nicht der Typ, der Zufallsereignisse zu seinem beruflichen Vorteil ausnutzt, denn naiv, wie ich bin, bin ich davon überzeugt, dass man seinen Erfolg im Beruf nur dann genießen kann, wenn man ihn mit seinen Fähigkeiten erarbeitet hat. Andernfalls erlebt man höchstens ein vergängliches Gefühl von Selbstachtung, das schon bei den ersten Schwierigkeiten verfliegt. Aber ich liebe es, zu provozieren, und in diesem Fall stellte ich mir vor, wie dieser Tiefschlag Gibbo zumindest ins Wanken bringen könnte. Doch ich besann mich gleich eines Besseren, als er außerordentlich schlagfertig reagierte.

»Nein. Für den *Corriere* ist das zwar eine interessante Geschichte, aber mehr auch nicht. Wir sind hier in Venetien, und da macht einen so etwas nervös.«

Neben den Journalisten waren auch Leute vom Fernsehen gekommen. Fast alle Fernsehsender, die ich kannte, vom RAI-Netzwerk bis hin zu allen Mediaset-Sendern, hatten ihre Mitarbeiter geschickt – nur Al Jazeera fehlte. Vielleicht würde ich in allen Nachrichtensendungen Italiens und sogar in den ausländischen Nachrichten zu sehen sein. Die drei Morde und der Mordversuch an mir waren für die Medien ja auch ein Geschenk des Himmels.

Wie sehr mich die Tatsache, im Rampenlicht der Tagesnachrichten zu stehen, auch desillusionierte, in dem Moment, als ich aus dem Krankenhaus trat, spürte ich, ehrlich gesagt, ein ganz besonderes Gefühl und auch eine Art narzisstischen Protagonismus. Erwartungsgemäß redeten alle Journalisten auf mich ein, aber zum Glück hakte Paolo mich mit einem Reaktionsvermögen, das einem Rugbynationalspieler alle Ehre gemacht hätte, unter und führte mich mit ausgestrecktem Arm durch ein offen stehendes Tor. Während ich versuchte, an Boden zu gewinnen, hielten die Journalisten mir weiterhin ihre Mikrofone vor das Gesicht, sodass ich stehen bleiben musste, damit das Ganze nicht ins Groteske abrutschte: Bei meinem ersten Fernsehauftritt wollte ich wenigstens nicht komisch wirken.

Mit der in meiner Situation größtmöglichen Entschlossenheit – also so gut wie gar keiner – wandte ich mich zwischen zwei Rempeleien an die Journalisten und verkündete feierlich: »Es tut mir leid, aber ich darf keine Fragen beantworten.«

Es entstand ein kurzer Moment surrealer Stille, gepaart mit einer allgemeinen Starre. Aber es dauerte wirklich nur einen kurzen Moment, bis mich die Journalisten erneut mit ihren Fragen bombardierten und das furchtbare Gedränge anhielt. Die Szene war grotesk, als Paolo und ich zehn Minuten später und immer noch umgeben von einer Schar Journalisten und Kameraleuten, die unsere Sicht behinderten, in die falsche Richtung gingen.

Paolo hatte dieses Gedränge offensichtlich nicht erwartet und seinen alten Fiesta ungefähr hundert Meter vom Ausgang entfernt geparkt. Nach mehreren gescheiterten Versuchen entdeckten wir endlich seinen Wagen und erreichten ihn schließlich auch.

Während ich einstieg, hörte ich die Frage einer Journalistin, die an mir klebte wie eine Miesmuschel am Felsen: »Sagen Sie uns wenigstens, wie es Ihnen geht!«

Ich dachte daran, wie frustrierend es war, morgens um fünf Uhr geweckt zu werden, um jemanden zu interviewen, stundenlang vor einem Krankenhaus zu warten, um dann noch nicht einmal dessen Stimme zu hören. Also beschloss ich, dass ich ihr einfach irgendetwas geben musste – zum Teufel mit Piovesan, Paolo und der ganzen Bande.

»Es geht mir gut, und die Ärzte haben mir gestattet, nach Hause zu gehen.«

Ich stieg in den Wagen, schloss die Tür und bat Paolo, langsam loszufahren. Das Einzige, was uns jetzt noch gefehlt hätte, wäre, einige Journalisten zu verletzen.

Unnötig zu erwähnen, dass Paolo ins Zentrum von Padua fuhr, um mich zur Staatsanwaltschaft zu bringen.

»Also wirklich, Paolo, ich habe dir doch gesagt, dass ich nach Hause will«, meinte ich frustriert.

»Riccardo, mach jetzt bitte keine Probleme. Wir fahren bei Staatsanwältin Dal Nero vorbei, hören uns an, was sie zu sagen hat, und dann bringe ich dich überall hin.«

»Fantastisch. Nachdem man zuerst versucht hatte, mich zu ermorden, werde ich nun das Opfer einer Entführung. Was für ein tolles Leben«, murmelte ich.

»Was denn für eine Entführung? Die Staatsanwältin geht nicht an ihr Handy, und wenn ich dich gleich nach Hause bringe, anstatt vorher bei ihr vorbeizufahren, weißt du, was dann passiert?«

»Nein. Was denn?«

»Hast du jemals die Dal Nero wütend erlebt?«

Dieser flüchtige Hinweis auf Giulias Temperament weckte in mir erneut eine subtile Neugier auf eine Konfrontation. Das Adrenalin, das die jüngsten Ereignisse in mir freigesetzt hatten, hatte mich von meinen Gefühlen für diese Frau kurzfristig abgelenkt, aber nun, wo ich offensichtlich zur Normalität zurückkehrte – sofern man diese Situation als solche bezeichnen konnte –, erwachte mein Interesse an ihr wieder.

»Ja, vielleicht, gestern Abend. Zumindest kam es mir so vor.«

»Gestern Abend war sie ruhig im Vergleich dazu, wenn sie wirklich wütend wird. Dann sollte man möglichst weit weg sein.«

»Hast du sie denn schon einmal wütend gemacht?«

»Ich nicht. Aber mein Capitano, als er einmal eine Viertelstunde zu spät zu einer Sitzung kam, ohne sie vorher darüber zu informieren. Als er in ihr Büro kam, gab es keinen freien Platz mehr, weil sie seinen Stuhl hatte wegbringen lassen. Also musste er die ganze Zeit stehen bleiben, während sie ihm mitteilte, dass sie ihn aus den Ermittlungen ausgeschlossen habe, da die Unzuverlässigkeit eines Einzelnen das Ergebnis der Arbeit aller gefährden könnte. Aber ich garantiere dir, am schlimmsten war ihr eiskalter Ton. Glaub mir, diese Frau weiß, wie man andere verletzt.«

»Okay, überredet, Paolo. Fahren wir also zur Staatsanwaltschaft, damit wir mit diesem Monster, vor dem du so große Angst hast, reden können. Aber dann bringst du mich nach Hause, zurück in mein Leben.«

»Ja, vorausgesetzt, dein Leben nimmt es dir nicht übel, dass der Kerl dich satt hat.«

»Du hast das richtige Wort gesagt, ›satt haben‹. Denn so langsam habe ich die ganze Sache wirklich satt.«

»Nein, ich meinte …«

»Ich weiß, Paolo, ich weiß«, unterbrach ich ihn grinsend.

In Padua kamen wir an einer Buchhandlung vorbei, an der ich kurz halten wollte. Ich hatte seit drei Tagen keine Zeitung mehr gelesen. Das war Rekord. Doch Paolo bat mich, zu warten, da wir offensichtlich von einem Motorrad verfolgt wurden. Ich fand es eher verwunderlich, dass jetzt, zur Hauptverkehrszeit in Padua, nur ein einziges Motorrad hinter uns war und keine ganze Armee von Zweirädern.

»Hör zu, Riccardo. Die verfolgen uns.«

»Wer?«

»Na, die zwei da.«

Wir mussten an einer roten Ampel halten, und tatsächlich blieb das Motorrad hinter uns, obwohl reichlich Platz zum Überholen gewesen wäre.

»Okay, jetzt werde ich schon von meinen eigenen Kollegen verfolgt! Natürlich, wenn sie wollen, können Journalisten richtig anhänglich sein«, platzte es aus mir heraus.

»Du kennst das, nicht wahr? Aber sobald man auf der anderen Seite steht, versteht man erst, wie das nervt!«

»Touché!«

Zehn Minuten später erreichten wir die Staatsanwaltschaft, stellten unser Auto auf einem der Parkplätze für autorisierte Fahrzeuge ab und betraten unter den Augen der Videokamera, die einer der Motorradfahrer unter dem Arm trug, das Gebäude.

»*Ciao*, Riccardo. Wie geht es dir?«

Die junge Frau, die mich aus der Pförtnerloge mit der Herzlichkeit eines alten Freundes begrüßte, war Silvia.

»Danke, ganz gut. Ich schlage mich zwischen den einzelnen Mordversuchen halt so durch. Und du?«

Silvia konnte sich ihr helles Lachen, das ich schon von früher kannte, nicht verkneifen und meinte: »Gut. Dank dir bin ich jetzt richtig berühmt, und jede Menge Leute rufen mich an. Sogar meine Eltern sind mir jetzt dankbar.«

»Wieso bist du denn jetzt berühmt?«

»Wie, wieso? Liest du denn keine Zeitung?«

Ich schaute Paolo vorwurfsvoll an.

»Ehrlich gesagt, nein. Oder besser gesagt, ich hatte bisher noch keine Gelegenheit.«

»Das solltest du unbedingt tun. Man spricht quasi nur von dir und dem, was passiert ist.«

Bis vergangene Woche verbrachte ich meine Zeit an den Infoports der sogenannten »Informationsanbieter« wie Reuters, Bloomberg, USA Today und anderen, wartete auf Neuigkeiten, die von größerer Bedeutung waren, und durchforstete die Texte. Ich wusste bestens über die Server der *Times* Bescheid, aber jetzt, wo ich selbst im Mittelpunkt des Interesses stand, hatte ich seit drei Tagen keine Zeitung mehr gelesen.

Silvia fragte Paolo, ob wir Giulia suchten.

»Ja. Wissen Sie, ob sie da ist?«

»Nein, aber sie wird gleich zurück sein. Ich glaube, sie wollte zum Krankenhaus, aber dann hatte sie erfahren, dass ihr bereits gegangen wart. Aber egal, wenn ihr wollt, könnt ihr nach oben ins Wartezimmer gehen.«

Ich schlug Paolo vor, die Wartezeit für ein anständiges Frühstück in der Bar gleich gegenüber zu nutzen, und wenigstens dieses Mal erhob er keine Einwände im Hinblick auf meine Sicherheit. Wir überquerten die Straße unter dem wachsamen Blick der Kamera der Motorradfahrer und betraten die Bar. Nachdem wir an einem der Tische Platz genommen hatten, bestellten wir zwei Kaffee: einen entkoffeinierten Latte macchiatto und einen Ristretto in einer großen Tasse. Der Kellner sah uns verärgert an, als hätten wir ihn nach der Bell'schen Theorie zur Quantenmechanik gefragt. Ich hatte kaum Zeit, nach dem verlockenden Brioche zu greifen, als hinter mir der motorradfahrende Journalist, ein *Centauro*, auftauchte und sich gemeinsam mit seinem Beifahrer, der die jetzt ausgeschaltete Kamera trug, als Reporter der *Repubblica* vorstellte. Der *Centauro* wollte mir einige Fragen über die Morde von Frassanelle stellen. Da ich gerade in das Brioche gebissen hatte, konnte ich ihm nicht sagen, dass ich leider im Rahmen der Ermittlungen zur Vertraulichkeit verpflichtet war. Paolo kam mir zuvor und erklärte ihm in seiner gewohnt eleganten Art, er würde ihm in den Unterleib treten, sollte er nicht innerhalb von fünf Sekunden aus unserem Blickfeld verschwunden sein. Die beiden Journalisten verließen die Bar, ohne sich den einen oder anderen Kraftausdruck gegenüber der Polizei zu verkneifen.

»Paolo, das nächste Mal lässt du bitte mich reden.«

»Aber ich kenne diese Typen! Wenn man zu denen freundlich ist, lassen die einen nie in Ruhe.«

»Trotzdem, und mit Verlaub gesagt, auch ich kenne sie, denn schließlich bin ich einer von ihnen. Und diese Journalisten sind auch nur Menschen, die ihre Arbeit tun.«

»Fein. Und ich versuche, meine zu machen. Und jetzt?«

»Okay, Paolo, lassen wir das …«

Wir tranken unseren Kaffee, ohne weiter darüber zu diskutieren, und als wir schließlich die Bar verließen, hielten wir Ausschau nach weiteren Reportern oder – noch schlimmer – nach möglichen Mördern auf der Suche nach meiner Wenigkeit.

Plötzlich hörten wir den Kellner, der uns nervös hinterherrief: »Entschuldigen Sie, meine Herren. Ich verstehe ja, dass Sie nur Ihre Arbeit tun, aber ich mache auch nur meine, nicht wahr?«

»Ja, und?«

»Und wer zahlt jetzt die beiden Kaffees und das Brioche?«

KAPITEL 10

Als wir Giulias Büro betraten, hatte ich das Gefühl, als wolle sie eine gewisse Distanz zwischen uns wahren. Sie saß hinter ihrem Schreibtisch und studierte ein Schriftstück, und als sie ihren Blick kurz hob, bat sie Paolo und mich, Platz zu nehmen, bevor sie sich gleich wieder auf das Papier in ihrer Hand konzentrierte.

Nicht, dass ich irgendeine Herzlichkeit erwartet hätte, aber vielleicht doch wenigstens einen Händedruck…

In verlegener und angespannter Stille warteten wir darauf, dass Giulia ihre Lektüre beendete. Nach ungefähr einer Minute legte sie die Blätter beiseite, die uns wie eine Mauer trennten, entschuldigte sich förmlich und schenkte uns endlich ihre Aufmerksamkeit.

»Ich hatte eine Streife ins Krankenhaus geschickt, aber man sagte mir, du wärst schon gegangen.«

»Ja, ich habe den Zeitpunkt meiner Abreise vorverlegt, weil ich es nicht mehr länger im Krankenhaus ausgehalten habe«, erklärte ich.

»Aber du hast das Krankenhaus nicht entgegen ärztlichem Rat verlassen, oder?«

»Natürlich nicht. Der Oberarzt meinte heute Morgen bei der Visite zu mir, ich sei gesund wie ein Fisch im Wasser.«

»Gut. Heute Morgen habe ich außerdem erfahren, dass du in die Tagesnachrichten des *Mattino* versetzt wirst.«

»Wie ich sehe, verbreiten sich die Nachrichten wie ein

Lauffeuer. Der Einzige, der von alledem nichts wusste, war ich. Wie auch immer, ich muss mir das alles noch genau überlegen.«

»Kein Problem. Das Einzige, worum ich dich bitten möchte, ist, dass du die Geheimhaltungspflicht wahrst, um unsere Arbeit im Rahmen der Ermittlungen nicht zu gefährden.«

»Keine Sorge, Giulia, von mir erfährt niemand etwas. Apropos Ermittlungen, habt ihr den Conte Alvise gefunden?«

»Ja. Der Conte spielte in aller Seelenruhe Golf in Frassanelle. Leider nimmt niemand sein Handy mit auf den Golfplatz, daher wusste er auch nicht, dass wir ihn gesucht hatten.«

»Wie absurd! Das war so offensichtlich und banal, dass wir überhaupt nicht daran gedacht haben.«

»Riccardo, darf ich dich kurz darauf hinweisen, dass DU nicht daran gedacht hast?«

»Na ja, ich habe ja nicht allein nach ihm gesucht.«

»Ja, aber wir konnten nicht wissen, dass auf dem Golfplatz kein Handynetz ist. Der Einzige, der das wissen konnte, warst du. Aber das ist auch nicht mehr weiter wichtig, weil ich nicht glaube, dass die Mutter des Conte nur ermordet wurde, weil du in das Schloss eingedrungen bist. Ehrlich gesagt, konnten wir dank deines Besuchs dort einige Dinge feststellen.«

In diesem Moment war Giulia so sympathisch wie der Hunger in Afrika, aber ich wollte ihr nicht den Gefallen tun, auf ihre Vorwürfe empfindlich zu reagieren. Ich unterdrückte sogar ein Schlucken, obwohl ich den deutlichen Drang danach verspürte.

»Das heißt?«

»Das heißt zunächst einmal, dass der Conte, oder zumindest seine Familie, in die Ereignisse involviert ist. Und außerdem ist die Mutter von Conte Alvise definitiv nicht seine Mutter.«

Jetzt schluckte ich doch.

»Und wer oder was war sie dann?«

»Diese Frau, die jeder im Dorf die ›Gräfin‹ nannte, hieß in Wirklichkeit Stella Roncadelle und lebte wohl schon immer mit Conte Alvise zusammen. Sie war früher sein Kindermädchen gewesen. Heute war sie im Grunde die Autorität im Schloss, das heißt sie führte den Haushalt, trieb die Mieten ein und verwaltete sogar die Ländereien. Wie der Conte selbst sagt, war sie für ihn die einzige Mutter, die er je hatte, und ich glaube, er hatte sie wirklich gern, denn als er von ihrem Tod, oder vielmehr ihrer Ermordung, erfuhr, musste er in die Notaufnahme gebracht werden. Nach dem zu urteilen, was man dort alles mit ihm angestellt hat, hat er uns auch nichts vorgemacht. Er hatte einen Schock, der ihn fast zu seinem Schöpfer geschickt hätte.«

Paolo, der unser Gespräch bisher still verfolgt hatte, entschied sich, mit einem absolut plumpen, übereilten und völlig sinnlosen Einsatz die spitzen Bemerkungen Giulias auf sich zu ziehen. Und da ich um seine Ängste im Hinblick auf Konfrontationen mit der Staatsanwältin wusste, konnte ich nur mit Mühe ein Lachen unterdrücken.

»Natürlich herrschte zu dieser Zeit im Krankenhaus ein reges Kommen und Gehen, oder?«

Giulias Ausdruck wechselte von Kälte auf Eiszeit. Mit einstudierter Langsamkeit richtete sie ihren Blick auf Paolo und meinte tadelnd: »Ja, Agente Battiston. Es herrschte ein solches Kommen und Gehen, dass man mir berichtete, ein Reporter des *Mattino* sei direkt in das Zimmer spaziert, in dem ein gewisser Ranieri lag, der, wenn ich mich nicht irre, unter Ihrem Schutz stand.«

»Aber … aber sehen Sie, Ranieri kannte ihn …«

Sie ließ ihn den Satz nicht beenden: »Anschließend habt ihr beide, laut über die ›Gerüchte‹ spekulierend, den Krankenhausplatz überquert, umgeben von fast fünfzig Reportern. Was folgern Sie daraus?«

»Aber ich …«

»Haben Sie eine Ahnung, wie man eine Person schützt?«

Wirklich unangenehm war, dass Giulias Tonfall immer gleich blieb und sie niemals laut wurde. Dadurch erweckte sie quasi den Eindruck, als rege sie sich eigentlich überhaupt nicht über den Fehler auf, den man gemacht hat, da sie ohnehin nichts anderes erwartet hatte.

Paolo erkannte, dass jede Antwort nur gegen ihn verwendet werden würde, und beschloss, lieber zu schweigen und reumütig den Kopf zu senken.

Ich fühlte mich verpflichtet, ihn zu verteidigen, und meinte: »Also, Giulia, eigentlich war es meine Schuld, dass wir nicht im Krankenhaus gewartet haben. Ich habe es dort einfach nicht mehr länger …«

Aber sie unterbrach mich: »Riccardo, auch du hast anscheinend nicht verstanden, dass irgendjemand, vielleicht auch mehrere Personen, dich aus welchem Grund auch immer töten will.«

»Was, mehr als einer?«, fragte ich beunruhigt.

»Ich habe heute Morgen den Autopsiebericht von Dottore Salvionis Ehefrau bekommen.«

»Und?«

»Und seitdem gehen wir davon aus, dass ihr mehrere Schläge von eher geringer Kraft, also durchaus auch von einem älteren Mann oder auch einer Frau, zugefügt wurden. Ihr Schädel weist drei Frakturen auf, sie hatte aber fünfzehn Schläge auf den Kopf bekommen. Die Wut war also ebenso groß wie bei dem Mord an Dottore Salvioni, aber die Hand, die tötete, war mit Sicherheit eine andere.«

»Und wie starb Massimo? Wie wurde er getötet, bevor man ihn massakrierte?«

»Er wurde von hinten angegriffen und mit einer Angelschnur erdrosselt. Diese Art von Mord erfordert große Kraft, besonders angesichts der Statur des Opfers.«

Ich nahm all meinen Mut zusammen und beschloss, die wichtigste Frage zu stellen, die mir ein normales Leben, vielleicht sogar mein altes Leben zurückgeben konnte: »Hast du eine Ahnung, wer das gewesen sein könnte?«

»Wenn du mit ›Ahnung‹ Namen meinst, nein. Aber wenn du auf ein bestimmtes psychologisches Muster und auf Beweggründe anspielst, so arbeiten wir daran.«

»Das heißt?«

»Die Grausamkeit der ersten beiden Morde lässt an etwas eng Verbundenes, sehr Ähnliches denken. Im Falle der Ehefrau von Dottore Salvioni war der Kraftaufwand geringer, die Tat aber dennoch von Gewalt und Heimtücke geprägt. Und dann ist die Wut gegenüber den Toten wenig rational. Der einzige Hinweis, der nicht passt und der an einen lang geplanten Vorsatz denken lässt, ist das Fehlen von Handys. Laut GPS-Daten hielten sich im Umkreis der Tatorte keine Fremden auf.«

»Und das Motiv?«

»Vielleicht ging es um Verrat oder um Geld. Aber es handelt sich auf jeden Fall um etwas, das einem Paar oder einer Familie schaden würde. Die Ermittlungsbeamten gehen wie ich davon aus, dass es sich um Ereignisse im Zusammenhang mit dem Golfklub Frassanelle handelt. Es kann kein Zufall sein, dass zuerst das Ehepaar Salvioni und dann die angebliche Mutter des Conte zum Opfer wurden. Zumindest können wir jetzt ausschließen, dass wir es mit einem Serienmörder zu tun haben, denn die Morde weichen zu stark voneinander ab, und die Opfer selbst haben auch sehr unterschiedliche Charaktereigenschaften.«

Als hätte sie meine Gedanken gelesen, fuhr Giulia fort: »Soweit wir das beurteilen können, sollte euch das jedoch nicht beruhigen, sondern im Gegenteil noch mehr beunruhigen. Ein Serienmörder geht methodisch vor und versucht, sich nicht zu verraten, damit er weiter töten kann. Der- oder diejenigen, mit

132

denen wir es zu tun haben, gehen nach keiner Methode vor, und wir wissen weder, ob sie im Schatten bleiben, noch, ob sie ins Licht treten wollen.« Und in Richtung Paolo meinte sie abschließend: »Daher solltet ihr beide alle möglichen Vorsichtsmaßnahmen ergreifen, um jeden Kontakt mit Personen, die sich euch nähern wollen, zu vermeiden. Um es ganz deutlich zu sagen, Agente Battiston, sollte Ranieri sterben, sind Sie raus. Habe ich mich klar genug ausgedrückt?«

Natürlich wollte ich das Risiko oder die Möglichkeit eines weiteren Versuchs, mich zu töten, reduzieren, gleichwohl stellte ich mir vor, dass Giulia erneut gezwungen war, eine Strafpredigt darüber zu halten, dass ich den Ernst der Situation noch immer nicht erfasst hätte.

Ich beschloss, ruhig zu bleiben, während Paolo stotternd sagte: »Ja, natürlich, aber …«

»Gut, Sie können jetzt gehen. Und … Riccardo, eins noch …«

»Was denn, Giulia?«

»Solltest du dich für die Nachrichtenseite entschieden habe, halt dich bitte an unsere Abmachung. Was ich dir gesagt habe, ist nicht für die nächste Ausgabe des *Mattino* bestimmt, sondern dient einzig deinem Schutz. Und vielleicht kannst du dadurch auch herausfinden, wer dich umbringen will. Sollte aber etwas von dem, was wir besprochen haben, durchsickern, hast du dir jemanden zum Feind gemacht, der größer ist als derjenige, der dich töten will. Ich denke, wir verstehen uns?«

»Und ich wollte dich schon zum Abendessen einladen, damit wir meinen neuen Job bei der Zeitung feiern.«

Trotz meines scherzhaften Tons meinte Giulia mit finsterer Miene: »Mein Abendessen ist bereits verplant. Und außerdem habe ich nicht die Angewohnheit, mit Personen auszugehen, die in Ermittlungen verwickelt sind, die ich leite.«

Wenn ich herausgefordert werde, kann ich auch verlieren, aber die Karten, die ich in der Hand habe, spiele ich alle aus. Also schnappte ich zurück: »Na ja, schade. Ich wollte dich nur über meine Überlegungen im Hinblick auf die Nachricht auf dem Laufenden halten, die Massimo mir kurz vor seiner Ermordung geschickt hat.«

»Das heißt?«

»Ach nein, da du ja nicht zu Abend essen möchtest …«

»Riccardo, wir haben keine Zeit zu verlieren.«

Ihr Ton ließ vermuten, dass Witze nicht gerade ihre Stärke waren, zumindest im Moment nicht.

»›Falsches Blut‹ könnte auf eine falsche Bluttransfusion hinweisen, die zum Tod des Patienten geführt hat, aber möglicherweise auch auf eine Inkompatibilität bei der Entstehung von neuem Leben. Massimo war doch Gynäkologe. Vielleicht wusste er ja von einer Geburt, die das Ergebnis eines Seitensprungs auf Kosten eines Ehemannes war, der nur wenig geneigt war, dienstagabends auf sein Fußballspiel zu verzichten.«

Giulia reagierte auf meine Worte, indem sie den Blick senkte und sich auf ihre Hände konzentrierte, die auf dem Schreibtisch ruhten und der Konzentration dienten.

»Ja, das ist möglich, das ist definitiv möglich. Aber wenn Dottore Salvioni diese Nachricht bewusst an dich geschickt hat, dann, weil du sie mit Sicherheit verstehen würdest. Vielleicht bist du der Erzeuger dieser Hypothese einer heimlichen Geburt. Hattest du Beziehungen zu verheirateten Frauen oder zu Frauen, die kurz nach eurer Trennung geheiratet haben?«

»Oh, hier wird der Kreis jetzt aber größer anstatt kleiner!«

»Wieso das?«

»Weil wir hier von einer ganze Reihe Frauen reden.«

»Wie bitte?«

»Ähm, na ja. Also, die Frauen finden nun schon Gefallen an mir.«

Schließlich musste Giulia grinsen, wenn auch eher ironisch. Mit dem Ausdruck einer Katze, die die Maus frisst, fuhr sie fort: »Komisch. Laut unseren Informationen hattest du in den letzten zehn Jahren drei oder vier Beziehungen, höchstens.«

»Informationen? Du hast Informationen über mein Privatleben gesammelt?«, fragte ich gleichzeitig beeindruckt und enttäuscht.

»Lieber Riccardo, wir haben dein gesamtes Leben mit Röntgenstrahlen durchforstet. Verwandte, Freunde, Kollegen, Frauen, Telefonanrufe und sogar die Internetseiten, die du in den letzten zehn Jahren besucht hast. Wir wissen, was du letztes Jahr in deinem Urlaub auf Sizilien zum Essen bestellt hast.«

»Du weißt, dass ich im Urlaub auf Sizilien war?«

Jetzt war ich wirklich besorgt: Da ich keine bekannte Persönlichkeit war, hatte ich immer geglaubt, zumindest den Vorteil eines gewissen Datenschutzes zu genießen, natürlich nur als Folge des Desinteresses der anderen an meinem Leben. Jetzt zu erfahren, dass Giulia oder wer auch immer einfach alles über mich in Erfahrung bringen konnte, auch die intimsten Details, machte mich wütend.

»Okay. Wenn du sowieso schon alles weißt, brauchst du mich ja auch nicht zu fragen, ob ich irgendeine Frau geschwängert habe. Aber vielleicht sollte ich dir ja diese Frage stellen!«

Mein Tonfall verriet mehr von meiner Enttäuschung, als mir lieb war.

»Riccardo, wir haben diese Informationen nicht aus reiner Neugier gesammelt. Solche Nachforschungen erfolgen in einem solchen Fall quasi automatisch. Neunzig Prozent aller Kriminalfälle werden durch die Untersuchung der Telefonaktivität der einzelnen Personen gelöst.«

»Und was hast du in meinem Fall herausgefunden?«

»Was meinst du damit?«

»Ist irgendetwas Interessantes dabei herausgekommen? Los, sag schon.«

Mit diesem wissenden Lächeln, ein Ass im Ärmel zu haben, antwortete Giulia: »Nein, nicht viel. Du bist ein ziemlich gewöhnlicher Typ, beherrschst den PC nur mäßig und besuchst weder soziale Netzwerke noch Pornoseiten. Das Internet nutzt du nur für berufliche Zwecke, abgesehen von ein paar Seiten, die dein Interesse für Golf, den Verkauf von Golfausrüstungen und für organisierte Reisen an Orte, an denen man Golf spielen kann, befriedigen. Kurzum, du bist ein echter Langweiler.«

Und ich habe immer mit meiner elektronischen Abstinenz angegeben. Ich war überzeugt gewesen, dass das soziale Netz schlimmer sei als jede Drogenabhängigkeit. Und würde ich in der Haut einer Frau stecken, würde ich denjenigen »Langweiler« nennen, der sein Leben in der virtuellen Realität verbringt und nicht umgekehrt. Dass Giulia vielleicht Menschen bevorzugte, die qualifizierter waren im Umgang mit diesem elektronischen Unfug als ich, konnte ich ja noch akzeptieren. Aber was ich nicht auf mir sitzen lassen wollte, war der »Langweiler«.

»Würdest du meine drei oder vier Verflossenen nach meinen Fehlern fragen, würden sie dir vermutlich alles Mögliche sagen, aber ganz bestimmt nicht, dass ich ein Langweiler …«

Giulia unterbrach mich lachend: »Oh, Riccardo, selber bist du so gut im Schäkern und Foppen anderer. Aber sobald man sich mit dir einen Spaß erlaubt, fällst du sofort darauf herein!«

Ich stammelte: »Ach, ähm, anscheinend …«

Giulia hatte ins Schwarze getroffen: Ich liebe Witze, und ich betrachte die Ironie als einen Gradmesser für die Intelligenz eines Menschen, während es mir selbst meistens sehr schwer fällt, herauszufinden, ob sich jemand einen Scherz mit mir erlaubt oder ob er es ernst meint. Manchmal stelle ich erst nach einigen Tagen fest, dass man mich zum Gegenstand eines Witzes gemacht hatte. Vermutlich ist meine chronische

Unfähigkeit, eine Lüge von der Wahrheit zu unterscheiden, eine weitere Facette dieses Fehlers: Mir kann man einfach alles erzählen. Wenn ich ehrlich bin, so hege ich auch heute noch einen gewissen Zweifel an der Tatsache, dass es weder *Babbo Natale*, den Weihnachtsmann, noch *Befana* gibt, die alte Hexe, die am Dreikönigstag den guten Kindern Geschenke, den bösen jedoch Kohle bringt. Schließlich hatte ich von deren Existenz durch meine Mutter erfahren. Und das ist ja nicht einfach irgendwer!

Ich wollte Giulia nicht zeigen, dass sie ins Schwarze getroffen hatte, und schoss mit der Nonchalance einer Person zurück, die über gewissen Kleinigkeiten steht: »Wenn du schon alles über mich weißt, warum stellst du mir dann überhaupt all diese Fragen?«

»Weil wir nur wissen, wer die Frauen waren, mit denen du eine Beziehung hattest, und dass keine von ihnen jemals in ein Strafverfahren verwickelt war. Sie sind weder drogenabhängig, noch hatten sie Beziehungen zu anderen Männern, während sie mit dir zusammen waren. Kurz gesagt, dies sind alles Informationen, die man braucht, um den Typ Mensch zu begreifen, zu denen diese Frauen gehören könnten. Aber wir haben nicht weiter in ihrem Leben herumgestochert, nachdem sie sich von dir getrennt hatten.«

»Soweit ich weiß, sind sie verheiratet und haben Kinder.«

»Wir werden das recherchieren, was uns nicht viel Zeit kosten wird. Aber wir sollten keine Möglichkeit von vornherein ausschließen. Riccardo, du denkst weiterhin über mögliche Zusammenhänge zwischen dir und der Familie des Conte nach. Ich glaube, dass der Schlüssel zu allem in den Verbindungen zwischen den verschiedenen Mordopfern liegt.«

»Auch auf die Gefahr hin, dass ich kleinlich wirke, möchte ich dennoch darauf hinweisen, dass ich technisch gesehen kein Opfer bin.«

»Abgesehen von der Tatsache, dass der oder die Mörder es jederzeit wieder versuchen könnten, bist du es aus Sicht der Ermittlung.«

Ohne ins Vulgäre abzugleiten, ließ ich mit extremer Ungeniertheit und abgenutzter Geübtheit meine linke Hand in der Geste des Gehörnten an mein Gemächt gleiten. Ich neige nicht zu Beschwörungsformeln, aber angesichts der Situation war keine Zeit zu verlieren.

»Es gibt keine Verbindung. Ich kenne den Conte Alvise nicht, noch nicht einmal vom Sehen. Beim Golf habe ich immer nur gegen seinen Sohn verloren, und für Arcadio ist Golf das Einzige, was zählt. Und zu guter Letzt habe ich die alte Mutter, Patentante, oder was zur Hölle die Frau war, das erste Mal gesehen, als es schon zu spät war. Die Mitglieder dieser Adelsfamilie, die ich am besten kenne, sind die Hunde.«

»Natürlich, aber du denkst weiter darüber nach. Und jetzt geh. Doch ich rate dir, jederzeit verfügbar zu sein. Wenn ich euch suche und nicht finde, wird es für euch beide sehr unangenehm werden. Klar?«

»Na ja, da kommen mir doch so manche Zweifel, was Menschenrechte, Privatsphäre, Freiheit und derlei Kleinigkeiten betrifft.«

»Riccardo, geh jetzt. Andernfalls verhänge ich wirklich einen Hausarrest, und dann kannst du derlei Kleinigkeiten, wie du sie nennst, wirklich für ein paar Monate getrost vergessen.«

»Okay, du hast mich überzeugt.«

Und mit Paolo im Schlepptau verließ ich ihr Büro.

KAPITEL 11

Nachdem ich die Staatsanwaltschaft in der Dauerbeglei-
tung eines niedergeschlagenen Paolo verlassen hatte, befolgte
ich Giulias Rat und dachte über meine Rolle in dieser Mordserie nach. Doch wie sehr ich auch nach Verbindungen zwischen
den Opfern und mir suchte, ich konnte keinen gemeinsamen
Nenner finden, ausgenommen diese verfluchte Nachricht, die
Massimo kurz vor seiner Ermordung auf mein Handy geschickt
hatte.

Das soeben beendete Treffen hatte meiner Stimmung
spürbar geschadet: die meiner Meinung nach ungerechtfertigte
Kälte Giulias, die Tatsache, dass Fremde mein Leben von unten
nach oben gekehrt hatten, die verbundene Hand, die Spekula-
tionen meiner Zeitung in Bezug auf meine berufliche Karriere.
Und nicht zuletzt Paolo, der an mir klebte wie Kaugummi,
mich meiner vermeintlichen Privatsphäre beraubte und mich
ständig daran erinnerte, dass jemand mich umbringen wollte.
Kurzum: Ich fühlte mich wie ein unbewaffneter Mann auf
feindlichem Terrain. Ein beklemmendes Gefühl gewann die
Oberhand über meinen chronischen Leichtsinn. Während
ich nachdachte, wurde mir bewusst, dass ich die – wenn auch
unwahrscheinliche – Möglichkeit, die Morde verbinde nicht
zwingend das gleiche Motiv, nicht ausschließen konnte. Aber
wie passte der Versuch, mich zu töten, zu den Morden? Der
Mord an Patty stand mit Sicherheit in Zusammenhang mit
dem an Massimo, allein schon aufgrund der nicht unwesent-

lichen Tatsache, dass die beiden miteinander verheiratet waren und zusammenlebten. Doch die Theorie, dass Patty auch von einer Frau oder einer älteren Person getötet worden sein könnte, machte die Situation noch komplizierter. Massimo wurde mit großer körperlicher Kraft erwürgt, bevor man ihm – als Warnung – den Mund zugenäht hatte. Oder vielleicht sollte das Ganze auch eine dritte Person einschüchtern. Auf jeden Fall musste jemand, der so vorging, eine blutrünstige Bestie sein. Patty wurde zwar mit der gleichen Grausamkeit, aber mit weniger Kraftaufwand getötet – wahrscheinlich von einer Person, die sie kannte. Auf mich hatte man mit einer kleinkalibrigen Pistole aus etwa dreißig Metern Entfernung geschossen. Und schließlich brach jemand Stella das Genick, bevor er sie auf dem Stuhl sitzen ließ – fast sanft und respektvoll, als hätte der Mörder plötzlich ohne Wut getötet. Vielleicht hatte ich in diesem Wirrwarr an Fakten und Vermutungen etwas übersehen. Und was, wenn die Ermittlungsbeamten während der Röntgenuntersuchung meiner Vergangenheit Aspekte zutage gefördert hatten, die sogar mich verdächtig machten?

Während ich aus Paolos altem Fiesta stieg, überlegte ich, ob ich mich mal mit einem Rechtsanwalt unterhalten sollte. Ich wandte mich an Paolo, mehr um laut nachzudenken denn um wirklich seine Meinung einzuholen.

»Warum willst du das denn tun?«

»Na ja … ich glaube, ich bin ein bisschen zu gutgläubig. Ich hätte nie damit gerechnet, dass die Ermittlungsbeamten mein Leben unter die Lupe nehmen würden. Vielleicht haben sie ja etwas gefunden, an das ich mich noch nicht einmal erinnere. Und es wäre nicht das erste Mal, dass ein Unschuldiger durch die Mangel gedreht wird. Wenn ich darüber nachdenke, könnte ich rein theoretisch der Mörder von Patty, Massimo und Stella sein.«

»Ja, bist du denn jetzt völlig durchgeknallt?«

»Wieso durchgeknallt?«

»Glaubst du wirklich, die Dal Nero würde dich frei herumlaufen lassen, wenn sie glaubte, du wärst der Mörder?«

»Warum nicht? Vielleicht ist das ja Teil ihrer Taktik, um zu sehen, ob ich mich verrate«, rechtfertigte ich mich.

»Okay, diese Taktik würde vielleicht wirklich zu ihr passen, ja. Aber trotzdem, lass es dir gesagt sein, die ist ein Bluthund. Würde sie dich für den Täter halten, würde sie dich erst wegsperren und dann so lange bearbeiten, bis du wie ein Vögelchen singst.«

»Hm … So gesehen könnte das sogar sehr angenehm sein.«

»Ja, so angenehm wie Hammerschläge auf die Knie.«

»Aber wenn man darüber nachdenkt, hat sie mich ja gar nicht wirklich frei gelassen, sondern mir einen ihrer Bluthunde auf den Hals gehetzt. Auch wenn du, nach all dem, was du gesagt hast, vielleicht nicht gerade ihr Lieblingsbluthund bist!«

»Darf ich dich in Bezug auf meine Wenigkeit daran erinnern, dass ich dich beschützen und nicht kontrollieren soll, weil der Mörder auch dich töten wollte? Also hält die Dal Nero dich wohl kaum für den Täter, es sei denn, du hast einen Killer angeworben, um Selbstmord zu begehen. Du kannst natürlich tun, was du willst, aber wenn du bei ihr mit einem Rechtsanwalt aufkreuzt, würdest du in ihren Augen bestimmt an Ansehen verlieren. Hab Vertrauen, Riccardo, es ist wirklich besser, sich an die Abmachung zu halten und sie auf deiner Seite anstatt gegen dich zu haben.«

»O Mann, Paolo! Du tust gerade so, als würdest du die Gesellschaft dieser blutrünstigen Bestie, die Massimo getötet hat, ihrer vorziehen.«

»Ja, daran zweifle ich auch nicht. Ich habe auch schon selbst erlebt, dass die Dal Nero in ihrer Wut böser als der Glöckner von Notre-Dame ist.«

»Der Glöckner von Notre-Dame? Aber der ist doch gar nicht böse.«

»Na ja, ich finde ihn genauso abstoßend.«

Victor Hugo möge das verzeihen.

»Okay, Paolo, also kein Anwalt. Dann fahren wir jetzt zu mir nach Hause, und morgen gehen wir zum *Mattino*.«

Paolo, der mehr in den Rückspiegel als nach vorne schaute, stellte verärgert fest, dass uns zwei Motorräder verfolgten, die er bereits vor der Staatsanwaltschaft bemerkt hatte.

»Wäre ich der Mörder, würde ich mich als Journalist tarnen. Dann könnte ich mich meinem Opfer und dessen Beschützer nähern, ohne dass die beiden gewarnt wären«, scherzte ich.

»Das musst du dir mal vorstellen! Wenn er sich jemandem nähert, könnte er diesen töten, noch bevor man ›Stehen bleiben‹ sagen kann.«

»Genau, wie die Dal Nero dir schon gesagt hat: Wäre Piovesan der Mörder, stünde ich jetzt schon vor meinem Schöpfer, um einen Strafnachlass für meine Sünden auszuhandeln.«

»Ja, darüber habe ich auch schon nachgedacht. Aber ich kam bei der Dal Nero nicht dazu, zu erklären, dass ich sofort erkannt habe, dass du ihn kennst. Deshalb habe ich auch nichts unternommen.«

»Paolo, hast du noch nie darüber nachgedacht, dass der Mörder und ich uns vielleicht kennen?«

»Nein, verdammt, du hast recht … Daran habe ich nicht gedacht … Aber wenn er der Mörder gewesen wäre, hätte er eine Waffe ziehen müssen. Und dann hätte ich ihn gekriegt. Ich bin zwar ein bisschen kompakter, aber trotzdem so flink wie ein Wiesel.«

»Dann sieh zu, dass das Wiesel umso schneller ist, denn ›ein bisschen kompakter‹ erscheint mir doch leicht untertrieben.«

»Wieso? Ich wiege keine hundert Kilo.«

»Aber du hast den Meter siebzig nie erreicht! Also wir

machen es einfach so, dass wir beide besser aufpassen und die Dinge nicht unnötig kompliziert machen.«

Als ob sie unsere Überlegungen geahnt hätten, hielten sich die beiden Motorräder stets an die fünfzig Meter von uns entfernt. Dann ließen sie aber kurz vor Bastia ganz von uns ab, was wir nicht verstanden: Erst eskortierten uns diese Männer, die schon den ganzen Morgen vor der Staatsanwaltschaft gewartet hatten, bis nach Bastia, und dann überließen sie uns unserem Schicksal? Seltsam.

Wir nutzten das aus und hielten kurz im Dorf, um Zeitungen und andere wichtige Dinge zu kaufen wie Trockenfutter für Mila und Newton und *Toscani*-Zigarren für mich, deren Vorrat ich im Krankenhaus vergessen hatte.

Der Vorteil eines kleinen Dorfes liegt darin, dass alle wichtigen Geschäfte geballt im Umkreis von hundert Metern liegen. Ein Tabakladen, ein Kiosk, ein Minimarkt, in dem man auf ganz wundersame Weise auf zwanzig vollgestopften Quadratmetern die gleichen Dinge findet wie in einem großen Supermarkt. Eine Apotheke, in der der Inhaber nach dem Rezept fragt, selbst wenn man nur eine Zahnpasta kauft, ein Tierarzt, der verständlicherweise im unlauteren Wettbewerb mit der Apotheke unter der Hand den Leuten die Medikamente verkauft, für die man eigentlich ein Rezept braucht. Und nur einen Steinwurf entfernt finden sich alle anderen Läden, wie ein Bekleidungsgeschäft mit einem völlig veralteten Schaufenster, dessen Zugang vermutlich von innen zugemauert wurde, eine Bäckerei, ein Schreibwarengeschäft, die Kneipe und das unvermeidliche Jagd- und Angelgeschäft. Und selbstverständlich gibt es da auch das Rathaus mit integriertem Bürgermeister, der niemand anderes als der Tierarzt ist, die Kirche mit angrenzendem Oratorium und dem unvermeidlichen verfallenden und ungenutzten Basketballfeld, das in dem verzweifelten wie vergeblichen Versuch, zu mehr Besuchern zu gelangen, zum

Fußballfeld umgebaut wurde. Offenbar saßen in Bastia nicht nur die Erwachsenen, sondern auch die jungen Leute lieber an einem Tisch, um etwas zu trinken oder Karten zu spielen, anstatt in Unterhosen einem Ball hinterherzujagen.

Wir waren noch nicht ganz aus dem Auto gestiegen, als ich schon das Plakat am Zeitungskiosk mit den wichtigsten lokalen Schlagzeilen sah. Im Großen und Ganzen gab es nur ein Thema: »Der Mörder schlägt wieder zu: Contessa di Nogaredo ermordet«, darunter Fotos der Opfer, eines auch von mir, aber leider ein sehr schlechtes. Ich betrat den Zeitungskiosk, und als ich den funkelnden Blick der Ladeninhaberin sah, wurde mir klar, dass ich vielleicht zum ersten Mal seit sieben Jahren in Bastia nicht mehr als Auswärtiger gesehen wurde. Ich kaufte vier Zeitungen, zwei nationale und zwei lokale, und stieg so noch im Ansehen der Frau.

Ich gab Paolo ein Zeichen zu warten und überquerte die Straße, um meine *Toscani*-Zigarren zu kaufen. Seit sieben Jahren kaufe ich mit methodischer Ausdauer jeden Freitag stets eine *Antico Toscano*, und mit der gleichen Ausdauer fragt mich der Tabakhändler jedes Mal, was ich wünsche – als käme ich zum ersten Mal in sein Geschäft. Doch plötzlich war alles ganz anders, und noch bevor ich die Theke erreicht hatte, hielt der Mann eine *Toscani* wie eine Trophäe in den Händen und begrüßte mich wie einen alten Freund. Nach sieben Jahren offensichtlicher Kälte wollte ich ihm nun nicht das Privileg zugestehen, mich jetzt, wo ich berühmt war, zu kennen, ohne ihn zuvor für die Vergangenheit büßen zu lassen. Ich schaute ihn an, als hätte ich ihn noch nie zuvor gesehen und als müsse er mich mit jemandem verwechseln – und fragte nach einer *Toscano Originale*. Ich wusste, dass ich diese Entscheidung später bereuen würde: die *Originale* schmecken ganz anders, viel würziger als die *Antico*. Aber das überraschte Gesicht des Tabakhändlers war mir das Opfer wert. Schließlich nahm ich mein Päckchen, ohne ihm die Möglichkeit für einen Kommentar oder ein kurzes Gespräch zu geben, bezahlte, verließ den Laden und ließ den Mann völlig verdattert stehen.

In weniger als fünfzehn Schritten und stets unter Paolos wachsamem Blick aus dem Auto heraus erreichte ich den Minimarkt. Die Möglichkeit, hier trotz der begrenzten Fläche alles zu finden, hatte einen kleinen Nachteil: Man kann sich zwischen Keksen, Badematten und der neuesten Handygeneration kaum bewegen. Die Dame, die dieses Geschäft führte, war über siebzig Jahre alt und gehörte zu den venetischen Frauen, die eine dickere Haut als ein Nashorn haben. Ich glaube, sie hat noch nie einen Tag im Geschäft gefehlt, wahrscheinlich noch nicht einmal an den Tagen, an denen sie eines ihrer Kinder zur Welt gebracht hatte, was meines Wissens vier- oder fünfmal vorgekommen ist. Wie die meisten Frauen ihrer Generation spricht sie nur Dialekt, und dieses Manko führt bei mir immer wieder zu Kollateralschäden. Mehr als einmal fand ich in meiner Einkaufstasche einen Wecker anstelle einer Zitrone oder einen Pflaumen-Nuss-Kuchen anstelle von Muskatnüssen. Aber jedes Mal, wenn ich dieses Geschäft betrete, spüre ich dieses unvergleichliche Gefühl, in einem Zauberkästchen zu sein.

Im Gegensatz zu allen anderen Händlern lächelte mich die Signora auch an diesem Tag an, als ich ihr Geschäft betrat. Entweder blieb sie von meiner jüngsten Popularität gänzlich unbeeindruckt, oder aber sie war noch nicht auf dem neuesten Stand der Nachrichten. Wie dem auch sei, sie begrüßte mich wie immer mit einigen freundlichen Worten, die ich nicht verstand, und erkundigte sich nach meinen Wünschen. Ich fragte nach Hundetrockenfutter, und sie antwortete mir mit einer Gegenfrage, die ich natürlich nicht verstand. Da ich es ein wenig eilig hatte, nickte ich kurz in der Hoffnung, dass sie mich nicht gefragt hatte, ob ich auch heute ihren Pflaumen-Nuss-Kuchen haben wollte. Doch im Großen und Ganzen ging dieses Mal alles gut, und ich verließ das Zauberkästchen mit Milas und Newtons Futter und einem wunderbaren Set Buntstifte.

Als ich wieder ins Auto stieg, wollte Paolo wissen, warum ich diese Stifte gekauft hatte.

»Hättest du lieber Pflaumen-Nuss-Kuchen gehabt?«

»Was?«

»Vergiss es, das ist ein Spiel zwischen der Ladenbesitzerin und mir.«

Wir fuhren weiter zu meinem Haus.

Noch bevor wir es erreichten, wurde uns plötzlich klar, warum die beiden vermeintlichen Reporter auf den Motorrädern, die wir zuvor gesehen hatten, uns nicht weiter verfolgt hatten. Sie hatten ihre Motorräder nahe Giuseppes Tor geparkt, wo sie mit einer Gruppe von Menschen so dicht beieinander standen, dass sie einen Teil der Straße blockierten.

Wir konnten wohl kaum mit dem Auto mitten durch diese Menschentraube fahren, und so schlug ich Paolo vor, auf Höhe der Fernsehwagen zu parken. Niemand bemerkte seinen Ford Fiesta, da die Journalisten sich auf Giuseppes Familie konzentrierten, die ihnen gerade ein Interview gaben. So konnten wir uns unter die Leute mischen und hinter ihnen vorbeihuschen. Zu gerne wäre ich stehen geblieben, um zu hören, was Giuseppes Tochter und Ehefrau zu sagen hatten, aber ich beschloss, mein stilles Glück zu genießen und zum Tor meines Hauses zu schleichen. Gerade als wir an dem Gedrängel vorbeischlichen, erkannten sie uns doch noch. Um jeden Annäherungsversuch im Keim zu ersticken, griff Paolo unverhohlen an seine Dienstwaffe. Diese Abschreckung reichte, um die Leute zurückzuhalten, sodass wir mein Tor in sicherem Abstand zu meinen Kolleginnen und Kollegen, die uns folgten, erreichten. Wie immer öffnete ich das elektrische Tor, ohne daran zu denken, dass diese Menschen für Mila und Newton nicht nur eine Bedrohung, sondern auch ein nicht zu rechtfertigendes Eindringen in ihr Territorium darstellten. Ihr Verhalten war, sofern das überhaupt möglich ist, noch derber als Paolos. Sie schossen wie die Raketen knurrend und Zähne fletschend auf die Reporter zu, deren Flucht so übereilt wie chaotisch war. In der Panik überrannten sie Giuseppes Familie, und nur mit Mühe konnte ich meine Hunde halten, die ihrem Unmut über diese Invasion lautstark Ausdruck verliehen. Wenigstens blieben sie auf dem Feldweg stehen, während auf dem Boden mehrere Fernsehkameras, zwei Hüte, ein Schuh und sicherlich auch mein guter Ruf zurückblieben. Eindeutig mit dem Ergebnis zufrieden, beschloss Mila, der fliehenden Schar den Rücken zuzukehren und mich zu begrüßen. Newton folgte ihrem Beispiel. Im Gegenzug begrüßte ich meine Hunde mit einer Reihe von Zurechtweisungen, schrie sie auch im Namen meiner Kollegen an und gab Paolos Komplimente weiter, der wiederum die Art und das Ergebnis zu schätzen wusste.

Nachdem wieder Ruhe eingekehrt war, erreichten mich die wütenden Rufe der Journalisten. Ich bat sie um Entschuldigung und lud sie ein, doch wieder herüberzukommen. Und so stand die Gruppe schon recht bald wieder vor meinem Tor. Ich bekräftigte die Absichtslosigkeit meiner Wachhunde und gab als Gegenleistung für ihre Vergebung ein kurzes Interview. Wir wurden durch das Tor getrennt, und so konnte ich den Kameras gegenübertreten, ohne hin und her zu schwanken. Fast alle Fragen zielten auf meine Beziehung zu den Mordopfern ab. Doch ich hielt mich an Giulias Anweisungen und erwähnte Massimos Nachricht mit keinem Wort. Auch die Frage, warum ich im Schloss des Conte Alvise gewesen war, ließ ich unbeantwortet. Nach zahlreichen »Tja«, »Hm«, »Keine Ahnung« und so manchem Gestammel beschloss ich, dass ich lange genug Rede und Antwort gestanden hatte. Es war schon spät, und ich wollte noch auf einen Sprung in die Redaktion des *Mattino*.

Vielleicht war das paradox, aber die Lektüre der Tageszeitungen und einige Nachrichtensendungen vermittelten mir mehr als alles andere einen Eindruck, wie viel um mich herum passierte. Die Ereignisse, in die ich verwickelt war, bestimmten die Schlagzeilen. Man schenkte mir sogar mehr Platz und Aufmerksamkeit als dem Trio Merkel, Hollande und Monti, was in etwa dem Ausmaß des Chaos entsprach, in dem ich mich befand. Die Berichte wichen untereinander jedoch sehr stark voneinander ab: Einige wiesen mir eine potenziell aktive Rolle zu, während andere mich als Opfer darstellten, das wie durch ein Wunder dem Mörder entkommen konnte. Ob der Mörder diese Kommentare ebenfalls las oder hörte? Und was mochte er wohl darüber denken?

Eine ausgiebige Dusche weckte meine Lebensgeister. Ob ich nun eine aktive oder passive Rolle spielte, es war an der Zeit zu handeln. Ich zog mich an und war fest entschlossen, mich der Situation auf meine Art zu stellen. Also bat ich Paolo, mich in die Redaktion zu begleiten.

Auf dem Weg zum *Mattino* führte ich zwei Telefonate: Als Erstes rief ich Grandi an und teilte ihm mit, dass ich ihn sprechen wollte. Dann wählte ich Piovesans Nummer, um ihn zu bitten, ebenfalls zu dem Treffen mit Grandi zu kommen.

Die Zeitungsredaktion befindet sich in einem zweistöckigen Gebäude im Zentrum von Padua. An der Pforte standen ein Wachmann und Giannino, der seit dem Tag seiner Ernennung im Jahre 1975 an der Rezeption saß. Er war ein guter und geduldiger Mensch, vielleicht sogar ein wenig zu geduldig, denn er erfüllte zwar seit einiger Zeit alle Voraussetzungen für die Rente, hoffte aber immer noch, zum Redaktionsmitglied befördert zu werden. Seine Begrüßung ließ mich vermuten, dass für mich die Dinge nicht nur in Bastia, sondern auch in der Redaktion nie mehr so sein würden wie früher.

»*Buongiorno, Direttore.* Endlich sehen wir Sie wieder! Wir hatten schon befürchten, dass Sie nicht mehr zurückkommen, wissen Sie?«

Offenbar hielt es Giannino angesichts der zahlreichen Änderungen in den Aufgabenbereichen für angebracht, mich zum *Direttore* zu befördern.

»Immer mit der Ruhe, Giannino. Unkraut vergeht nicht«, beruhigte ich ihn lachend.

»Es ist wirklich eine große Freude, Sie wiederzusehen, Dottore Ranieri. Bei all den Kakerlaken, die hier rumkriechen, sollte so ein Mensch wie Sie niemals weggehen.«

Auch wenn ich es nur schwer zugeben konnte, empfand ich bei der Rückkehr zur Arbeit und dem Empfang mit all den Schmeicheleien doch eine subtile, wenn auch flüchtige Genugtuung. Über den Flur hinweg begrüßte ich mehrere Kollegen. Obwohl es gleich schon achtzehn Uhr war, herrschte in der Redaktion noch reger Betrieb. Ich legte einen Schritt zu und marschierte mit dem Tempo eines Kellners zur Hauptstoßzeit direkt in Richtung von Grandis Büro, vermied dabei aber jeden Blickkontakt. Ich klopfte an, und ohne auf eine Antwort zu warten, öffnete ich die Tür.

»*Buonasera*, Ranieri! Kommen Sie herein und setzen Sie sich. Wir haben Sie schon erwartet.«

Grandi ist ein intelligenter Mensch, sehr ruhig und besonnen. Er wird niemals laut, und wenn er in seiner Funktion als Chef mitunter auch schwierige Entscheidungen treffen muss, gibt er anderen nie das Gefühl, in Schwierigkeiten zu stecken. Er gehörte zu den Menschen, die immer eine Lösung zu finden schienen.

Piovesan, der vor Grandis Schreibtisch saß, klopfte zweimal auf die Rückenlehne des Stuhls neben ihm, um die Einladung zu bekräftigen.

Grandi sprach als Erster und fragte, wie es mir ginge.

»Ich muss Ihnen gestehen, dass ich doch einige recht lebhafte Tage hinter mir habe.«

Weitaus weniger vornehm und wesentlich pragmatischer meinte Piovesan: »Na ja, die haben dich ja ganz schön zugerichtet, was?«

»Das stimmt, aber inzwischen geht es mir schon wieder besser. Und im Mittelpunkt der Aufmerksamkeit zu stehen hat, ehrlich gesagt, auch Vorteile.«

»Welche denn?«

»Ich muss mir zum Beispiel keinen Parkplatz suchen. Unten wartet ein Polizist, mein Personenschützer, im Auto auf mich, und das in der zweiten Reihe.«

»Und die Hand?«, fragte Grandi.

»Sie tut nicht mehr weh. Aber es ist die rechte Hand, und mich mit links zu rasieren ist nicht ganz so einfach.«

»Das geht vorbei, nur Geduld, Ranieri.«

Nun hatten wir anscheinend genug Höflichkeiten ausgetauscht, und Grandi wechselte das Thema: »Piovesan hat Ihnen ja bereits von unseren Überlegungen hinsichtlich einer Versetzung in die Tagesnachrichten berichtet.«

»Ehrlich gesagt, hat Gibbo so getan, als wäre die Entscheidung bereits getroffen worden und damit endgültig.«

Piovesan fühlte sich in die Defensive gedrängt und meinte: »Nein, Riccardo, das stimmt so nicht. Ich habe dir gesagt, dass sich nichts ändern wird, wenn du das nicht willst.«

»Aber du hast so getan, als wäre die Sache bereits entschieden, und mir bliebe nur noch, das Angebot zu akzeptieren oder abzulehnen. Wenn du erlaubst, bevorzuge ich jedoch eine andere Vorgehensweise.«

Nun mischte Grandi sich ein: »In Wirklichkeit ist noch gar nichts beschlossen. Aber es ist ja offensichtlich, dass Ihre Verwicklung in die Morde im Golfklub Frassanelle uns einen seltenen Vorteil gegenüber den anderen Zeitungen verschafft.

Unter Berücksichtigung dieses Vorteils, den wir Ihnen zu verdanken haben, wollten wir Ihnen die Möglichkeit anbieten, in den Nachrichtenteil zu wechseln.«

»Also wäre ich diesem Wahnsinnigen, der uns alle umbringen will, auch noch zu Dank verpflichtet?«

Während Piovesan ungeduldig schnaubte, bewies Grandi seine Professionalität: »Zum Teil ja, Ranieri. Aber sehen Sie, Sie sind nicht der Erste und werden auch nicht der Letzte sein, der einfach zur richtigen Zeit am richtigen Ort war. Berufliche Karrieren sind oft, wenn nicht sogar immer, mit unvorhersehbaren Ereignissen und vor allem mit Glücksfällen verbunden. Aber ich möchte dennoch anmerken, dass in diesem speziellen Fall die Tatsache, dass Sie zum richtigen Zeitpunkt am richtigen Ort waren, für uns zwar eine notwendige Voraussetzung ist, diese Tatsache allein aber nicht ausreicht, um Sie in die Tagesnachrichten zu versetzen.«

»Was denn noch?«

»Sie, Ranieri.«

Er machte eine weitere Pause, um meine Aufmerksamkeit zu verstärken.

»Glauben Sie, dass Sie, wenn ich Sie in das Nervenzentrum der Zeitung versetze und Sie dieses Angebot annehmen, die ideale Besetzung für diese Aufgabe sind?«

Noch eine kleine Pause vor dem großen Finale.

»Sie sehen also, Ranieri, alle Mosaiksteinchen fügen sich zu einem Bild zusammen. Der richtige Ort, der richtige Zeitpunkt und vor allem die richtige Person.«

In diesem Moment freute ich mich zwar wie ein Schneekönig, aber nach all dem Chaos konnte ich nicht einfach aufgeben.

»Also sollte ich das Ganze als Beförderung verstehen?«

Grandi, zwar ruhig, aber nicht naiv, verstand sofort, worauf ich hinauswollte. Und während Gibbo ein »Sicher!«

151

herausrutschte, stellte er klar: »Nein, keine Beförderung. Das lassen schon die Krisenzeiten nicht zu. Aber es liegt doch auf der Hand, dass sich Ihnen, sofern Sie unser Angebot annehmen, weitere Möglichkeiten zur Profilierung bieten werden. Sollte sich die Auflagenhöhe bis zum Jahresende auf dem aktuellen Niveau halten, können wir darüber reden. Im Moment sind wir auf dem richtigen Weg, doch die Entscheidung, ob Sie langsam oder schnell gehen wollen, liegt allein bei Ihnen.«

»Und die Wirtschaftsredaktion?«

»Darüber habe ich bereits mit Grossi gesprochen. Es wird keine Probleme geben.«

Ich konnte mir auch kaum vorstellen, dass Fausto Grossi, Chefredakteur im Bereich Wirtschaft und ein eher inkompetenter Mensch, der nur aufgrund von viel Vitamin B Ressortleiter war, sich weigern würde, einen Mitarbeiter loszuwerden, der ihn jedes Mal an seine eigenen beschränkten Fähigkeiten erinnerte. Ich musste grinsen, als ich mir die Witze der Kollegen bei dem Treffen zwischen ihm und dem *Direttore* vorstellte: Grandi und Grossi!

»Wann soll ich wechseln?«

Piovesan antwortete: »Das entscheidest du. Wenn du willst, jetzt gleich. Der Platz neben mir ist frei.«

»Einverstanden. Wenn das für euch okay ist, ziehe ich sofort um. Auch, weil ich einige Recherchen über diesen Fall anstellen möchte.«

»Apropos dieser Fall«, meinte Grandi, »wir entscheiden gemeinsam mit Piovesan, wie wir vorgehen werden. Ich könnte mir vorstellen, dass die Staatsanwaltschaft Sie auf gewisse Weise unter Druck setzt, damit Sie keine vertraulichen Informationen weitergeben, oder?«

»Das ist richtig. Genauer gesagt, die mit diesem Fall betraute Staatsanwältin hat mir befohlen, keine Interviews zu geben, nur äußerst ausweichend zu antworten und nicht über dieses Thema zu schreiben.«

»Gut, das bedeutet also Zurückhaltung.«

»Aber wir können einige Ablenkungsmanöver, die ich heute in der *Repubblica* und dem *Corriere* gelesen habe, dementieren. Außerdem könnte ich im Gegenzug durchsetzen, dass man mich über den Stand der Ermittlungen auf dem Laufenden hält. Sobald es mir die Staatsanwältin erlaubt, kann ich also über alles bis ins kleinste Detail schreiben.«

»Wunderbar. Dann lassen Sie uns keine Zeit verlieren. Ranieri, packen Sie es an! Enttäuschen Sie mich nicht, und Sie werden sehen, wie befriedigend diese Arbeit ist.«

Während wir Grandis Büro verließen und meine Kollegen mich schulterklopfend begrüßten, bombardierte Piovesan mich mit Fragen zum Fall. Ich unterbrach ihn und erinnerte ihn an das Schweigegelübde, das ich der Staatsanwältin gegeben hatte.

Doch Piovesan, bei dem jede Vernunft auf taube Ohren stieß, meinte nur: »Einverstanden, Ricky. Aber dann sag mir wenigstens, wer der Mörder ist.«

KAPITEL 12

Die Redaktion des *Mattino di Padova*, in der ich arbeite, ist ein großer Raum mit fünf separaten Bereichen, die durch bewegliche Wände voneinander getrennt sind.

An den Wänden hängen riesige Bildschirme, auf denen verschiedene Informationskanäle wie Sky TG24, CNN, Bloomberg und Al Jazeera laufen. Inmitten der Hektik der Redakteure, der Anrufe von Kollegen und des Tones der Bildschirme erreicht der Lärmpegel mitunter die Stärke einer Autobahnbaustelle. Doch auch wenn es nicht so aussieht, die Hintergrundgeräusche fördern die Konzentration und die Eigeninitiative – oder erwecken zumindest den Eindruck, als wären alle äußerst aktiv. Bevor Grandi die Zentrale übernahm, blieben die Bildschirme an den Wänden stumm, und nur der Fernseher im Büro seines Vorgängers, den kennenzulernen ich nie das Vergnügen hatte, lief. Ich wurde erst nach dessen Rücktritt eingestellt und erfuhr nur über die Kollegen, dass dieser *Direttore* luxuriöses Blendwerk nötig hatte, um immer wieder an die Tatsache zu erinnern, dass er im Vergleich zu den Handlangern, also uns gewöhnlichen Reportern, an der Spitze der Hierarchie stand. Heute verleihen diese Bildschirme der Redaktion eine Lebendigkeit, die man hier auch fünfundzwanzig Stunden am Tag braucht, um es in Grandis Worten zu sagen.

Nachdem ich meine persönlichen Gegenstände von meinem alten Platz genommen hatte, die für mich von großem

Wert waren – die nie benutzte Zahnbürste, ein Schild, das an meinen ersten Artikel als Freiberufler erinnerte, ein Foto von Mila und Newton und ein Aschenbecher mit integriertem Zigarrenschneider, den mir eine meiner Verflossenen geschenkt hatte –, bezog ich meinen neuen Schreibtisch. Das Schwierigste war, Piovesan loszuwerden, der bei dem Versuch, mir vertrauliche Informationen über den Fall zu entlocken, alle Strategien eines guten Kohlehändlers einsetzte. Zuerst drohte er mir indirekt, mir einen drehbaren Lehnstuhl zu verweigern, der weitaus moderner war als dieses starre Ding an meinem Tisch. Dann appellierte er an meine väterlichen Gefühle für einen Kollegen, der ganz allein versuche, den unvermeidlichen Untergang der Zeitung, der durch die Internetkonkurrenz vorprogrammiert sei, zu verhindern. Das war auch der Grund, warum Piovesan mich weiterhin davon überzeugen wollte, für die Tagesnachrichten zu schreiben: Wir brauchten richtige Nachrichten, um den Umsatz unserer Zeitung zu steigern, zumindest im Moment.

Obwohl es schon zwanzig Uhr war, ging es in der Redaktion zu wie in einem Taubenschlag, und ich wollte endlich mit meiner Internetrecherche beginnen, um zumindest einen Teil der Informationslücken über Giulia und alle anderen in den Fall involvierten Personen, einschließlich des Mörders, zu schließen. Nachdem mich die Kollegen begrüßt und wiederholt nach Informationen gefragt hatten, beschloss ich, diese Suche auf den nächsten Tag zu verschieben.

Bevor ich ging, rief ich noch Enrico an, den Chefkoch und Restaurantbetreiber im Golfklub Frassanelle. Ich wollte wissen, ob das Klubrestaurant geöffnet hatte. Dieses Restaurant ist ein absoluter Pluspunkt des Golfklubs. Seine Auswahl an verschiedenen, wenn auch nicht wirklich raffinierten Gerichten kommt dem gastronomischen Angebot in dieser traditionell eher armen Gegend mit viel Fantasie und Konzentration auf Huhn-,

Hähnchen- und Wildvariationen sehr entgegen und macht es so unglaublich attraktiv. Und wenn dann neben der Qualität auch noch die Preise stimmen, besuchen die Mitglieder und Gäste von außerhalb den Klub in Frassanelle mit beharrlicher Beständigkeit auch nach den vorschriftsmäßigen gespielten achtzehn Löchern. Davon können andere Klubs nur träumen.

Trotzdem herrscht hier eine sehr familiäre Atmosphäre. Von den Kellnern, meist junge Leute, die mit dieser Arbeit ihr Studium finanzierten, werden ein gewisses Maß an Sympathie, eine große Portion Geduld und gute Fachkenntnisse erwartet. Denn zu den häufigsten Krankheiten, an denen die Mitglieder eines Golfklubs leiden, zählt das pathologische Superego-Syndrom. Dieses Syndrom hindert das Individuum daran, grundlegende Verhaltensregeln einzuhalten, und im Laufe der Zellmetastasen raubt es den Betroffenen die Fähigkeit, in anderen Personen ebenbürtige Menschen zu erkennen, die ebenfalls Rechte haben. Das Hinterlistige an dieser schrecklichen Krankheit ist die leichte Übertragung auf den Ehepartner. Obwohl die Forschung schon große Fortschritte gemacht hat, weiß man noch immer nicht, ob der Ursprung dieser Krankheit genetischer oder viraler Natur ist. Tatsache ist aber: Treten zwischen zwei und zehn Mitglieder gleichzeitig an der Theke auf, zeigen die Symptome das gesamte Ausmaß ihrer Aggressivität.

Ich pflege einen ausgezeichneten Kontakt zu Enrico. Auch an kalten Winterabenden, wenn das Golfspiel auf dem Platz ausschließlich einigen kranken Geister überlassen bleibt, treffe ich mich oft mit ihm und fünf oder sechs weiteren Mitgliedern am Kamin des Klubhauses, um ein Fußballspiel anzusehen, politische Diskussionen zu führen oder über andere Mitglieder herzuziehen. Hauptbestandteil dieser Abende ist die lebhafte Diskussion, egal, ob es dabei um Fußball oder politische Themen geht. Worauf es ankommt, ist einzig die Diskussion. Um das gewünschte Ergebnis zu erzielen, hält Enrico einen Vorrat an altem Grappa bereit, der genau richtig vereist wurde und mit sehr viel Wasser getrunken wird. Nach Mitternacht kommt es nicht selten vor, dass die Pfosten, die die Parklücke voneinander trennen, von solchen Autofahrern entwurzelt und gefällt werden, die davon überzeugt waren, Bacchus im Armdrücken schlagen zu können, diesen Wettstreit letztendlich aber immer verlieren.

Als ich aus dem Redaktionsgebäude trat, kam Paolo mit finsterer Miene auf mich zu. Ich wollte wissen, warum er so wütend sei.

»Die haben uns den Wagen weggenommen«, war seine lapidare Antwort.

»Was? Wer? Die Feuerwehr oder Autodiebe?«, fragte ich.

»Die Feuerwehr. Ich habe nur noch gesehen, wie sie mit dem Abschleppwagen davonfuhren.«

»Und wo warst du?«

»In der Redaktion, ich habe mit Giannino gesprochen.«

»Toll! Und was machen wir jetzt? Ich habe einen Tisch im Golfklub bestellt.«

»Dann rufen wir uns halt ein Taxi.«

»Das kostet ein Vermögen.«

»Hast du eine bessere Idee?«

»Könnten wir nicht die Feuerwehr anrufen und denen erklären, dass du von der Polizei bist?«

»Das habe ich doch schon versucht. Aber das Kautionsbüro ist um diese Zeit bereits geschlossen. Ich soll morgen noch mal anrufen.«

»So ein Mist! Wie schön, dass ich eben erst meinen Kollegen erzählt habe, der einzige Vorteil eines Personenschutzes sei die Tatsache, dass man sich keinen Parkplatz suchen muss! Weißt du, wie peinlich das wird, wenn sie davon erfahren?«, motzte ich ihn an.

»Finde dich damit ab. Piovesan weiß es schon, und ich hätte ihm beinahe eine aufs Maul gehauen.«

»Warum das denn?«

»Weil er gar nicht mehr aufhörte zu lachen.«

Am Ende riefen wir ein Taxi, das uns nach Bastia brachte, wo wir in meinen Wagen umstiegen. Wenn er sonst schon nichts zu bieten hatte, war mein Volvo wenigstens bequemer als Paolos Fiesta.

Wir kamen gegen halb neun am Golfplatz an. Auf dem Parkplatz standen nur wenige Autos. Ende Oktober, wenn es schon um sechs Uhr neblig und dunkel wird, kommen abends nur noch die Stammgäste hierher.

Enrico stand am Eingang seines Restaurants und erschien unschlüssig, ob er wütend sein sollte, dass wir uns verspätet hatten, oder glücklich, dass einer seiner besten Kunden noch lebte. Schließlich obsiegten seine Geschäftsinteressen, und er nahm mich brüderlich in den Arm. Bevor er zu sentimental wurde, löste ich mich aus der Umarmung und fragte, ob Arcadio in der Nähe sei. Ich wollte nicht, dass wir uns begegneten und der Kerl empört ausrastete. Mit Paolos »heißer Hand« in meiner Nähe könnte es andernfalls zu einer Katastrophe kommen.

»Nein, Arcadio ist nicht da. Du kannst beruhigt hineingehen. Aber woher hast du eigentlich das Veilchen?«

»Also, Enrico, solltest du irgendwann einmal einem offiziellen Personenschützer deine Sicherheit anvertrauen, solltest du nichts dem Zufall überlassen.«

Paolo, der neben mir stand, gab mir einen Stoß in die Seite, der nur bedingt freundschaftlich gemeint war. Und während wir weitere Höflichkeiten austauschten, gingen wir in Richtung Speisesaal.

Im Restaurant saßen nur acht Personen, verteilt auf zwei Tische. Folglich wurden Paolo und ich von einer vorhersehbaren Flut an Fragen überrollt. In diesem Moment kam mir die aufgezwungene Zurückhaltung sehr gelegen, da ich so mein Abendessen warm genießen konnte.

Gegen halb elf saßen Paolo und ich schließlich allein im Restaurant, abgesehen von Enrico, Francesca, die hinter der Theke stand, und Lury, einem jungen Serben, der Ingenieurswissenschaften in Padua studierte und hier als Kellner arbeitete. Francesca war die zurückhaltendste Mitarbeiterin im Frassanelle-Klub. Ruhig und reserviert reagierte sie weder auf ein Lächeln noch auf einen Witz. Sie war weder schön noch hässlich und tat vermutlich alles, um nicht aufzufallen, was ihr im Großen und Ganzen auch sehr gut gelang.

Wie schwer die jüngsten Ereignisse wogen, konnte man daran erkennen, dass sie ihren natürlichen Widerwillen überwand und zu uns herüberkam, um unsere Kommentare zu hören.

Dank eines Gläschens Grappa mit Williamsbirne und der Tatsache, dass wir nur noch zu fünft in der gemütlichen Lounge am Kamin saßen, ließ ich mich gegenüber Enrico zu dem vertraulichen Kommentar hinreißen, dass ich bisher in Bezug auf diese Morde nichts herausgefunden hatte.

»Mensch, Riccardo, du solltest Golf spielen.«

»Und dann?«

»Na ja, es ist doch offensichtlich, dass du nichts herausfindest.«

»Zum Teufel mit dir!«

Francesca ging als Erste, auch um diese kameradschaftliche Atmosphäre nicht teilen zu müssen, die aus den derben Sprüchen und alkoholisierten Wahnvorstellungen von Männern resultierten. So blieben nur noch wir vier Kerle übrig, und wir begannen, uns an die Salvionis zu erinnern. Und da wir diesen Schleier melancholischer Traurigkeit, den wir herbeigeredet hatten, nicht zerreißen konnten, beschlossen wir, den Abend zu beenden und nach Hause zu fahren.

Am nächsten Morgen war ich um sieben Uhr schon wieder auf den Beinen.

Wie immer überdachte ich unter der Dusche die Dinge, die ich im Laufe des Tages erledigen musste. Priorität hatte dabei die Identifizierung des Mörders oder der Mörder, damit ich nicht ständig zugeben musste, nichts herausgefunden zu haben. Dann musste ich mir ein neues Handy und Sauce für die Pasta besorgen, mit der ich dem Risiko einer Hungersnot entgehen wollte, dem ich, seitdem ich mit Paolo zusammenlebte, ausgesetzt war. Ich legte die Reihenfolge meiner Tagesaufgaben fest und trat übermütig aus dem Schlafzimmer heraus, um mir in der Küche den ersten Kaffee des Tages zu machen, eine Tat, die äußerst fruchtbar, wenn nicht sogar geradezu fantastisch zu werden schien. Im Oktober ist es morgens um sieben Uhr zwar noch dunkel, aber da ich jeden Zentimeter in meinem Haus kenne, machte ich kein Licht an. Vielleicht vergaß ich aufgrund meiner guten Laune, vermutlich aber eher dank des Alkoholexzesses der vergangenen Nacht, meinen Gast vor meiner Schlafzimmertür im Flur. Ich fühlte, wie mein Fuß gegen etwas Schweres stieß. Dann gab es einen dumpfen Knall, gefolgt von einer ganzen Reihe derber Kraftausdrücke. Ich verlor das Gleichgewicht und konnte nur noch im Fallen meine Arme nach vorne werfen. Der Sturz wurde von Paolos Körper aufgefangen, den ich mit meinem Ellbogen leider mitten ins Gesicht traf. Zwischen Stöhnen und Schimpfwörtern – in erster Linie waren es Schimpfwörter – befreiten wir uns aus der Matratze, und ich tastete nach dem Lichtschalter. Paolo saß auf der Matratze und presste seine Hände auf sein rechtes Auge, das wohl meinem Fuß oder meinem Ellenbogen zum Opfer gefallen war. Ich entschuldigte mich und bat ihn, mir sein Auge zu zeigen. Der Schlag, den es abbekommen hatte, war zum Glück nicht besonders heftig gewesen.

»Es tut mir leid, Paolo! Ich hatte vergessen, dass du hier

liegst. Und dabei hatte ich das Gefühl, dass das ein richtig guter Tag werden würde.«

»Ja, ein richtig guter Tag… allein schon, wie gut er angefangen hat!«

»Hey, du musst das positiv sehen: Ich habe das Gleichgewicht verloren und bin auf etwas gefallen, das noch weicher ist als die Matratze.«

Ich ging die Treppe hinunter in die Küche, begleitet von Paolos Flüchen, die selbst einem Exorzisten Gänsehaut verursacht hätten.

Nachdem der Sturm vorüber war, verließen wir um kurz nach acht Uhr das Haus in Richtung Padua. Der Verkehr hatte zwar schon zugenommen, aber noch waren die Straßen frei. Da ich an einer sehr schweren Form der Kontaktallergie gegenüber Verwaltungsformularen leide, die auszufüllen erforderlich war, damit er sein Auto wiederbekam, überzeugte ich Paolo davon, sich über Giulias strenge Regeln hinwegzusetzen und den Morgen getrennt von mir zu verbringen. Ich begleitete ihn noch bis zur Feuerwehr, und wir verabredeten uns zum Mittagessen vor der Redaktion des *Mattino*. Natürlich musste ich schwören, direkt ins Büro zu gehen, ohne mich auf der Straße aufzuhalten, und vor allem, ohne mich von irgendjemandem erschießen zu lassen.

Vor der Redaktion begann ich schimpfend nach einem Parkplatz Ausschau zu halten. Ich wollte schon allein deshalb zur Generaldirektion des *Mattino* gehören, damit ich Anspruch auf dieses unbezahlbare Privileg eines reservierten Parkplatzes hatte. Schließlich fand ich einen, der aber leider kostenpflichtig war und über einen Kilometer von der Redaktion entfernt lag. Ich zahlte die Gebühren bis dreizehn Uhr, weil mir für eine längere Parkdauer das Kleingeld fehlte. In der Mittagspause würde ich meinen Vertrag mit der Gemeinde verlängern müssen. Just in diesem Moment begann es zu regnen, und meine unbestechliche gute Laune verschwand allmählich hinter den dunklen Wolken. Zum ersten Mal ging ich ohne Paolos Begleitung zu Fuß in Richtung Redaktion, und plötzlich spürte ich einen Hauch von Angst, ausgelöst durch die Tatsache, mich inmitten einer Menschenmenge zu befinden, ohne dass mich jemand gegen einen möglichen Angriff verteidigen konnte. Da die Strecke jedoch recht kurz war, überwog letztlich aber das Vergnügen, frei entscheiden zu können, wohin ich gehe und was ich tue, auch wenn diese Freiheit nur von kurzer Dauer war. Wie ein Schiff, das auf seine endgültige Reisegeschwindigkeit beschleunigte, wurde der Regen stärker. Ohne Regenschirm und mit von Regentropfen angeschlagener Sicht versuchte ich, die Blicke der Menschen, die meinen Weg kreuzten, genauer zu ergründen. Dabei wollte ich, offen gestanden, nicht nur herausfinden, ob sie mich töten wollten, sondern auch – getrieben von einer narzisstischen Neugier –, ob sie mich erkannten. Gestärkt in meinem Vertrauen, der einzige Herr Niemand zu sein, erreichte ich das Redaktionsgebäude, ging aber noch ein paar Schritte weiter bis zur angrenzenden Kaffeerösterei. Und als ich diese betrat, genoss ich endlich die Privilegien einer bekannten Persönlichkeit. Ich musste noch nicht einmal um die Aufmerksamkeit des Kellners buhlen, um bedient zu werden. Wie immer waren auch einige Kollegen da, von denen ich nun einstimmig begrüßt und gefragt wurde, was eigentlich passiert sei. Während ich äußerst vage blieb und mich auf Anspielungen beschränkte, bekam ich meinen *Caffè ristretto* in einer großen Tasse zusammen mit einem großen Tütchen Rohrzucker und eine köstliche Brioche. Der Tag wurde wieder besser.

Gerade als ich das Café in Begleitung einer Horde von Kollegen verlassen wollte, trat eine blonde Frau, Mitte dreißig, ein. Ich hatte sie um diese Uhrzeit schon öfter hier gesehen und wusste, dass sie für einen Notar ganz in der Nähe arbeitete. Sie war wunderschön und erinnerte mich ein bisschen an Michelle

Pfeiffer, auch wenn sie etwas kleiner war. Bisher waren alle meine durchaus zahlreichen Versuche, ihren Blick auf mich zu lenken, kläglich gescheitert. Ich persönlich bin ja absolut davon überzeugt, dass, wenn eine Frau den Blick eines Mannes auch nur für einen kurzen Moment erwidert, sie eine Entscheidung getroffen hat. Und in diesem Moment hat man, sofern man dreist genug ist, auf sie zuzugehen, gewisse Chancen. Dieses Mal schaute sie mir direkt und so lange in die Augen, dass ich fast schon glaubte, sie würde den ersten Schritt wagen.

Leider bin ich bei Frauen nicht nur absolut unaufdringlich, sondern auch äußerst schüchtern und unbeholfen – also völlig unfähig, den Moment zu nutzen. Aber diese flüchtige Aufmerksamkeit, die sie mir schenkte, gab mir meinen selbstsicheren Optimismus zurück, der sich heute Morgen unter der Dusche eingestellt hatte. Leicht wie eine Feder betrat ich die Redaktion und nahm an meinem Schreibtisch Platz. Zum Glück war Piovesan noch nicht da, und so konnte ich meine Suche nach den teuflischen Mördern ungestört fortsetzen.

Als Erstes startete ich eine Suchanfrage zur Familie von Conte Alvise. Während ich die Namen in die Suchmaschine eingab, tauchte Piovesan hinter mir auf, der mich mit kindlicher Unschuld fragte, woran ich gerade arbeite.

»Gibbo, um zehn Uhr findet die Sitzung statt, in der wir entscheiden, wie wir die Artikel über die Morde schreiben, richtig?«

»Richtig.«

»Gut. Dann gib mir bitte etwas Zeit, damit ich bis zehn Uhr ein paar Ideen gesammelt und mehr über die Opfer recherchiert habe. Okay?«

»Ja, okay, aber reg dich nicht gleich so auf. Ich wollte doch nur ein bisschen mit dir plaudern.«

»Gibbo, ich rege mich nicht auf. Es ist nur so, dass ich im Moment überhaupt keine Zeit für mich habe.«

»Das sagt meine Frau auch immer.«

»Sie wird ihre Gründe haben.«

»Das glaube ich nicht. Sie geht nicht arbeiten, die Kinder sind inzwischen erwachsen, und du glaubst, sie hat keine Zeit für sich?«

So langsam bereute ich meinen Wechsel zu den Tagesnachrichten fast schon.

»Gibbo, ich weiß es nicht. Aber was ich weiß, ist, dass in ungefähr einer Stunde die Sitzung beginnt. Wenn ich mich aber jetzt die ganze Zeit mit dir unterhalte, kann ich kaum die Informationen finden, die ich brauche, oder?«

»Ist ja schon gut, ich gehe ja. Halt die Ohren steif, und denk dran, die Sitzung beginnt um zehn Uhr.«

Arme Frau, was für eine Strafe, dachte ich bei mir, während Gibbo davonging.

Nachdem ich endlich mit meinen Recherchen beginnen konnte, fand ich einige interessante Dinge über Alvise Casati Vitali, den Conte di Nogaredo, heraus.

Als Erstes fand ich heraus, dass seine Mutter bei seiner Geburt, also am 20. September 1947, an nicht näher genannten Komplikationen gestorben war. Sein Vater Umberto starb 1952, vermutlich bei irgendwelchen Ausschweifungen, denn man fand ihn nackt in einem Hotelbett in Venedig. Kurz nach dem Tod seiner Frau Arduina übertrug er Stella Roncadelle die Betreuung und Versorgung seines Sohnes Alvise. In manchen Boulevardzeitungen wurden anzügliche Verdächtigungen verbreitet, wonach der Vater des Conte und Signora Stella mehr als nur Chef und Angestellte waren, da Stella nach dem Tod des Seniors die Verwaltung aller Vermögenswerte der Adelsfamilie übernommen hatte.

Je mehr ich über diese Familie und diese Frau las, desto faszinierender wurden sie. In wenigen Jahren vom Babysitter zur Kaiserin – eine solche Karriere war einem echten Abkömmling würdig. So beschloss ich, ihr meine volle Aufmerksamkeit zu widmen: Stella Roncadelle wurde am 5. April 1928 in Mogliano Veneto geboren. Das war das einzige Datum, das ich finden konnte. Ansonsten gab es kaum Informationen über ihre Herkunft. Wahrscheinlich stammte sie aus einer Bauernfamilie mit geringen wirtschaftlichen Möglichkeiten. Damals hatte man in Venetien kaum eine Wahl: Entweder war man ein sehr armer Bauer oder ein sehr reicher Adliger.

Über die Zeit, bevor sie Umberto Carlo Vitali kennenlernte, fand ich nichts. Später erschien Stella zunächst allein auf verschiedenen Wohltätigkeitsveranstaltungen, dann mehrten sich ihre mondänen Auftritte, und schließlich war sie von 1950 bis 1952 offiziell mit Conte Umberto liiert.

Das Bild, das ich mir über die Familie des Conte Alvise machte, wurde immer klarer, und ihre Geschichte hatte mich regelrecht in ihren Bann gezogen. Leider rief mir just in diesem Moment Graziella, die stellvertretende Redakteurin der Tagesnachrichten, zu, dass meine Kollegen im Tagungsraum auf mich warteten.

In der Sitzung – dem *Brainstorming*, wie Piovesan es lieber nannte, während er das Wort auf groteske Weise betonte – beschlossen wir in weniger als zehn Minuten die Modalitäten zur Bearbeitung der Artikel, die wir über die Morde veröffentlichen würden. Anschließend wehrte ich mich vehement gegen den Vorschlag, die Artikel mit meiner Unterschrift zu versehen. Nach fünfzig Minuten zäher Verhandlungen einigten wir uns darauf, dass Fabrizio Pilotti, ein Kollege, den ich sehr schätzte, unter meiner Aufsicht den Artikel schreiben und schließlich Piovesan sein Kürzel darunter setzen würde.

Fabrizio begann sofort mit seiner Arbeit. Er charakterisierte die Opfer, mich eingeschlossen, und analysierte alle möglichen Verbindungen zwischen ihnen. Gemeinsam veröffentlichten wir einen Artikel über die Entdeckung der Leiche des Conte, gefolgt von einem Hinweis zur Ermordung der Signora Ronca-delle. Ich behielt mir das Recht vor, die Endfassung des Artikels zu lesen und gegebenenfalls Änderungen vorzunehmen. In der Zwischenzeit setzte ich meine eigenen Nachforschungen über Stella fort. Während ich die Artikel aus der Zeit nach dem Tod des alten Conte Umberto studierte, erfuhr ich, dass er sie in seinem Testament zu Alvises Vormund ernannt hatte. Als alle Vermögenswerte an ihn hätten übergeben werden sollen, war er gerade einmal fünf Jahre alt gewesen, und die Verfügungs-gewalt lag allein in Stellas Händen. Natürlich lag die Ver-mutung nahe, die Signora könnte diese Situation ausgenutzt und das Vermögen zu ihrem eigenen Vorteil eingesetzt haben. Doch wäre dem so gewesen, hätte sie sicherlich nicht friedlich mit Alvise unter einem Dach gelebt.

Ich beschloss, auf Stellas moralische Integrität zu vertrauen, und konzentrierte mich fortan auf Alvise, um so an die Infor-mationen zu gelangen, mit denen ich Fabrizio unterstützen konnte. Ich hatte gerade erst mit dieser neuen Recherche begonnen, als mir ein erschreckender Zufall ins Auge sprang: Ich wusste bereits, dass Alvise Witwer war, aber ich hatte nicht an die Todesursache gedacht. Seine Frau Maria Teresa starb nach Arcadios Geburt an Komplikationen, genauso wie Alvises Mutter. Gut, das Unglück kam uns sehr gelegen, aber einige Zufälle ... Und um die Sache richtig kompliziert zu machen, hatte die Geburt in einem Krankenhaus in Santo Domingo stattgefunden.

Je mehr ich darüber nachdachte, desto überzeugter war ich, ganz dicht an dem Motiv für dieses Chaos um mich herum dran zu sein. Gleichzeitig wurde aber die Rolle der Salvionis in dieser traurigen Geschichte immer unklarer: Der Arzt, der die Contessa bei der Geburt betreut hatte, war ein gewisser Doktor Pedro Majoi gewesen, der auf der Entbindungsstation im Zivil-krankenhaus von Santo Domingo arbeitete. In den Zeitungen sprach man von Komplikationen, zu denen es während der Geburt gekommen sei. Wenige Stunden nach der Geburt starb die junge Mutter an inneren Blutungen. Auch wenn es von sehr schlechtem Geschmack zeugte, kam mir der böse Gedanke, dass bei der Geburt einer so stachligen Artischocke wie Arcadio die Blutung für die Mutter im Grunde genommen vorhersehbar war.

Ich besprach mich mit Fabrizio, und wir beschlossen, die Informationen aus den alten Artikeln zu verwenden, ohne weitere Verdächtigungen oder Vermutungen anzustellen – und um dem Leser eine spannende Reise durch die Vergangenheit der Familie zu bieten. Natürlich waren wir entsprechend nervös, als wir zu Piovesan gingen und uns die Worte im Halse stecken blieben. Obwohl seine Motivation eine andere war – er fürchtete das Risiko einer Klage dieser mächtigen Familie –, war er zum Glück damit einverstanden, nur die Fakten wiederzugeben und jede persönliche Meinungen außen vor zu lassen. Da Gibbo als Chef aber nicht einfach so all unseren Vorschlägen zustimmen konnte, beschloss er – quasi um seiner Gegenwart einen Sinn zu geben –, einen Streit über den Titel des Artikels vom Zaun zu brechen. Fabrizio und ich bevorzugten etwas weniger Romantisches wie »Die Vergangenheit kehrt zurück«, während Piovesan eher eine Headline wie »Die Casati Vitali … wie die Kennedys« vorschwebte. Er behauptete, dass wir mit diesem Namen auf der ersten Seite mehr als dreitausend Exemplare allein am amerikanischen Militärsitz in Vicenza verkaufen würden.

Unsere Argumente zählten kaum, und wir konnten Piovesan auch nicht davon überzeugen, dass die Amerikaner, einschließlich der Amerikaner, die auf der Militärbasis Dal Molin stationiert waren, in der Regel Englisch und kein Italienisch sprachen.

KAPITEL 13

Wie echte Karrieretypen bestellten Fabrizio und ich uns gegen dreizehn Uhr etwas in dem Café, anstatt unsere Arbeit für eine Mittagspause zu unterbrechen und nach unten zu gehen.

Wenn ich schon gegen Regeln verstoßen musste, vor allem wenn es um gesunde Ernährung geht, dann im großen Stil. Also bestellte ich mir zur Feier meiner Rückkehr an meinen Arbeitsplatz ein riesiges Panini mit Mayonnaise und Salami, ein Muffin mit Butter und Schokolade und, damit das Ganze nicht zu trocken wurde, ein irisches Bockbier. Wäre ich während der Recherche nicht ständig einem Adrenalinkick ausgesetzt, läge ich wahrscheinlich bis zum späten Nachmittag im Wachkoma.

Um diesen ersten Symptomen einer Katatonie entgegenzuwirken, wollte ich gleich mein Trumpfass ausspielen und mit der Recherche zu Arcadio beginnen. Sehr verärgert und leicht neidisch musste ich feststellen, dass in den meisten Artikeln von seinen diversen Golfsiegen berichtet wurde. Mit dreizehn Jahren hatte er einer Gruppe Jugendlicher angehört, die vom italienischen Golfverband, der *Federazione Italiana di Golf*, trainiert und zu den wichtigsten Turnieren geschickt wurde. Arcadio erzielte dabei auf verschiedenen offiziellen Turnieren recht passable Ergebnisse, wurde aber aufgrund seines Charakters zwangsläufig aus dem Team ausgeschlossen. Ein Artikel berichtete von dem absolut intolerablen Verhalten des damals sechzehnjährigen Arcadio nach einem Schiedsspruch. Laut Zeugen hatte Arcadio absichtlich einen Ball auf eine Gruppe von Schiedsrichtern am Rande des Spielfelds geschlagen. In einem anderen Turnier wurde er disqualifiziert, weil er einem Mitspieler seinen nackten Hintern gezeigt hatte, nachdem dieser einen Ball nicht angenommen hatte, der einen halben Meter außerhalb des Feldes lag, von Arcadio aber als gültig angesehen wurde. In diesem Falle, wo ich nicht selbst Opfer dieser Schikanen geworden war, erschien mir Arcadio fast sympathisch.

Abgesehen von den Artikeln über den Tod der Mutter kurz nach seiner Geburt und über seine Golfkarriere konnte ich nichts finden, das für Fabrizio oder für meine Recherche nützlich gewesen wäre. Doch als ich mich gegen siebzehn Uhr aus der Zeitschriftendatenbank ausloggte, hatte ich zum einen einen besseren Einblick in die Ereignisse bekommen und zum anderen vergessen, meinen Parkschein zu verlängern. Ich versuchte mich auf den ersten Punkt zu konzentrieren und war mir absolut sicher, dass das Motiv in den Geburten von Alvise und Arcadio zu finden war. Die Verbindung zu Stella war recht offensichtlich, aber was Massimo anging, stand ich noch immer vor einem Rätsel. Und warum war Arcadios Mutter zur Geburt nach Santo Domingo gereist? Und schließlich: Wie teuer würde der Strafzettel sein?

Ich rief Giulia an, um ihr von den Ergebnissen meiner Recherche zu erzählen.

Sie antwortete beim ersten Klingelzeichen und fragte gleich, was ich wollte.

»Entschuldigung, Giulia. Störe ich dich gerade?«

»Nein, absolut nicht. Warum fragst du?«

»Du wirkst ein wenig abweisend.«

»Mach dir nichts daraus. Das liegt nur an der Arbeit. Was gibt es?«

Sie war auf jeden Fall abweisend.

»Ich habe gemeinsam mit einem Kollegen Nachforschungen über die Familie des Conte Alvise angestellt.«

Während ich die Pause kunstvoll in die Länge zog, um ihre Neugier zu steigern und mich schon auf ihr Kompliment freute, demontierte Giulia mich gleich wieder: »Und dabei habt ihr herausgefunden, dass sowohl Alvises als auch Arcadios Mutter bei der Geburt gestorben sind.«

Ich spürte einen Kloß im Hals: Warum gelang es dieser Frau nur immer wieder, mich als Trottel hinzustellen?

»Wusstest du das schon?«

»Riccardo, glaubst du vielleicht, dass wir während der Ermittlungen nur mit unserem großen Zeh spielen?«

»Natürlich nicht. Aber du hättest mir das ja auch sagen können.«

»Wie bitte? Meinst du, ich würde alle Ermittlungsergebnisse an dich weitergeben?«

»Ich dachte, wir hätten eine Abmachung«, schnappte ich enttäuscht.

»Abmachung? Wovon redest du?«

Ich war kurz davor, die Geduld zu verlieren, und meine Stimme schwoll an wie der Alarm im Schloss des Conte.

»Darf ich dich daran erinnern, dass wir eine Abmachung hatten, nach der ich nicht über die Ermittlungen schreibe, während du mich über den Stand der Ermittlungen informierst?«

»Nein, das hast du völlig falsch verstanden. Du schreibst nicht über die Ermittlungen, und ich informiere dich nicht über deren Stand.«

In dem Ton eines Vaters, der seiner Tochter etwas erklärt, antwortete ich: »Giulia, das ist keine Abmachung. Das ist Beschiss.«

In dem Ton eines Mädchens, das seinen Vater korrigiert, antwortete Giulia: »Riccardo, das ist keine Abmachung. Das ist das Gesetz. In diesem Fall die Geheimhaltungspflicht von

Ermittlungsergebnissen. Vielleicht hast du davon schon einmal gehört?«

Stille. Der Knoten in meinem Hals verwandelte sich in Frustration. Vielleicht war Piovesans Philosophie ja richtig: Ich sollte meine Position ausnutzen und die Auflage des *Mattino* auf Rekordhöhe treiben. Und dann würden wir uns mit unseren Anwälten wiedersehen.

Weniger streitlustig sagte ich: »Dadurch ändern sich die Dinge für mich natürlich ein wenig. Ich hatte tausend Skrupel und meinen Kollegen gegenüber nichts gesagt, auch, um dem Mörder keinen Vorteil zu verschaffen. Aber wenn du dich so verhältst, sehe ich keinen Grund, warum ich nicht wenigstens die Details veröffentlichen sollte, die der Konkurrenz unbekannt sind.«

Giulia passte sich meinem Ton an und meinte weniger giftig: »Riccardo, wenn man bedenkt, dass du im Visier des Mörders bist, kennst du den Grund besser als ich.«

Schachmatt. Mit versöhnlicher Stimme fragte ich: »Kann ich dich noch etwas fragen?«

»Was denn?«

»Warum sind die Grafen di Nogaredo zur Geburt ihrer Kinder nach Santo Domingo gereist?«

»Conte Alvise besitzt riesige Ländereien in der Dominikanischen Republik. Außerdem ist die Familie oft dorthin gefahren und blieb auch längere Zeit dort, oft über drei Monate.«

»Und was hat Salvioni damit zu tun?«

Nach einer kurzen Pause war ihre Stimme warm und freundlich und verriet ein vielsagendes Lächeln: »Das kann ich dir am Telefon nicht sagen.«

Mit den Frauen kenne ich mich nicht aus, aber wenn man mir einen Elfmeter schenkt …

»Wollen wir später zusammen zu Abend essen?«

»Nein, Riccardo. Wir sehen uns morgen früh um acht Uhr in der Staatsanwaltschaft, einverstanden?«

»Treffer, versenkt!«

»Was?«

»Nichts … Einverstanden. Bis morgen.«

Fabrizio, der neben mir saß, bemerkte meinen enttäuschten Gesichtsausdruck. Das war aber auch nicht besonders schwer, da mir fast die Tränen in den Augen standen.

»Was ist los, Riccardo?«

»Nichts, Fabrizio. Alles gut.«

»Du schaust aber drein wie ein geprügelter Hund.«

»Nein, es ist nur … Weißt du, ich hatte einen Elfmeter in der neunzigsten Minute und habe vorbeigeschossen.«

Am nächsten Morgen kam ich, natürlich in Paolos Begleitung, zur Staatsanwaltschaft und spürte einen gewissen Respekt vor der Verabredung mit Giulia.

An der Pforte hielt ich Ausschau nach Silvia. Doch statt ihr saßen dort zwei gelangweilte Polizisten, die gerade die *Gazzetta dello Sport* lasen. Paolo stellte uns vor und hielt sie von ihrer Lektüre ab, als er fragte, ob Giulia bereits da sei.

»Sie ist schon seit Stunden in ihrem Büro. Werden Sie erwartet?«, fragte einer der beiden Beamten.

»Ja, wir haben einen Termin.«

»Dann gehen Sie einfach hoch. Ich sage ihr Bescheid«, meinte der andere.

Paolo, der bisher völlig teilnahmslos wirkte, stieß beim Betreten des Aufzugs einen lauten Seufzer aus, der dem Finale auf der *Titanic* würdig gewesen wäre.

»Hast du immer noch Angst vor der Dal Nero?«

»Nein, ich habe keine Angst. Ich werde nur immer unruhig, wenn ich diese Frau treffe.«

»Denke nicht darüber nach. Es geht ganz schnell vorbei und tut auch gar nicht weh.«

Giulias Bürotür war nur angelehnt. Wir klopften an, und sie bat uns herein.

Dieses Mal schenkte Giulia uns gleich ihre Aufmerksamkeit. Noch bevor wir Zeit hatten, Platz zu nehmen, fragte sie uns, ob wir mit ihr in der Bar, in der ich bereits mit Paolo gewesen war, einen Kaffee trinken wollten.

Ein Ausdruck stummer Überraschung huschte über Paolos Gesicht, der mit ihrem gewohnt angriffslustigen Empfang gerechnet hatte. Während Giulia anmutig ihren Regenmantel überzog, konnte ich meinen Blick nicht von ihrem Dekolleté lösen, das großzügig ein Stück vom Paradies erahnen ließ. Ich versuchte, an etwas anderes zu denken, zum Beispiel an einen Rechtsanwalt, der hoffnungslose Fälle vertritt. Doch ich ertappte mich dabei, wie ich sie mir nackt in meinen Armen vorstellte. Ich schämte mich sogleich für meine voyeuristischen Instinkte und versuchte wenigstens, mir nicht anmerken zu lassen, woran ich gerade dachte.

»Riccardo, du bist so nachdenklich. Was ist los?«

»Nichts. Mir ist nur gerade aufgefallen, dass du tatsächlich so einen Regenmantel trägst wie die Fernsehkommissare.«

»Ja, wie Inspektor Callaghan. Natürlich, Riccardo.«

In der Regel trinkt man den Kaffee im Ausland immer auf die gleiche Weise, also wässrig und dünn. Wir in Italien dagegen lassen wie die Inder im *Kamasutra* der Fantasie freien Lauf und erfinden immer wieder neue, überraschende Kombinationen und Mischungen, die bis an die Grenzen möglicher chemischer Reaktionen gehen. Das Nervensystem des Kellners, den allein schon unser Wiedersehen sichtlich beunruhigte, wurde auf eine harte Probe gestellt, als wir einen Ristretto in einer großen Tasse, einen entkoffeinierten Kaffee in einer kalten Tasse und einen heißen Latte macchiato bestellten. Doch damit nicht genug: Zu den Getränken bestellten wir auch noch eine ungefüllte Brioche, eine Brioche mit Cremefüllung und eine Vollkornbrioche mit Honig. Um irritierte Blicke zu vermeiden und alle Zweifel an unserer Zahlungsfähigkeit zu zerstreuen, beschloss ich, direkt an der Kasse für uns alle drei zu bezahlen. Es herrschte gerade Hochbetrieb, und offenbar war für die anspruchsvolle Verarbeitung unserer Getränke das übermäßige Engagement des viel beschäftigten und nur wenig hilfsbereiten Kellners erforderlich. Ich setzte mich über die fadenscheinigen Einwände meiner Gäste hinweg, öffnete mein Portemonnaie und bereute meinen Aktionismus gleich wieder, da nur ein einziger Einhundert-Euro-Schein hervorkam. Mit Bambiblick appellierte ich an sein Verständnis – ein Gefühl, das diesem Nervenbündel anscheinend völlig abhandengekommen war, denn sein Blick war intensiver als jeder Laserstrahl. Der Mann untersuchte die Banknote, als wäre er der penibelste Mitarbeiter der Europäischen Zentralbank, und schnaubte wie ein Güterzug, als er mir das Wechselgeld unter die Nase hielt, wobei er jede Münze mit übertriebener Geste weiterreichte. Schließlich stellte er mir eine Quittung aus, wobei man hätte glauben können, er müsse die Ersparnisse seines gesamten Lebens abgeben, und schloss die Kasse mit unverhülltem Groll.

Nachdem wir gefrühstückt hatten und gerade wieder aufbrechen wollten, schlug ich Giulia vor, beim nächsten Mal woanders hinzugehen, wo die Kellner vielleicht nicht ganz so mürrisch seien. Sie lachte und gestand, sie hätte sich köstlich über meine Verlegenheit amüsiert, als ich den Hundert-Euro-Schein entdeckt hatte.

Zurück in der Staatsanwaltschaft, bat Giulia Paolo, unten zu warten, und plötzlich standen wir beide allein im Aufzug. Um meine Unruhe zu vertuschen, gab ich der Versuchung nach, sie ein bisschen zu foppen.

»Wenn du mit mir allein sein willst, brauchst du das doch nur zu sagen. Ich kann dann auch etwas Romantischeres organisieren.«

Der Blick, den sie mir zuwarf, erinnerte mich irgendwie an den Kellner. Vielleicht lag es ja an der schlechten Luft im Aufzug...

Wir gingen in ihr Büro, Giulia nahm hinter ihrem Schreibtisch Platz und gab mir ein Zeichen, mich ebenfalls zu setzen.

»Ich habe heute Morgen den *Mattino* gelesen und weiß es sehr zu schätzen, dass ihr euch auf das beschränkt habt, was bereits allgemein bekannt ist. Ein guter Artikel über die Geschichte der Casati Vitali. Hast du ihn geschrieben?«

»Sagen wir mal so, ich habe demjenigen, der ihn geschrieben hat, geholfen.«

»Piovesan?«

»Geheimhaltungspflicht von Ermittlungsergebnissen.«

»Touché! Aber der Hinweis auf Kennedy erschien mir schon ein bisschen weit hergeholt.«

»Bitte nicht, das ist ein wunder Punkt.«

»Außerdem wollte ich mich noch für gestern Abend entschuldigen. Meine Antwort fiel doch sehr harsch aus, was gar nicht meine Absicht gewesen war.«

»Schnee von gestern. Und den Wettstreit, wer mich schlechter behandelt hat, gewinnt eindeutig der Kellner.«

Giulia schenkte mir ein Lächeln, das ihren Blick noch strahlender machte. Doch je länger ich sie kannte, desto weniger verstand ich sie. Am Vortag schien ich ihr nur ein lästiges Problem zu sein, dessen sie sich entledigen wollte, und heute dieses vielversprechende Verhalten. Wenn sie damit versuchte, meine Aufmerksamkeit zu wecken, vergeudete sie nur ihre Zeit: Ich war bereits völlig fasziniert von ihr.

»Du hast mich gestern gefragt, was Salvioni mit dem Tod der Mutter von Arcadio Carlo Vitali zu tun hat. Aber das, was ich dir jetzt sage, unterliegt nicht nur der Geheimhaltungspflicht von Ermittlungsergebnissen, sondern auch dem Datenschutz. Du darfst also niemandem davon erzählen, klar?«

»Klar.«

»Wir haben im Büro von Dottore Salvioni alle Kranken-akten seiner Patienten geprüft.«

»Und?«

»Und dabei haben wir festgestellt, dass die Akten der verstorbenen Ehefrau des Conte Alvise und die des Conte selbst...« Giulia machte eine theatralische Pause, bevor sie den Satz mit einem lapidaren »leer sind« beendete.

»Was heißt das, ›leer‹?«

»Derjenige, der Signora Salvioni getötet hat, wollte diese beiden Ordner aus dem Archiv des Büros verschwinden lassen, hat aber nur deren Inhalt herausgerissen. Die Ordner sind aus sehr stabilem Kunststoff und wie Fischernetze mit einem Nylongarn an eine Art Safe gebunden.«

Ich brauchte einen Moment, um diese Informationen zu verarbeiten.

»Spätestens jetzt wissen wir also mit Sicherheit, dass der Schlüssel zu den Verbrechen in der Familie des Conte liegt. Aber warum wollte jemand die Krankenakten stehlen?«

Giulia sah mich an wie ein Meister, der mehr von seinem Schüler erwartet hätte, und während ich ihren Blick auffing, fiel bei mir endlich der Groschen: falsches Blut.

»Die Nachricht, die Massimo mir auf mein Handy geschickt hat, ›falsches Blut‹... Das ist das Geheimnis, das sich in den Ordnern verbirgt. Massimo war Gynäkologe, und deshalb dachte er über die Zeugung nach, über die Familie, über das Ehepaar Di Nogaredo, das sich vielleicht einen Sohn wünschte. Und wenn man dann noch bedenkt, dass Adlige oft einen männlichen Erben als Stammhalter brauchen, war das vielleicht auch der Wunsch des Conte Alvise...«

»Bravo, Riccardo. Genau. Dottore Salvioni wollte dir mit dieser Nachricht sagen, dass das Blut des Conte Alvise nicht kompatibel mit dem Blut seines Sohnes Arcadio ist. Mit anderen Worten, Alvise ist möglicherweise nicht der leibliche Vater von Arcadio.«

Ich sagte nichts, sondern sah ihr in die Augen, die voller Energie und Tiefe waren. Mir war, als hätten wir jetzt die Wahrheit gefunden, und suchte ihren Blick. Ich wollte, dass sie mir endlich sagte, dass nun alles vorbei war, dass sie und ihre Kollegen herausgefunden hatten, wer der Mörder war.

Sie musste das geahnt haben, denn plötzlich fiel ein Schatten über ihre Augen, und sie fügte hinzu: »Mehr haben wir nicht. Leider hat der Mörder keine Spuren hinterlassen. Keine Fingerabdrücke, keine DNA, keine Telefonspuren.«

»Aber du hast doch eine Idee. Wer könnte ein Interesse daran haben, ein solches Geheimnis zu bewahren?«

»Arcadio, zum Beispiel.«

»Natürlich, Arcadio. Der Sohn eines Grafen zu sein heißt, reich zu sein. Ich sage dir, der Kerl ist ein Bastard ohnegleichen, aber ich kann ihn mir nicht als Massimos Mörder und erst recht nicht als den Mörder seiner eigenen Großmutter vorstellen.«

»Dottore Salvioni hat er mit Sicherheit nicht getötet.«

»Wieso bist du dir da so sicher?«

»Weil Salvioni am Samstagabend zwischen einundzwanzig und dreiundzwanzig Uhr ermordet wurde. Nach eurem Spiel ist Arcadio zum Flughafen von Venedig gefahren und um einundzwanzig Uhr dreißig nach Rom geflogen, um dort an einem Golfturnier teilzunehmen.«

»Weiß Conte Alvise, dass du das herausgefunden hast?«

»Nein, ich habe ihm noch nichts gesagt, weil ich erst wissen musste, inwieweit er involviert ist. Außerdem warte ich noch auf die Unterlagen aus Santo Domingo mit dem Bericht zum Tod seiner Ehefrau. Wenn Conte Alvise nicht der leibliche Vater von Arcadio ist, aber seine Ehefrau wirklich schwanger war, wo ist dann jetzt der echte Sohn? Und wessen Sohn ist Arcadio in Wirklichkeit?«

»O Mann, was für ein Elend! Glaubst du, der wahre Sohn des Conte könnte der Täter sein?«

»Riccardo, das sind alles reine Vermutungen, und ich möchte jetzt keine falschen Schlüsse ziehen. Es besteht durchaus die Möglichkeit, dass der Conte für verschiedene Verbrechen von Mord bis Korruption durch Zuwanderung angeklagt werden wird, sollte Arcadio Staatsbürger der Dominikanischen Republik und nicht Italiens sein.«

Ich musste plötzlich laut lachen und unterbrach damit Giulias Gedankengänge. Natürlich wollte sie den Grund meiner Erheiterung wissen.

»Na ja, ich habe mir gerade Conte Alvise als illegalen Einwanderer vorgestellt. Tut mir leid, aber das ist echt zu viel des Guten. Stell ihn dir mal in Hemd und mit Zigarette im Mund vor, wie er sein Schlauchboot ins Trockene zieht…«

Jetzt musste auch sie lachen und wirkte dabei fast unbeschwert – aber auch nur fast… Paolo hatte recht: Diese Frau war wie eine Katze auf der Jagd. Hatte sie erst einmal die Fährte ihrer Beute aufgenommen, machte sie sich an die Verfolgung.

Aber ich ließ mich von Giulias Charme nicht oder wenigstens nur bedingt ablenken und dachte über die möglichen Folgen des gerade Erfahrenen nach: »Bedeutet das, dass der Golfklub Frassanelle nicht mehr im Zentrum eurer Ermittlungen steht?«

»Nein, das bedeutet auf gar keinen Fall, dass wir irgendwelche Vermutungen ad acta legen werden, dafür fehlen uns noch zu viele Informationen. Die Informationen, die wir bereits haben, und alle logischen Schlussfolgerungen führen aber auf jeden Fall dazu, dass wir uns auf die Familie Casati Vitali konzentrieren.«

»Was ist deiner Meinung nach die logischste Schlussfolgerung?«

»Mich erinnern die Geheimnisse dieser Familie irgendwie

178

an die Büchse der Pandora. Vielleicht hat Dottore Salvioni sie absichtlich geöffnet, vielleicht auch unabsichtlich. Auf jeden Fall hat er damit einen Sturm ausgelöst. Aber in diesem Fall reicht es nicht aus, nur das Motiv oder den Zusammenhang zu erkennen.«

»Aber wenn wir herausfinden, wer Interesse daran hat, dieses Geheimnis zu bewahren, finden wir doch auch den Mörder, oder?«

»Tatsächlich reicht ein Motiv allein nicht aus, um eine Person zum Täter zu machen. Und solange wir nicht alle Mosaiksteinchen zusammengesetzt haben, können wir auch nicht mit Sicherheit sage, dass das Motiv, das wir im Sinn haben, das richtige ist. Oder anders gesagt: Vielleicht wird der Mörder von einem wirtschaftlichen Aspekt im Zusammenhang mit dem Erbe angetrieben. Vielleicht geht es aber auch um irgendwelche Emotionen, die überhaupt nichts mit den Casati Vitali zu tun haben.«

»Was willst du mir damit sagen?«

»Ich stelle nur einige rein fiktive Überlegungen an. Aber stell dir einmal vor, die Ehefrau von Dottore Salvioni hatte einen Geliebten, und dieser Geliebte hatte beschlossen, seinen Rivalen aus dem Weg zu räumen. Anschließend sah sich der vermeintliche Liebhaber vielleicht gezwungen, auch Signora Salvioni zu töten, weil sie drohte, ihn zu denunzieren. Oder sie hat ihn zurückgewiesen. Das wäre dann der Klassiker.«

»Aber was, bitte schön, habe ich damit zu tun?«

»Du könntest der Liebhaber sein.«

»Aha!«

Noch so ein gefährlicher Blick der jagenden Katze.

»Das würde aber nicht den Tod der Signora Roncadelle erklären«, gab ich zurück.

»Wir können noch nicht einmal ausschließen, dass die Verbrechen überhaupt nichts miteinander zu tun haben. Riccardo, es macht zum jetzigen Zeitpunkt einfach keinen Sinn, irgendwelche Schlussfolgerungen vorwegzunehmen. Wir müssen noch vieles überprüfen und die wissenschaftlichen Ergebnisse abwarten. Würden wir uns jetzt auf eine einzige Spur konzentrieren und alle anderen Möglichkeiten vernachlässigen, verschaffen wir dem Mörder oder den Mördern einen viel zu großen Vorteil.«

Ich hatte das Gefühl, dass die Dinge, die Giulia mir gerade erklärte, einzig der Political Correctness geschuldet waren und nichts mit dem zu tun hatten, was sie wirklich dachte. So ein schulmäßiger Ansatz widersprach einfach dem Bild, das ich mir von ihr gemacht hatte, das heißt, das Bild von einem Tier, das die Jagd aufnimmt, sobald es die Beute gewittert hat.

Trotzdem folgte ich ihren Gedanken und antwortete: »Vielleicht sollte ich heute noch auf einen Sprung im Klub vorbeischauen, nur um zu sehen, wie dort so die Stimmung ist.«

»Okay. Aber denk dran, spiel nicht den Ermittler. Du denkst, der Mörder wäre ein ganz normaler Mensch, aber in Wirklichkeit hast du keine Ahnung, mit wem du es wirklich zu tun hast. Also vergiss nie, dass dich irgendjemand töten will.«

»Oh, danke, Giulia! Ich hatte schon Angst, das zu vergessen, aber du bist ja so nett und erinnerst mich immer wieder daran. Weißt du, ich will ja nicht unvorbereitet sein für den Fall, dass dieser jemand noch einmal auf mich schießt.«

»Mach keine Witze, Riccardo. Setz du dich keiner Gefahr aus, und ich für meinen Teil werde dir Bescheid sagen, sollte sich irgendetwas Neues ergeben. Mehr kann ich im Moment leider nicht tun.«

»Okay, dann gib dir Mühe und finde diesen Bastard. Ich für meinen Teil habe kein Interesse daran, dich um die Anwesenheit deines Lieblingsjournalisten zu bringen. Und für den Fall, dass du dich einsam fühlst und Lust hast, etwas trinken zu gehen, zögere nicht, mich anzurufen.«

Ich hatte die übliche freundliche Einladung erwartet, ihr Büro schneller als eine Kugel zu verlassen, doch auch dieses Mal überraschte Giulia mich.

»Ja, vielleicht. Wenn du keine Dummheiten anstellst, könnte das passieren.«

»Im Ernst?«

»Aber damit wir uns nicht falsch verstehen: Wir gehen nur etwas trinken, sonst nichts.«

»Ja, ja, natürlich. Schließlich hast du mir ja jetzt einen guten Grund gegeben, Tag und Nacht deinen Wachhund zu ertragen.«

Wieder dieses gefährliche Lächeln.

»Komm schon, Paolo ist ein netter Kerl. Nur müssen wir ihn jetzt leider gegen einen Kollegen austauschen.«

»Wie, ›austauschen‹? Ihr wollt mir doch nicht jemand anderes zuteilen? Nachdem ich gelernt habe, ihn zu ertragen und wir uns auch schon in Unterwäsche gesehen haben... Du kannst doch nicht einfach eine so intensive Beziehung wegwerfen...«

Noch immer dieses Lächeln.

»*Ciao*, Riccardo. Wir werden sehen, wir werden sehen...«

KAPITEL 14

Ich verließ Giulias Büro, ging über den Flur zum Aufzug und drückte auf die Taste für das Erdgeschoss.

Während sich die Tür mit nervtötender Langsamkeit zu schließen begann, tauchte dieser Kerl auf, der mir in der vorangegangenen Woche nicht hatte helfen wollen, als ich ihn nach Giulia fragte. Der Mann beschleunigte seinen Schritt, in der Hoffnung, dass ich die Lifttür blockieren und auf ihn warten würde.

Ich gab vor, an den Tasten herumzuspielen, während ich ihn beobachtete: Zuerst schaute er mich solidarisch an, dann wurde sein Blick langsam sorgenvoll, bevor ein letzter Hoffnungsschimmer in stiller Resignation verglühte. Was für ein fantastischer Tag! Erst will Giulia mit mir ausgehen, und dann kann ich mich auch noch an diesem Bürokratenparasiten rächen. Wenn das so weiterging, hatte ich bis zum Abend auch den Mörder gefangen!

Als ich aus dem Aufzug trat, grüßte Silvia auf ihre gewohnt freundliche Art und lud mich auf einen Kaffee in meine Lieblingsbar ein.

»Vielen Dank, Silvia. Aber ich glaube, wenn mich der Kellner heute noch einmal sieht, wird er hysterisch. Außerdem habe ich meinen täglichen Koffeinbonus bereits erschöpft. Aber ein anderes Mal gerne.«

Als wir die Staatsanwaltschaft verließen, bat ich Paolo, mich zur Redaktion zu bringen. Es war noch nicht einmal zehn Uhr. Ich käme rechtzeitig, um die Post zu sortieren und mit Fabrizio den nächsten Artikel abzusprechen, bevor ich anschließend den ganzen Nachmittag Zeit hätte, um in den Golfklub Frassanelle zu fahren.

Um diese Uhrzeit stehen die Chancen auf einen Parkplatz im Zentrum von Padua mehr als schlecht. Also stieg ich vor der Redaktion aus und überließ Paolo diese unmögliche Mission. Ich nahm mir fest vor, einen Personenschutz, sofern ich in Zukunft noch einmal einen solchen benötigen sollte, mit weniger Zurückhaltung als beim ersten Mal zu akzeptieren. Als Abschreckung für einen Mordversuch mag der Personenschutz nur wenig Wirkung haben, aber das eine Büro verlassen, ins Auto steigen und in ein anderes Büro im Stadtzentrum fahren, und das in weniger als zehn Minuten, war fast so gut wie ein Ticket für den Ryder Cup.

In der Redaktion traf ich Fabrizio an seinem Platz an und begrüßte ihn freundlich: »Hallo, Kollege! Wie geht's?«

Fabrizio hob seinen Blick vom Computer, legte die Hände in den Nacken, und während er sich dehnte, antwortete er: »*Ciao*, Riccardo. Mir geht's gut, und selbst?«

»Heute läuft einfach alles super. Es fehlt nicht mehr viel, und ich gewinne im Lotto.«

»Warst du bei Staatsanwältin Dal Nero?«

»Ja, und es gibt gute Neuigkeiten von allen Seiten.«

»Sie stehen kurz davor, den Mörder zu entlarven?«

»Das nicht, aber sagen wir es mal so, der Kreis der Verdächtigen wird immer kleiner.«

»Ist es jemand aus der Familie Casati Vitali?«

»Die Dal Nero sagt zwar, dass noch immer alles und nichts möglich sei. Aber meiner Meinung nach hat nur eine Idee Hand und Fuß, was in dieser Familie zu einem ziemlichen Chaos führen wird. Es gibt noch andere Neuigkeiten, über die ich dir leider noch nichts sagen kann, aber ich würde ein Jahresgehalt darauf verwetten, dass man dieses Monster im adeligen Garten finden wird. Und woran arbeitest du gerade?«

»Heute Nachmittag um vier Uhr gibt die Dal Nero eine kurze Pressekonferenz, in der sie uns über den neuesten Stand der Ermittlungen informieren wird. Aber wir müssen ja einen Artikel vorbereiten.«

»Perfekt. Dann werde ich heute Nachmittag zum Golfverein fahren und mich ein wenig umsehen, während ich so tue, als wollte ich ein wenig trainieren.«

»Trainieren? Mit einer verbundenen Hand?«

»Ja, aber nur mit dem *Putter*. Ich muss wirklich trainieren. In letzter Zeit habe ich mich bei diesem Schlag wie ein Stümper angestellt.«

Schnell erledigte ich sämtliche Aufgaben, die ich seit mehreren Tagen hintangestellt hatte: Ich bezahlte meine Autoversicherung, überprüfte, ob die Kluft auf meinem Girokonto noch von akzeptabler Größe war, und überwies zweihundert Euro an die Frau, die dreimal in der Woche mein Haus putzt.

Wie sie es in sechs Stunden pro Woche schafft, Hemden zu bügeln, aufzuräumen, das Haus zu putzen und einen sechstausend Quadratmeter großen Garten in Ordnung zu halten, ist ein Geheimnis, das im Moment die wissenschaftliche Gemeinschaft ebenso spaltet wie das Higgs-Teilchen.

Ich verabschiedete mich von Fabrizio und ging hinunter zum Eingang, wo Paolo auf mich wartete und wie immer mit dem Sicherheitsmann plauderte.

»Paolo, wir fahren nach Frassanelle!«, rief ich ihm zu und beendete damit sein Gespräch.

»Das ist jetzt nicht dein Ernst, oder? Ich habe zwei Stunden gebraucht, um einen Parkplatz zu finden … Ich bin praktisch erst vor zehn Minuten gekommen.«

»Wenn du möchtest, können wir das auch noch ein bisschen feiern. Dann wäre deine Mühe wenigstens gerechtfertigt. Was meinst du?«

»Einverstanden. Dann fahren wir erst in einer Stunde oder so los.«

»Paolo, das war ein Scherz!«

Wir kamen gegen Mittag in Frassanelle an. An diesem Mittwoch war der Himmel bedeckt, aber offenbar drohte kein Regen. Wie an jedem Wochentag wurde der Klub hauptsächlich von älteren Menschen besucht: Pensionäre oder Exunternehmer, die das Glück hatten, ihr Unternehmen zu einem guten Preis verkauft zu haben, und nun von ihrer Rente lebten. Das waren genau die Leute, die Golf zum Zeitvertreib spielten, die ein bisschen Spaß haben und gleichzeitig fit bleiben wollten. Bis auf wenige Ausnahmen aßen alle Mitglieder im Restaurant zu Mittag und nutzten Enricos Mittagsangebot für zehn Euro, inklusive Wein und Kaffee. Ich ging zu den Tischen und begrüßte die Mitglieder, die ich kannte, ohne sie länger als ein paar Sekunden zu stören. Ich wollte nicht unhöflich sein, aber auch nicht zum Thema ihrer vorhersehbaren Fragen werden. Schließlich wies ein Kellner Paolo und mir einen Tisch zu, und wir bestellten uns erst einmal ein Bier.

Während wir auf das Mittagessen warteten, warf ich einen Blick auf mein neues Blackberry, das Piovesan mir gegeben hatte. Ich versuchte gerade mit wenig Erfolg, eine Datei herunterzuladen, die Fabrizio mir per E-Mail gesendet hatte, als rechts neben mir jemand stehen blieb. Ich schaute auf, und als ich die Person erkannte, wusste ich, dass der angenehme Teil des Tages im Aufzug der Staatsanwaltschaft sein Ende gefunden hatte. Arcadio hatte sich neben mir aufgebaut. In der einen Hand hielt er ein Golfeisen, in der anderen Hand ließ er nervös einen Ball hüpfen. Dabei starrte er mich mehr als böse an. Ich hielt jedoch seinem Blick stand und sah aus den Augenwinkeln, wie Paolo mir gegenüber mit eingeübter Langsamkeit und deutlich sichtbar seine Waffe auf den Tisch legte, die in ihrer Größe seinem Körperumfang entsprach.

Um Arcadios Absichten auszuloten, brach ich das Schweigen: »Arcadio, ich hoffe mal, dass du hier im Restaurant keine Show hinlegen willst.«

»Dann lass uns doch ein paar Schritte über den Platz gehen!«

»Erstens warten wir hier gerade auf unsere Spaghetti. Zweitens glaube ich nicht, dass man mit einer Schlägerei irgendwelche Probleme löst. Aber wenn du mit mir reden möchtest, kannst du dich gerne zu uns setzen.«

An seinem Blick erkannte ich, dass er sich zumindest für den Moment auf das Reden beschränken wollte.

In seinem verächtlichsten Ton und mit dem Eisen auf Paolo zeigend meinte er spöttisch: »Wer ist denn der Typ da?«

Nur zu gerne überließ ich Paolo die Antwort. Schließlich verstanden sich die beiden auf Anhieb, wenn es um Manieren ging.

»Ich bin derjenige, der dir, solltest du auch nur eine falsche Bewegung machen, deinen Ball in den Hintern jagen wird.«

»Hör mal, du Arschloch! Wenn du eine falsche Bewegung machst, schlage ich dir mit diesem Eisen deinen Schädel zu Brei. Hast du das verstanden?«

Ich fühlte mich gezwungen, einzugreifen, bevor Paolo und Arcadio nach der Zurschaustellung ihrer Etikette von den theoretischen Drohungen zu den aktiven Taten übergehen würden.

»Okay, Arcadio. Jetzt hast du dich ja vorgestellt. Also nimm bitte Platz und lass Paolo in Ruhe. Er ist Polizist und soll mich vor dem Typen schützen, der mich töten will. Ich will wie du herausfinden, was hier vor sich geht. Und nur um das ein für alle Mal klarzustellen: Ich habe deine Großmutter nicht getötet, die ich im Übrigen noch nicht einmal gekannt habe.«

»Und was hattest du dann in meinem Haus zu suchen?«

»Dein Vater hatte mir eine SMS geschickt, in der er mich um ein Treffen bat. Ich habe ihn x-mal angerufen, konnte ihn aber nie erreichen. Also wollte ich ihn in seinem Schloss besuchen und persönlich sprechen. Angesichts der Ereignisse der vergangenen Tage dachte ich, seine Nachricht könnte wichtig sein.«

»Und da spazierst du, ohne zu fragen, ob jemand da ist, einfach so in ein fremdes Haus?«

»Ich wollte doch überhaupt nicht in das Haus hineingehen. Aber ich hatte gerade erst einen Fuß in den Garten gesetzt, als auch schon eure Hunde hinter mir herjagten. Und da blieb mir keine andere Wahl. Die Carabinieri haben dir doch sicher erzählt, was passiert ist, oder etwa nicht?«

»Ich habe tatsächlich mit einem Maresciallo gesprochen. Aber der sagte mir, er könne mir auch nicht erklären, warum du immer dann in der Nähe bist, wenn jemand ermordet wird. Der Maresciallo meinte außerdem noch, dass, wenn es nach ihm ginge, du schon bald hinter Gittern sitzen würdest.«

»Der Maresciallo hieß nicht zufällig Costanzo?«

»Doch, ich glaube schon.«

»Tja, er hat wohl wirklich keine besonders hohe Meinung von mir. Zum Glück leitet er nicht die Ermittlungen. Aber glaubst du wirklich, dass die Ermittlungsbeamten mich schützen und frei herumlaufen lassen würden, wenn sie glaubten, ich wäre schuldig?«

An dieser Stelle musste Paolo sich mal wieder einmischen.

»Das habe ich dir auch schon gesagt.«

»Ja, da sind wir uns einig«, fiel ich ihm schnell ins Wort, bevor sich Arcadio unter diesen Umständen vielleicht noch mehr vor mir erschrak.

Bis zu diesem Moment hatte ich noch nicht einmal daran gedacht, die Situation aus seiner Sicht zu sehen. Schließlich war er noch ein junger Kerl, gerade mal zwanzig Jahre alt, dessen

Familie in eine ganze Mordserie verwickelt war. Nicht zu vergessen, dass er selbst auch in das Visier des Mörders geraten könnte, natürlich immer vorausgesetzt, dass er selbst nicht der Mörder war.

»Wie geht es deinem Vater?«

Während ich das Wort »Vater« aussprach, wurde mir bewusst, dass Arcadio möglicherweise wusste, dass er nicht der leibliche Sohn von Conte Alvise war. Da ich inzwischen mit Giulias Verhalten und ihrer Handlungsweise vertraut war, war es bei ihrem umsichtigen Vorgehen aber eher unwahrscheinlich.

»Schlecht. Er liegt noch zur Beobachtung im Krankenhaus. Wenn die Untersuchungen gut verlaufen, kommt er morgen nach Hause. Aber er ist total fertig. Wir alle hatten Stella sehr gern.«

Ich wollte keinen Fehler machen und erwähnte nicht, dass ich wusste, dass sie nicht seine Großmutter war. Doch ich starb fast vor Neugier, zu erfahren, ob er die wahre Natur der Beziehung zwischen ihr und Conte Alvise kannte. Also versuchte ich das Thema zu umkreisen und fragte: »Was hältst du denn von diesem ganzen Chaos?«

»Ich weiß nicht… Ich verstehe nicht, warum jemand meine Großmutter getötet hat. Wen hatte sie schon gestört? Sie war der liebste Mensch in diesem ganzen verdammten Dorf. Vielleicht war sie ja auch zu gut. Ich schwöre dir, wenn ich herausfinde, wer das war, ich werde diesen Typen mit meinen eigenen Händen töten und derart zurichten, dass ihr danach nicht einmal mehr seine Knöpfe finden werdet«, antwortete er aufgebracht.

Am Ende ging mir der Kerl mehr zu Herzen, als dass er mir Angst machte. Aber ich musste einfach herausfinden, wie viel er über das Chaos in seiner Familie wusste.

Also fragte ich so beiläufig wie möglich: »Sag mal, Arcadio, bist du eigentlich ein Einzelkind, oder hast du noch Geschwister?«

»Ich bin ein Einzelkind.«

Ich lächelte und meinte in nahezu väterlichem Ton: »Arcadio, wenn es dir nichts ausmacht, lassen wir für einen Moment das Rambogehabe beiseite. Denn ich habe den Verdacht, dass das Monster, das deine Großmutter getötet hat, damit durchkommt, wenn wir nicht unser Hirn einsetzen.«

Vielleicht hatte Arcadio diesen väterlichen Ton nicht erwartet. Wahrscheinlich war er ebenso schockiert wie ich, vielleicht sogar noch schockierter, und brauchte jemanden, der ihm zeigte, wie er mit dieser dramatischen Situation umgehen sollte.

»Ich habe gerade mit der leitenden Staatsanwältin gesprochen. Sie kennen das Motiv noch nicht, aber es ist nicht auszuschließen, dass deine Großmutter aus einem ganz bestimmten Grund ermordet wurde und nicht, weil sie einfach zur falschen Zeit am falschen Ort war. Verstehst du, was ich meine?«

»Nein, das verstehe ich nicht. Was willst du damit sagen? Dass meine Großmutter in ihrem Leben irgendjemandem etwas Böses getan hat?«

»Nein, natürlich nicht. Aber vielleicht wurde sie ermordet, weil sie etwas wusste oder weil sie das Monster, das wir suchen, hätte enttarnen können.«

»Was meinst du damit?«

»Ich meine, dass wir nicht von vornherein ausschließen können, dass der Mörder nicht auch versucht, dich zu töten. Oder dass du, ohne überhaupt das Motiv zu kennen, in seinen Augen eine Gefahr für ihn bist.«

»Das auf jeden Fall, denn wenn ich ihn in die Hände bekomme…«

Der Typ war einfach unverbesserlich.

»Arcadio, was ich dir sagen will, ist, dass jetzt der Moment gekommen ist, um in der Vergangenheit zu graben. Frag deinen Vater, ob er eine Idee hat, was hier vor sich geht. Anders gesagt: Geh nicht selbstverständlich davon aus, dass diese Hölle in deinem Leben nur auf einen tragischen Fehler zurückzuführen ist.«

Arcadio senkte den Kopf und dachte über meine Worte nach. Wenigstens entspannten sich seine Brust- und Armmuskeln. Vielleicht begann der Junge ja zu verstehen, dass das, was gerade passierte, weitaus größer war als er und eventuell seine gesamte Existenz vernichtete, ohne dass er dies verhindern könnte.

Leider konnte ich ihm nicht mehr sagen.

Das musste Giulia tun, und ehrlich gesagt, ich beneidete sie darum nicht.

KAPITEL 15

Den *Putter* benutzt der Spieler, um den Ball auf dem Green einzulochen.

Dieser Schlag ist aber alles andere als einfach, auch wenn das im Fernsehen oft ganz anders wirkt. Im Gegensatz zu allen anderen Schlägen ist hierbei keine besonders anspruchsvolle Bewegung erforderlich, sondern eine enorme Präzision in der Berechnung des Ballverlaufs. Vor allem erfordert dieser Schlag einen der Entfernung angemessenen Krafteinsatz. Der *Putt* ist der wichtigste Golfschlag. Es kommt oft vor, dass ein Spieler mit zwei perfekten Schlägen eine Entfernung von vierhundert Metern zurücklegt und bis kurz vor das Loch kommt, dann aber noch drei oder vier Schläge braucht, bis er den Ball endlich versenkt hat – fast als wäre er ein Opfer irgendeines Voodoofluchs. Ich bin weder ein Profi noch ein Meister dieses Spiels und weiß nicht, was man für einen perfekten *Putt* braucht. Aber dank meines umfangreichen Erfahrungsschatzes beherrsche ich im Großen und Ganzen alles, was für einen schweren Fehler unverzichtbar ist. Zu den häufigsten Fehlern zählt die Griffhaltung: Man muss seine Arme wie ein Pendel einsetzen, wobei Hände und Handgelenke nicht mit der Armführung interagieren dürfen. Dies wäre an sich auch nicht sehr schwierig, müsste man nicht auch noch die Schlagkraft dosieren. Leider können die Arme nicht von alleine ihre Wirkung abschätzen. Hierfür fordert das Gehirn den Einsatz der Hände, und unterstützt es deren Reflex, kann durchaus einige Meter vor dem Loch Schluss sein. Dies ist einer der Gründe, warum ich im Gegensatz zur landläufigen Meinung davon überzeugt bin, dass man umso besser Golf spielt, je weniger man sein Gehirn einsetzt. Wenn diese Theorie richtig ist, wäre meine verbundene rechte Hand von Vorteil.

Im Golfklub Frassanelle gibt es zwei *Putting Greens*: Eines liegt direkt vor dem Café-Restaurant, wo man zwangsläufig in Kontakt mit den Gästen an den Außentischen kommt, eines etwas abgeschieden neben dem Übungsplatz. Gegen einen kleinen Aufpreis können die Mitglieder ihre Ausrüstung in einem speziell hierfür vorgesehenen Raum im Klub aufbewahren. Diesem Raum hat man mit wenig Fantasie den Namen »Taschenraum« gegeben. Damit die Ausrüstung im Wert von mehreren Tausend Euro für den einen oder anderen skrupellosen Spieler nicht zur unwiderstehlichen Versuchung wird, haben ausschließlich die *Caddies* Zugang zu diesem Raum.

Ich wollte mich nicht in ein Gespräch verwickeln lassen und entschied mich für das abgeschiedene *Putting Green*. Carlo, der *Caddie Master*, saß am Eingang zum Taschenraum und versuchte gerade, für einen anderen Golfer das Gewicht eines Schlägerkopfs anzupassen. Carlo gehört zu den Männern, die von Natur aus in jeder Situation wissen, was zu tun ist – von Holzfäller- bis hin zu Ingenieursarbeiten. Er ist sehr athletisch gebaut, seine Muskeln sind durch die körperliche Arbeit gestählt, und im Gegensatz zu den im Studio geformten Körpern besticht seiner mit einer echten, natürlichen Stärke. Dank der langen blonden Haare und der blauen Augen ist er eine ständige Bedrohung für alle Ehemänner in seinem Umfeld. Ich machte ihn auf mich aufmerksam, indem ich ihm zur Begrüßung eine Hand auf die Schulter legte. Carl drehte sich um, und als er mich erkannte, starrte er mich mit großen Augen an, als wäre ich ein Geist. Wahrscheinlich war er der gleichen Meinung wie Maresciallo Costanzo und schob mir die Verantwortung für mindestens einen der Morde zu.

»Oh, Carlo, keine Panik! Ich wollte dich nicht erschrecken.«

»Ach, Signor Ranieri! Ich hatte nicht erwartet, Sie hier zu sehen.«

Ich habe ihm schon hundert Mal das Du angeboten, aber er nimmt es einfach nicht an. Er bedankt sich immer für dieses Privileg, besteht dann aber darauf, mich weiterhin zu siezen.

»Ich wollte nur ein bisschen mit dem *Putter* üben.«

»Mit der verbundenen Hand?«

»Sonst erklärt mir mein Trainer ja immer, ich bewege mein Handgelenk zu stark. Dieses Mal halte ich es dann so gerade wie ein Schwert.«

Vielleicht hielt er das für einen Scherz, auf jeden Fall lachte er sichtlich gezwungen. Da ich aber nicht erwartungsgemäß darauf reagierte, sah er mich zum Schluss einfach nur still an.

»Carlo.«

»Ja?«

»Ich brauche meinen *Putter*.«

»Ähm, ja natürlich. Das ist wahr, ich hole ihn sofort.«

Es gibt nur eine einzige Sache, die mir dieses mühsame Üben des *Putt* halbwegs erträglich macht – ich kann während des Übens eine Zigarre rauchen. Ansonsten ist der Versuch, einen Ball aus drei oder vier Metern Entfernung in ein Loch mit einem Durchmesser von einhundertacht Millimetern zu befördern, ebenso unterhaltsam wie der Versuch, einen dicken Faden durch ein schmales Nadelöhr zu schieben.

Ich hatte seit mindestens einer Woche keinen Golfschläger mehr in der Hand gehabt und solche Lust zu spielen, dass ich mir am liebsten den Verband von der Hand gerissen hätte. Carlo gab mir vier Bälle, bevor ich mich mit Paolo auf den Weg zum *Putting Green* machte.

Die Spieler können auf dem *Putting Green* die Gleiteigenschaften testen, da es in seiner Textur exakt den *Greens* auf dem Golfplatz entspricht. Daher dürfen die Spieler und ihre Begleiter sowohl das Übungs*green* als auch den Golfplatz nur mit Schuhen ohne Absätze betreten. Die Oberfläche des *Green* darf nämlich keinerlei Unregelmäßigkeiten aufweisen, da diese zu Änderungen des Ballverlaufs führen könnten.

Entsprechend entsetzt stellte ich fest, dass Paolo Schuhe mit Absätzen trug, die eine deutliche Narbenspur hinterließen. Selbst aus einiger Entfernung war sie noch deutlich zu erkennen. Mir blieb nicht genügend Zeit, ihn aus dem *Green* zu jagen, als ihn auch schon eine Frau wie eine Furie anschrie, er solle sich sofort vom Acker machen, da seine Fußabdrücke den feinen Rasen ruinierten. Paolo, der den Grund für diese Hysterie nicht verstand, zog seine Waffe und richtete sie gen Himmel, als wollte er – ob angemessen oder nicht – schießen. Ich versuchte, Haltung zu bewahren, und erklärte Paolo das Verhalten dieser Frau, die inzwischen schreiend in Richtung schützendes Klubhaus gelaufen war.

Bald darauf hatte Galli uns entdeckt. Die hysterische Frau hatte ihm berichtet, der Mörder der Salvionis sei auf der Anlage. Meiner Meinung nach fürchtete er sich jedoch mehr vor den Kosten einer Wiederinstandsetzung des *Green* und wollte nun nachsehen, was tatsächlich vorgefallen war. Nach mehr als zehn Minuten, in denen ich ihm die Gründe für Paolos Anwesenheit erklärte, war das Missverständnis aufgeklärt. Doch leider konnte ich Galli nun nicht mehr davon abhalten, mich mit den üblichen Fragen über den Stand der Ermittlungen zu nerven.

Nachdem ich dem Präsidenten des Golfklubs und einer Gruppe neugieriger Mitglieder, die inzwischen näher gekommen waren, vorgeschlagen hatte, den nächsten Artikel im *Mattino* zu lesen, konnte ich endlich meinen *Putt* weiterüben. Schon die ersten vier Schläge widerlegten meine Theorie über den Vorteil eines bandagierten Handgelenks, denn sie gingen in die völlig falsche Richtung, zwei landeten auf der rechten und zwei auf der linken Seite. Während ich die Bälle wieder einsammelte, sah ich, wie Carlo sich auf Paolos Seite diskret dem *Green* näherte. Ich ging davon aus, dass er die Haltbarkeit meiner Theorie bezüglich der Handgelenke überprüfen wollte. Denn er machte mich nach den nächsten grauenhaften vier Schlägen in Expertenmanier zum Gegenstand seiner Lectio magistralis, obwohl er selber in seinem Leben noch keinen Ball geschlagen hatte. In den folgenden zwanzig Minuten erklärte er mir, dass meine Theorie nur dann korrekt sein könne, wenn beide Handgelenke verbunden seien. Daraufhin antwortete ich ihm, dass ich bisher noch keine Gelegenheit gehabt hätte, mir auch in die andere Hand schießen zu lassen.

Wie so oft überraschte mich auch diesmal Carlos Antwort: »Daran, dass der Mörder Sie noch nicht getötet hat, kann man erkennen, dass Sie sich in seinen Augen gut benehmen.«

Ich hatte keine Lust mehr auf dieses Thema und beendete die Diskussion, indem ich einfach weiterübte. Aber seine Worte stimmten mich nachdenklich: Es war banal, aber nicht länger das mögliche Opfer eines Attentats zu sein könnte tatsächlich bedeuten, dass ich aus Sicht des Mörders keine potenzielle Gefahr mehr darstellte. Mit anderen Worten: Wahrscheinlich hatte mir die Tatsache, dass ich nur Bahnhof verstand, das Leben gerettet.

Ich übte noch eine Stunde auf dem *Green* – immer unter Carlos wachsamem und Paolos gelangweiltem Blick. Nachdem ich den *Putter* wieder in die Tasche gelegt hatte, warf ich einen Blick auf mein Handy: Es zeigte mir mehrere Anrufversuche, die allesamt dank des fehlenden Netzes auf dem Golfplatz fehlgeschlagen waren. Darunter waren ein Anruf von Fabrizio und fünf von Piovesan. Am liebsten hätte ich beide sofort zurückgerufen und meine Neugier befriedigt, aber ich wollte zuerst

Paolos Geduld und Carlos berufliche Ambitionen belohnen und sie auf einen Drink einladen.

Auch Francesca, die gerade Dienst an der Theke hatte, reagierte leicht panisch, als sie mich sah. So fühlte ich mich gezwungen, auch sie zu beruhigen: »*Ciao*, Francesca. Ich hätte gerne drei Bier und eine Handvoll Kugeln vom Kaliber 22.«

»*Buongiorno*, Ranieri. Entschuldigung, aber ich hatte nicht erwartet, Sie mit ...«, antwortete sie, während sie versuchte, sich zu entspannen.

Sie ließ den Satz unbeendet, und so wusste ich nicht, ob sie sich auf meine Begleitung oder auf meine verbundene Hand bezog. Ich wollte das Ganze auch nicht weiter verfolgen, da Francesca mit ihrer krankhaft negativen Einstellung selbst bei sechs Richtigen im Lotto noch in eine Depression verfallen würde. Sie gehörte zu den Menschen, die, wenn du dir einen Arm gebrochen hast, sich zwei brechen, und wenn dir ein Reifen am Auto platzt, ihnen der ganze Motor durchbrennt und so weiter. Angesichts meiner bereits verbrauchten Lebenszeit hatte ich keine Lust auf Geschichten über Familienunglücke und das Übel am Rande der Gesellschaft, stieß mit meinen beiden Gästen auf die zukünftige Verhaftung des Mörders an und beachtete sie nicht weiter.

Später, als wir ins Auto stiegen und die Golfanlage verließen, hatten Paolo und ich endlich wieder Empfang auf unseren Handys. Beide Geräte zeigten uns mehrere Anrufe in Abwesenheit an. Seltsamerweise, fast als Imitation des Naturells ihrer jeweiligen Besitzer, meldete mein Handy die neuen Nachrichten mit einem Vogelgezwitscher, während Paolos Handy muhte wie eine Kuh. Mich hatte Piovesan vergeblich versucht, zu erreichen, Paolo wurde von Giulia gesucht. Bei acht Anrufversuchen von Gibbo und einem von Fabrizio beschloss ich, zuerst Letzteren zurückzurufen. Ich halte es für sinnvoll, erst von einem Kollegen, dem man vertraut, zu erfahren, warum der Chef einen unbedingt sprechen wollte, bevor man sich dann bei seinem Chef meldet.

Auch Fabrizio kannte diese Einstellung und antwortete beim ersten Klingeln.

»*Ciao*, Riccardo. Wir haben dich schon gesucht.«

»Ja, das habe ich gesehen … Gibbo hat ein paarmal versucht, mich zu erreichen. Was ist denn passiert?«

»Ich glaube, du hast eine Reise in die Karibik gewonnen.«

»Was habe ich gewonnen?«

»Die Dal Nero hat heute auf der Pressekonferenz erklärt, dass man zwar alle anderen Möglichkeiten nicht gänzlich ausschließe, sich aber auf die Dominikanische Republik konzentriere. Es ist wohl so, dass die Behörden in Santo Domingo die Zustellung der für die Ermittlungen erforderlichen Dokumente hinauszögern.«

»Und was habe ich damit zu tun?«

»Grandi und Piovesan haben beschlossen, dich da runterzuschicken, damit du den Fortgang der Ermittlungen aus der Nähe verfolgen kannst.«

»Nach Santo Domingo?«

»Genau.«

»Cooool …«

»Na ja, warte es ab. Denn das wird keine Woche Kluburlaub. Vielleicht bleibst du nur einen Tag da.«

»Ach so, verstehe! Das ist dann wohl weniger cool. Aber trotzdem, mit der Dal Nero in die Karibik zu fliegen ist gar keine schlechte Idee …«

»Noch wissen wir nicht, ob die Dal Nero überhaupt mitkommt. Sprichst du Spanisch?«

»*Alla grandes*! Und wie.«

Anschließend rief ich Piovesan zurück: »Hallo, Gibbo. Du hast versucht, mich anzurufen? Ich war im Golfklub, und da hat man keinen Empfang.«

»Ja, ich habe dich tatsächlich gesucht, denn es gibt Neuig-keiten bei den Ermittlungen. Anscheinend spielt sich ein Groß-teil des ganzen Chaos in Santo Domingo ab.«

»Ich habe schon mit Fabrizio gesprochen. Er hat mir alles erklärt.«

»Hat er dir auch gesagt, dass du da unten die Ermittlungen mitverfolgen sollst?«

»Ja, er meinte, ihr hättet mir in einem Ferienklub ein Zim-mer mit Meerblick für eine Woche gebucht.«

»Es wird vielleicht keine Woche sein und auch nicht unbe-dingt direkt am Meer. Aber wenn du dich über den Auftrag beschweren willst, breche ich dir eigenhändig ein paar Kno-chen.«

»Nein, bleib locker, Gibbo. Dieses Mal lasse ich mich ohne Schwierigkeiten zu einer ungeliebten Aufgabe abkomman-dieren.«

Paolo hatte meine Gespräche mitgehört und wohl gehofft, er könne mich auf dieser Reise begleiten. Also fragte er mich gleich nach dem Anruf: »Sie schicken dich nach Santo Domingo?«

»Sieht so aus, ja.«

»Mann, hast du ein Schwein! Vielleicht schickt die Dal Nero mich ja zu deinem Schutz mit! Ich war noch nie in der Karibik.«

Paolo hielt den Wagen an, um Giulia anzurufen. Während die Verbindung hergestellt wurde, seufzte er schon bei dem bloßen Gedanken an das Gespräch mit ihr wie ein Teekessel.

Ich fühlte mich zu einigen beruhigenden Worten genötigt: »Die Dal Nero wird bestimmt wütend wie ein Stier.«

Ängstlich schaute Paolo mich an: »Warum?«

»Mann, das war ein Scherz! Du siehst einfach nur zu nied-lich aus. Hundert Kilo Angst, nur weil du die Staatsanwältin anrufen musst.«

»Ich habe dir schon einmal gesagt: Ich habe keine Angst, ich bin nur beunruhigt. Diese Frau beunruhigt mich einfach.«

Und dann seufzte er wie eine kohlebefeuerte Lokomotive: »Hallo? *Buonasera*, Frau Staatsanwältin. Ich habe gesehen, dass ... Ja ... Nein ... Ja ... Ich habe verstanden ... Ja, anscheinend ja ... Natürlich, ja, in Ordnung ... Aber ... Ja, in Ordnung ... Natürlich. *Buonasera*, Frau Staatsanwältin.«

Ein letzter Seufzer.

»Sieg! Sie hat dir die Ohren lang gezogen, oder?« Mir liefen vor Lachen die Tränen herunter. »Paolo, weißt du, mit manchen Frauen musst du einfach streng sein. Sonst sagen sie dir, wo es langgeht. Und? Was hat sie gesagt?«

»Sie wollte wissen, was du Arcadio erzählt hast.«

»Aber woher zum Teufel weiß sie denn schon von Arcadio?«

»Galli hat sie angerufen und gefragt, ob ich wirklich den Auftrag habe, dich zu beschützen.«

»Entschuldige mal, aber du hast doch kein einziges Wort gesagt! Was hat die Dal Nero gesagt?«

Während Paolo mir antwortete, begann mein Handy zu klingeln.

»Dass, wenn ich erneut die Pistole ohne triftigen Grund ziehe, sie mich dazu zwingt, sie aufzuessen. Und dann meinte sie noch, dass sie dich anrufen wolle.«

Mit einem unguten Gefühl nahm ich das Gespräch an: »Hallo? Oh, Giulia ...«

Sie legte gleich los: »Riccardo, ich habe von dem Chaos gehört, das ihr im Klub angerichtet habt.«

»Ja, aber schau mal ...«

»Geht dir das denn nicht in den Schädel, dass du auf keinen Fall noch mehr Aufmerksamkeit auf dich ziehen solltest, als du sowieso schon bekommst?«

»Also, wenn du damit meinst ...«

»Ich meine damit, dass du, wenn du weiterhin Schwierigkeiten haben willst, sie mit Sicherheit auch bekommst. Habe ich mich klar genug ausgedrückt?«

»Na ja, ehrlich gesagt …«

»Sollte mich noch einmal jemand anrufen und sich über euch beschweren, stelle ich dich unter Hausarrest, und Paolo kann den Verkehr in Porto Tolle regeln. Ist das klar?«

Klick.

»Hallo? … Hallo?«

Ich schaute Paolo perplex an.

»Hör zu, Riccardo.«

»Was?«

»Mit manchen Frauen musst du einfach streng sein. Andernfalls sagen sie dir, wo es langgeht.«

»Ach, leck mich!«

KAPITEL 16

Giulias Anruf hatte mir die Laune verdorben. Während wir durch das Zauberwäldchen fuhren, beobachtete ich wie hypnotisiert die Lichtreflexe der Autoscheinwerfer. Ich dachte über ihre unverständliche Haltung nach und ließ mich von den Lichtfunken inspirieren, die auf der regennassen Straße silberfarben explodierten. Mir war, als tanzten sie nur für mich, um mich mit ihrer Magie über Giulias abweisendes Verhalten hinwegzutrösten. Wir verließen die kleine Straße und fuhren auf die Landstraße auf, als ich Paolo, der noch erschöpfter aussah als ich – falls das überhaupt möglich war –, vorschlug, bei einer Trattoria zu halten. Der Gedanke, in meiner Küche irgendetwas Farb- und Geschmackloses zu essen, war so verlockend wie eine Totenmesse.

Wir hielten vor der »Trattoria da Aldo«, für die ich mich nicht zufällig entschieden hatte. Im Gegensatz zu vielen anderen Restaurants in der Region begrüßt Lucia, die zusammen mit ihrem Ehemann das Restaurant führt, ihre Gäste stets mit einem Lächeln und niemals mit der Kälte oder dem Argwohn, der einem in anderen Lokalen mitunter entgegengebracht wird. Ich komme oft alleine hierher, und dann setzt sich die Signora immer an meinen Tisch und leistet mir Gesellschaft.

Dieses Mal empfing Lucia mich mit einer Umarmung und begrüßte meine Begleitung mit einem erfreuten Blick auf seinen Bauch: »Endlich sehe ich dich mal wieder, und dann kommst du auch noch mit jemandem vorbei, der gutes Essen zu schätzen weiß! Nicht beleidigt sein, was? Du bist immer so mager, kommst her und pickst wie ein Vögelchen!«

Paolo wusste nicht recht, ob er sich über die Anspielungen auf seine Figur ärgern oder über ihre Gastfreundschaft freuen sollte. Also lächelte er einfach und überließ mir das Feld. Für eine Antwort war auch nach dem Abendessen noch Zeit.

»Lucia, du weißt doch, dass ich kaum Zeit habe, vorbeizukommen. Wo die einen mich töten und die anderen mich schützen wollen, habe ich einfach keine freie Minute.«

»Na, dann hoffe ich mal, dass dieser schöne Mann zu den Menschen gehört, die dich beschützen wollen, was?«

»Hm, theoretisch ja. Und manchmal wird er denen, die mich töten wollen, wirklich gefährlich.«

Wieder einmal setzte Paolo den Höflichkeiten ein Ende, indem er mir einen Schubs gab, der mich drei Meter weiter in Richtung der Tische hüpfen ließ.

Mit dem Abendessen und Lucias Gesellschaft kam die gute Laune zumindest teilweise zurück. Lucia wollte einfach alles über die Vorfälle wissen, und im Gegenzug erzählte sie mir von den verschiedenen Gerüchten, die im Dorf kursierten. In den Thekengesprächen wurde ich vom unbekannten Eremiten zum besten Freund vieler Stammgäste, die entweder kurz vor dem Schusswechsel, bei dem ich meistens an der linken Hand getroffen wurde, in der Kneipe zusammengesessen hatte, als Gast zum Abendessen war oder gemeinsam durch das Dorf spazierte. Lucia fasste nicht nur den ländlichen Klatsch und Tratsch zusammen, sondern erzählte mir auch von einem Besuch, der angesichts der eigentlich sehr reservierten Person äußerst seltsam war.

Francesca, die Kellnerin aus Frassanelle, die Lucia seit Kindertagen kennt, war am Morgen nach dem Mordanschlag auf mich ins Dorf gekommen und hatte sich nach meinem Zustand erkundigt. Lucia und Paolo schrieben Francescas

Neugier einzig meinem Status als eingefleischtem Single und herzensbrechendem Latin Lover zu. Aber für mich klang das sehr seltsam. Sie hätte ja auch im Golfklub nach mir fragen können, was weitaus logischer gewesen wäre. Darüber sollte ich unbedingt mit Giulia sprechen.

Am nächsten Morgen waren wir sehr zum Leidwesen von Paolo, der wie Newton noch länger schlafen wollte, schon gegen sieben Uhr dem Weg nach Padua. Ich hatte so viele Dinge zu erledigen und konnte es mir nicht leisten, in einer Stunde nicht mehr als zwanzig Kilometer voranzukommen. Gegen halb acht saßen wir bereits beim Frühstück in der Bar neben dem *Mattino*. Als ich anschließend in die Redaktion ging, saß Fabrizio bereits an seinem Arbeitsplatz.

»Fabrizio, bist du noch immer hier?«

»Jetzt fang du nicht auch damit an. Du hörst dich schon an wie meine Frau.«

»Ach ja, wie geht es Sandra überhaupt?«

»Gut. Aber seit dieser Story sehen wir uns kaum noch. Wenn ich nach Hause komme, bin ich so müde, dass ich nur noch schnell was esse, bevor ich ins Bett falle.«

»Mach dir nichts draus. Kleinere Nebenwirkungen sind ganz normal.«

»Meinst du damit die Ehe oder die Karriere?«

»In Anbetracht der Tatsache, dass wir hier sind, die Ehe. Aber wenn du das Sandra erzählst, entlasse ich dich auf der Stelle!«

Es war noch nicht einmal acht Uhr am Morgen, und von daher waren wir mehr als zufrieden mit unserer ausgeklügelten Analyse familiärer Beziehungen. So gingen wir zu weitaus prosaischeren Angelegenheiten über.

»Woran arbeitest du gerade?«

»Wir bereiten ein Interview mit Conte Alvise vor.«

»Sehr gut. Ein Exklusivinterview?«

»Ich fürchte, nein. Auf jeden Fall klebt Piovesan wie eine Klette an ihm. Und du? Hast du schon deine Koffer gepackt?«

»Nein, noch nicht. Ich weiß ja noch nicht einmal, wann ich fliege.«

»Ich will dir ja keinen Schrecken einjagen, aber ich glaube, heute noch.«

»Heute schon? Aber ich habe noch nicht einmal nachgesehen, ob mein Reisepass noch gültig ist. Ist Grandi schon da?«

»Nein, es ist noch niemand da. Aber ich glaube, Graziella kummert sich um alles. Am besten fragst du sie.«

»Okay. In der Zwischenzeit suche ich nach Informationen über Francesca Visentin, eine Kellnerin im Golfklub.«

»Warum? Ist sie hübsch?«

»Nein, nicht hübsch. Aber seltsam. Ich habe gestern Abend erfahren, dass sie sich am Tag nach der Schießerei im Dorf erkundigt hat, wie es mir geht.«

»Ja, und?«

»Ich weiß nicht… Normalerweise spricht Francesca nicht mehr als nötig, und ich habe noch nie erlebt, dass sie nach mir gefragt hat. Sie muss also wirklich triftige Gründe dafür gehabt haben.«

»Vielleicht ist sie ja in dich verliebt.«

»Vielleicht ist sie ja diejenige, die auf mich geschossen hat und dann wissen wollte, wie gut sie getroffen hat!«

»So übel, wie du aussiehst, ist das auch wahrscheinlicher.«

»Vielen Dank.«

Ich begann im Internet nach Francesca zu suchen, fand aber nur eine mehr als triste Facebook-Seite und einige Auftritte bei Galaabenden im Klub. Ich wollte gerade auf die Datenbank der Zeitung zugreifen, als Graziella hereinkam. Ich stand auf, um sie zu begrüßen, als sie große Augen machte – wie jeder, der mich in jüngster Zeit sah.

»Ranieri? Was machen Sie denn hier?«

»Was schon? Ich arbeite hier!«

»Aber haben Sie denn meine E-Mails nicht gelesen?«

»Ihre E-Mails? Wann hätte ich das denn tun sollen? Ich bin erst vor zehn Minuten gekommen.«

»Aber wo haben Sie Ihr Blackberry?«

»Verdammt, das Blackberry! Das hab ich vergessen!«

»Ihr Flugzeug geht in weniger als drei Stunden.«

»Verdammter Mist. Ich hasse Handys! Okay … Ich muss sofort nach Hause, meinen Reisepass holen und dann zum Flughafen. Graziella, ich muss los. Vielleicht rufe ich Sie wegen der Details auf dem Weg zum Flughafen noch an.«

»Ja, machen Sie sich keine Sorgen.«

Während ich in Richtung Aufzug stürzen wollte, trat Graziella mir mit verschwörerischer Miene entgegen und flüsterte mir ins Ohr: »Denken Sie an den Umschlag mit den Flugtickets, der in Ihrem Schreibtisch liegt.«

Bei diesen Worten fühlte ich mich wie ein *Cretino*, ein Dummkopf, bedankte mich aber dafür, dass sie so leise gesprochen und Fabrizio nichts mitbekommen hatte. Mein mangelndes Organisationstalent, das fast schon pathologisch war, würde somit ein Geheimnis zwischen uns beiden bleiben.

Ich ging zurück an meinen Platz und steckte den Umschlag in meine Brusttasche.

Als ich auf Fabrizios Höhe war, meinte er mit der für scheinheilige Kollegen typischen Nonchalance und ohne seinen Blick vom Computer zu nehmen: »Das ist seltsam.«

»Was?«

»Dass man heute noch ein Ticket braucht, wenn man in ein Flugzeug steigt.«

»Wenn ich zurückkomme – falls ich zurückkomme –, schmeiße ich dich raus!«

Als ich unten ankam, betrat Paolo gerade das Gebäude. Er

hatte tatsächlich einen Parkplatz gefunden und war sehr mit sich zufrieden. »Riccardo, was ist denn jetzt schon wieder?«

»Wir müssen zuerst schnell zu mir nach Hause und dann zum Flughafen. Mein Flug geht in weniger als drei Stunden.«

»So ein Mist! Ich habe gerade einen Parkplatz gefunden!«

»Während du fluchst, mach auf dem Absatz kehrt. Los, ich habe keine Zeit zu verlieren.«

Wir rannten zum Auto und machten uns wieder auf den Weg nach Bastia. Zum Glück konzentrierte sich um diese Uhrzeit der Verkehr auf die Gegenrichtung, und wir hatten keine größeren Staus zu befürchten. Bei mir setzte jedoch als Nebeneffekt der Geschwindigkeit wieder dieses mörderische Gefühl von Übelkeit ein. Paolo flehte mich an, Giulia anzurufen, damit er nicht wieder das Opfer ihrer giftigen Pfeile würde. Also suchte ich im Telefonbuch meines verfluchten Blackberry nach ihrer Nummer. Sie war beim ersten Klingeln am Telefon: »*Ciao*, Riccardo. Was gibt's?«

»Hallo, Giulia, wie geht's?«

»Danke, gut. Es tut mir leid, aber ich bin sehr beschäftigt. Also sag schon, was gibt's?«

Wie Paolo spürte auch ich jedes Mal eine gewisse Unruhe, wenn sie diese pragmatische und dringende Art an den Tag legte.

»Ich wollte dir nur kurz Bescheid sagen, dass meine Chefs nach deiner Pressekonferenz gestern beschlossen haben, mich für ein paar Tage nach Santo Domingo zu schicken. Ich soll herausfinden, was da unten vor sich geht.«

»Du fliegst nach Santo Domingo?«

»Ja, komm doch einfach mit!«

»Ich? Warum sollte ich nach Santo Domingo fliegen?«

Nun gesellte sich zu meiner Übelkeit und dieser Unruhe auch noch ein dicker Kloß in meinem Hals: »Sie meinten, die Ermittlungen würden nach Santo Domingo verlegt werden.«

»Ihr Journalisten kommt aber auch immer zu ganz speziellen Schlussfolgerungen. Ich habe nie gesagt, dass ich die Ermittlungen verlege. Ich habe gesagt, dass wir noch auf Dokumente warten, deren Zustellung die italienische Botschaft in Santo Domingo beschleunigen soll. Glaubst du, ich habe Zeit für eine solche Reise, nur um mit ein paar Bürokraten zu reden?«

Trotz meiner Enttäuschung wollte ich das Klischee des unverbesserlichen Frauenschwarms aufrechterhalten.

»Und ich hatte schon gehofft, du wolltest mit mir auf Hochzeitsreise in die Karibik fliegen.«

»Riccardo, ich habe dir doch schon gesagt, dass ich keine Zeit habe. Ich wünsche dir eine gute Reise, erhol dich gut, und sag mir Bescheid, wenn du wieder da bist. *Ciao*.«

Klick.

Ich wandte mich zu Paolo: »Also, wenn sie im Bett so aggressiv ist wie im Büro, fühle ich mich mit einem Pitbull unter dem Bettlaken wohler.«

»Was hat sie gesagt?«

»Um es kurz zu machen: dass sie keine Zeit für einen solchen Unsinn hat.«

»Nein, ich meinte über mich.«

»Wir haben nicht über dich gesprochen.«

»Verdammt, das wollte ich dir doch die ganze Zeit sagen. Fliege ich jetzt mit oder bleibe ich hier?«

»Sorry, aber danach habe ich sie nicht gefragt!«

»Vielen Dank. Jetzt muss ich sie selber noch einmal anrufen, und das Mindeste, das ich mir dann wieder anhören kann, ist, dass ich keine Ahnung hätte, wie ich meinen Job zu erledigen habe. So ein Mist!«

Sein Schnauben im Wechsel mit tiefen Seufzern und einem unverständlichen Gemurmel hielt bis nach Cervarese an. Erst nach drei Vierteln der Strecke beschloss er endlich, sich seinem Schicksal zu stellen und Giulias Nummer zu wählen.

»Hallo? *Buongiorno*, Frau Staatsanwältin, bitte entschuldigen Sie die Störung, aber ich brauche Anweisungen über ... Nein, sicher ... Ja, das ist wahr ... Ähm, gut ... Einverstanden. Ja, schönen Tag noch.«

Das Ganze dauerte drei oder vier Sekunden, und der motorisierte Nahverkehr war mit so etwas wie uns beiden natürlich alles andere als sicher!

»Was hat sie gesagt?«

»Warum ich sie überhaupt frage, was ich tun soll, wenn ich gar kein Ticket habe, um mit an Bord zu gehen.«

»Na ja, eins muss man ihr lassen. Sie ist ein äußerst praktischer Mensch, oder?«

»Mir fällt da ein ganz anderes Adjektiv ein.«

Zu Hause eingetroffen, brauchte ich zehn Minuten: eine Minute, um den Koffer zu packen, und neun Minuten, um meinen Pass zu finden, der in der Küche unter einem alten Mailänder Telefonbuch lag, das ich aus nostalgischen Gründen aufbewahrte. Dann klingelte ich bei Giuseppe und bat ihn, jeden Tag bis zu meiner Rückkehr die Näpfe meiner Hunde zu füllen. Nach weniger als fünfzehn Minuten stiegen Paolo und ich wieder in das Auto und rasten wie der Blitz zur Autobahn in Richtung Venedig, wobei wir gegen ausnahmslos jede Regel der Straßenverkehrsordnung verstießen. Am Flughafen angekommen, hatten wir noch zwei Stunden bis zum Abflug. Wir stellten das Auto im Halteverbot ab und betraten den Flughafen. Etwas entspannter suchten wir auf der Anzeigetafel nach dem Check-in-Schalter für meinen Flug.

»Ich kann ihn nicht finden ... Wann fliegst du?«

»Auf dem Zettel, den sie mir in der Redaktion gegeben haben, steht elf Uhr zehn.«

»Hier steht um elf Uhr zehn nur ein Flug nach Moskau und einer nach Rom.«

»Fliegst du vielleicht über Rom nach Santo Domingo?«

Die Übelkeit wich allmählich der Unruhe.

»Warte, lass mich mal sehen.«

Ich suchte in meiner Brusttasche nach den Fluginformationen, die Graziella mir gegeben hatte. Mit einer gewissen Erleichterung las ich, dass der Abflug tatsächlich um elf Uhr zehn war. Ich beschloss, sie anzurufen, und tüchtig, wie sie war, ging sie auch prompt ans Telefon.

»Was ist denn, Ranieri?«

»Hören Sie, Graziella, wir stehen hier am Flughafen, aber ich kann auf der Anzeigetafel meinen Abflug nicht finden. Ich fliege doch nicht über Rom, oder?«

»Komisch. Nein, es ist kein Zwischenstopp geplant. Die Reiseagentur sagte mir, es sei ein Direktflug von Verona nach La Romana.«

Mir gefror das Blut in den Adern.

»Entschuldigung, Graziella, aber sagten Sie gerade Verona?«

»Ja, natürlich. Von Verona nach La Romana.«

Ich sah auf das Blatt. Darauf stand: Ver-LRM. Ich glaubte, den Boden unter meinen Füßen zu verlieren. Graziella wusste sofort, welcher Fehler mir unterlaufen war, vielleicht weil sie mich so gut kannte.

»Jetzt sagen Sie nicht, Sie sind nach Venedig gefahren!«

»Himmel Herrgott noch mal! Ja! Als guter Mailänder bin ich es nicht gewohnt, nach dem Abflugflughafen zu fragen: Das ist nämlich immer Malpensa, und da denkt man auch nicht weiter darüber nach!«

Wahrscheinlich fühlte Graziella sich ein wenig mitschuldig: Sie kannte meine chronische Organisationsunfähigkeit. Schließlich musste sie mir immer alles vorsagen und mich zweimal wiederholen lassen. Sie versuchte, mir Mut zu machen.

»Hören Sie, Ranieri, es ist jetzt neun Uhr fünfundzwanzig. Wenn Sie sich beeilen, schaffen Sie es vielleicht noch.«

»Das glaube ich zwar kaum, aber ich werde es versuchen. Rufen Sie in der Zwischenzeit den Flughafen von Verona an und versuchen Sie, das Schließen des Check-ins hinauszuzögern. Erzählen Sie denen irgendetwas von einer Bombe… oder von Ebola…«

»Das wird nicht einfach, aber ich versuche es. Ich rufe Sie nachher zurück.«

Wir liefen wieder zum Wagen und fuhren in Richtung Verona. Als ich gerade glaubte, dieses Gefühl von Selbstmitleid überwunden zu haben, das mit den ironischen Seitenhieben Paolos einherging, rief Fabrizio an, der auch noch seinen Beitrag zu meinem Unruhezustand leisten wollte.

»Nur die Ruhe. Piovesan hat gesagt, dass er dich anstelle des Typen umbringt, der hinter dir her ist, solltest du das Flugzeug verpassen. Damit hätten wir dann den Fall gelöst und könnten alle Urlaub machen.«

Perfekt. Ich brauchte diese Beweise meiner Wertschätzung: Es ist doch wunderbar, zu wissen, dass man das Vertrauen der Kollegen genießt und alle auf seiner Seite hat. Zumindest für den potenziellen Mörder blieben die Dinge auf die eine oder andere Weise wirklich schwierig. Wie sollte er auch meine Bewegungen vorausahnen? Ich glaube, selbst der raffinierteste NASA-Computer hätte nicht mehr hergegeben – zu viele unberechenbare Variablen.

Nach einer Weile rief Graziella zurück.

»Ich habe mit einem Vertreter der Fluggesellschaft gesprochen. Sie tun, was sie können. Aber Sie müssen mindestens eine Stunde vor Abflug am Check-in sein. Glauben Sie, dass Sie das schaffen?«

»Wir fahren…«, ich lehnte mich in Richtung Paolo, um das Tachometer lesen zu können, »verdammt noch mal – an die hundertsiebzig Stundenkilometer!«

Sie antwortete gelassen: »Nur Mut, Sie schaffen das.«

»Sie haben ja keine Ahnung, in welchem Auto wir unterwegs sind.«

»Nein, in welchem denn?«

»In einem Ford Fiesta von ich weiß nicht wie vielen Jahren.«

»Mamma Mia … Dann seien Sie mal schön vorsichtig.«

»Ich denke, um mit dieser Geschwindigkeit in einem solchen Fahrzeug zu fahren, braucht man eher Glück als Vorsicht. Na ja, lassen Sie mal gut sein … Sollten wir lebend ankommen, lasse ich es Sie wissen. Ansonsten, denken Sie daran: Der Zigarrenaschenbecher auf meinem Schreibtisch geht an Sie. Ich habe nicht vor, irgendetwas Fabrizio zu überlassen. Klar?«

Graziella lachte und verabschiedete sich, während ich mich an Paolo wandte: »Denkst du nicht, es wäre besser, ein wenig später, aber dafür überhaupt anzukommen?«

»Jetzt ist aber gut! Mein Fiesta hat mich noch nie zu Fuß gehen lassen.«

»Nein, ich meinte die Geschwindigkeit!«

»Nur die Ruhe, ich habe einen Kurs für schnelles Fahren besucht, um zur Bereitschaftspolizei zu kommen.«

»Oh, du warst bei der Bereitschaft?«

»Nein.«

»Warum nicht?«

»Weil ich durch die Prüfung für schnelles Fahren gefallen bin.«

Nachdem wir mehr als einmal unser Leben riskiert hatten, kamen wir gegen zehn Uhr zwanzig am Flughafen Valerio Catullo in Verona an. Ich jagte im Zickzacklauf an einer Gruppe japanischer Touristen vorbei und musste noch nicht einmal auf der Videotafel nach meinem Check-in-Schalter suchen: Eine Stewardess wedelte wie wild mit einem Blatt Papier, um meine Aufmerksamkeit zu erregen. Als ich sie erreichte, japste ich nach Luft, während ich ihr meine Reisedokumente gab und meinen Koffer auf das Band legte.

»Mein Name ist Riccardo Ranieri, vom *Mattino di Padova*. Vielen Dank, dass Sie auf mich gewartet haben.«

»Sie sind wohl ein bisschen zerstreut, was?«

»Wissen Sie, bis vor ein paar Stunden wusste ich noch nicht einmal, dass ich fliege. Und ja, ich gebe zu, ich bin ein wenig zerstreut.«

Anscheinend war sie von meiner Selbstkritik recht angetan, denn sie verkniff sich weitere Vorwürfe und wies mir den Weg in Richtung Ausgang. Ich ging durch die Sicherheitssperre, während ich meine Hose mit den Händen festhalten musste, nachdem ich mir im Eifer des Gefechts beim Ablegen des Gürtels den Knopf abgerissen hatte. Ich war erhitzt, verschwitzt und völlig außer Atem, aber ich hatte es geschafft: Ich stand vor der Stewardess, die mich an Board begrüßte, mein Ticket abriss und mich in das Innere der Maschine winkte.

Bevor ich mein Handy ausschaltete, schickte ich Fabrizio eine Nachricht: »Ich bin an Bord. Welch erholsame Reise!«

KAPITEL 17

Der Flug dauerte elf Stunden und war die reinste Qual.

Naiv, wie ich war, hatte ich geglaubt, in der Business Class zu reisen. Doch dann saß ich in der Economy Class zwischen einer Frau, die von ihrer Figur her Paolos Zwillingsschwester hätte sein können, und einem jungen Kerl, der völlig verrückt war nach elektronischem Spielzeug. Dessen Entfremdungsprozess von der realen Welt war schon so weit fortgeschritten, dass er sein Spiel noch nicht mal unterbrach, als er zur Toilette ging. Als ich die Augen schloss – mehr um mir die Reise zu verkürzen als aus echter Müdigkeit –, erschienen Bilder von Flugzeugkatastrophen vor meinem inneren Auge, die mich davon überzeugten, für die Dauer des Fluges wachsam zu bleiben.

Um sechzehn Uhr Ortszeit landete ich auf dem internationalen Flughafen von Santo Domingo. Der Himmel war bedeckt, und wir hatten über dreißig Grad. Aber dank der extremen Luftfeuchtigkeit, die derjenigen der Po-Ebene in nichts nachstand, kam es mir viel heißer vor. Das Ganze wurde von einer zermürbend langsamen Pass- und Gepäckkontrolle gekrönt, hinter der ich sofort den Mann erkannte, der mich abholen sollte. Er war kaum einen Meter fünfzig groß und hielt ein Schild in der Hand, das größer war als er, auf dem in spanischer Schreibweise zweifelsohne mein Name stand: »Señor Ricardo Raneri«. Mein Gastgeber, der sich als Julio vorstellte, offenbarte sofort sein großzügiges Naturell und seine körperliche Stärke, als er mein leichtes Handgepäck zum Auto trug,

213

während er mir das Privileg überließ, den schweren Koffer zu tragen.

Julio, ein typischer Kreole um die vierzig mit krausem grauen Haar, brachte mich zu seinem roten Peugeot 205, dessen effiziente Klimaanlage aus der Unmöglichkeit bestand, Seitenscheiben und Kofferraum zu schließen. Im Vergleich zu den beengten Platzverhältnissen im Flugzeug erschien mir das Auto jedoch unglaublich luxuriös. Julio erklärte mir, er solle mich erst zum Hotel bringen und später begleiten, um mich bei der Kontaktaufnahme mit der italienischen Botschaft und der Klinik, in der vor vielen Jahren diese geheimnisvollen Geburten stattgefunden hatten, zu unterstützen.

Ich hatte keine Ahnung, wie ich die nächsten Tage verbringen würde, aber meine Zweifel, dass ich die Zeit hätte, die Zeit in diesem Paradies zu genießen, waren berechtigt. Die Autofahrt vom Flughafen La Romana zum Hotel im Zentrum der Hauptstadt war eine meiner wenigen Gelegenheiten, die Schönheit der Insel zu bewundern. Nach weniger als einem Kilometer überkam mich aber die Müdigkeit, und durch das gleichmäßige Brummen des Motors schlief ich bald wie ein Stein. Ich wachte vom Klang der Hupen auf, die anscheinend die Straßenmusik von Santo Domingo sind. Wir waren inzwischen im Stadtzentrum angekommen, das mir dank einiger Vorurteile gegenüber tropischen Paradiesen weniger modern und chaotisch erschien. Leider musste ich aber auch das Fehlen von mit Blumen geschmückten Frauen hinnehmen, die durch die Straßen tanzen und den Männern schmachtende Blicke und vollmundige Liebesversprechungen schenkten. Wohl oder übel und gegen meinen Willen tauschte ich mein Traumbild gegen diese Realität mit ihren schmutzigen und trägen Straßen ein, auf denen mancherlei gefährliche Gestalten von zweifelhaftem Ruf irgendwie den Tag herumbrachten.

Zehn Minuten später erreichten wir mein Hotel nahe der

italienischen Botschaft. Das Gebäude im Stil der Kolonialzeit machte zumindest von außen zwar keinen luxuriösen, aber wenigstens einen ordentlichen Eindruck. Bevor ich mich von Julio verabschiedete, verabredeten wir uns noch für acht Uhr am nächsten Morgen. Dann trug ein junger Kerl mein Gepäck auf mein Zimmer und präsentierte mir stolz dessen Komfort – also das Licht und die Klimaanlage – und verschwand erst wieder, nachdem ich ihm zehn Euro Trinkgeld gegeben hatte. Als ich endlich allein war, ging ich unter die Dusche. Erst jetzt wurde mir klar, dass mein Wunsch vom Vortag Realität geworden war.

Es war zehn Minuten vor acht Uhr. In zehn Minuten würde im Restaurant das Abendessen serviert. Also beschloss ich, mich kurz hinzulegen, was sich später als fataler Fehler herausstellte. Ich wachte erst drei Stunden später wieder auf. Um halb zwölf Uhr in der Nacht hatte das Restaurant zweifelsohne geschlossen, aber ich hatte Hunger. Also wollte ich draußen nach einer Alternative suchen. Die Luft war inzwischen etwas abgekühlt und das Hupkonzert, das uns noch vor wenigen Stunden begleitet hatte, wie von Zauberhand fast vollständig verklungen. Wenige Schritte vom Hotel entfernt bedrängten mich plötzlich nicht nur einige Kinder, die nach Geld und Süßigkeiten fragten, sondern auch mehrere Taxifahrer, echte oder vermeintliche, die mich an zweifelhafte Orte in der Stadt bringen wollten. Ich gab den Kindern ein paar Münzen, um sie loszuwerden, doch stattdessen stieg ihre Anzahl und die Intensität ihrer Forderungen. Also beschloss ich, das Angebot eines Taxifahrers anzunehmen, wobei ich mich für denjenigen entschied, der am ungefährlichsten aussah. Unter dem Lamento seiner Kollegen und den Buhrufen der Kinder stieg ich in sein Taxi. In gebrochenem Spanisch, gespickt mit einigen italienischen Worten, versuchte ich ihm zu erklären, dass ich Hunger und kein Interesse an Frauen hatte.

Anscheinend glaubte er nun, ich hätte homosexuelle Vorlieben, und brachte mich als Erstes an einen Ort mit eindeutig gekleideten Männern. Der zweite Ort stellte wohl die Erwartungen bisexueller Menschen zufrieden, zumindest schloss ich das aus dem Benehmen der Gäste am Eingang. Ich ergab mich schließlich dem dritten Versuch – ein Lokal, wahrscheinlich für Heterosexuelle, in dem ich mich in der obligatorischen Begleitung von zwei Frauen hinsetzen und etwas essen konnte. Ich wusste weder, was ich bestellt hatte, noch konnte ich den Geschmack des Essens nachvollziehen, aber wenigstens stillte es meinen Hunger. Während ich aß, lag ein weibliches Händchen geschickt in meiner Leistengegend, und eine Brust rieb ständig an meinem linken Arm. Als ich gehen wollte, zogen die beiden Mädchen so lange eine Schnute, bis zwei Zwanzig-Euro-Scheine auftauchten. Sie verabschiedeten mich mit Küsschen, Liebkosungen und Versprechungen auf weitere Treffen, während ich in das Taxi stieg, das vor dem Lokal auf mich gewartet hatte, und wieder ins Hotel fuhr.

Am nächsten Morgen wartete Julio bereits an der Rezeption auf mich und unterhielt sich gerade angeregt mit zwei Hotelangestellten. Als er mich sah, beendete er das Gespräch sofort und begleitete mich in den Frühstücksraum. Wie in jedem Hotel, das etwas auf sich hält, bestand das Frühstück aus einem großzügigen Angebot von allerlei Gerichten, die kunstvoll auf einem großen Tisch in der Mitte des Saals aufgebaut waren. Da ich meine Gewohnheiten nicht ablegen wollte, beschränkte ich mich auf eine Tasse Kaffee und einen Schokoladenmuffin. Julio drehte mit lässiger Unbekümmertheit einige Runden um das Büfett und probierte dabei völlig ungeniert alle Gerichte. Ich glaube, nach seiner dritten Umrundung hatte er Croissants, Wurst, Ananas, Eier, Speck und Kuchen verdrückt, die der Menge von zwei großen Mahlzeiten entsprachen. Als sich Julio, nun gesättigt, zu mir an den Tisch setzte, erzählte er mir von den Plänen für den Tag. Ich sollte Dottore Stefano Terni treffen, der in der italienischen Botschaft arbeitete, bevor wir gemeinsam das Verwaltungsbüro des zivilen Krankenhauses von Santo Domingo besuchen würden.

Die italienische Botschaft lag nicht weit entfernt vom Hotel, und nach einem kurzen Spaziergang trafen wir dort ein. Ich musste zwei Stunden auf einem unbequemen Stuhl in der Lobby warten, bevor Dottore Terni mich endlich empfing. Ich ließ bewusst die Zeit verstreichen, ohne Aufmerksamkeit zu verlangen. Nachdem Fabrizio mich bereits vor der mangelnden Kooperation der Botschaftsmitarbeiter gewarnt hatte, hielt ich es für angemessen, dieses Gespräch mit einem Mindestmaß an Höflichkeit zu beginnen. Nach exakt zwei Stunden bat mich eine Frau, wahrscheinlich die Sekretärin, in ein Zimmer, das in seiner Größe an eine Besenkammer erinnerte. Sie bat mich, Platz zu nehmen. Dottore Terni würde bald kommen. Die fehlende Klimaanlage überraschte mich keineswegs, denn so konnte Dottore Terni gleich seinen Trumpf ausspielen und mich so schnell wie möglich wieder loswerden. Terni erschien zehn Minuten später. Er war ein attraktiver Mann um die fünfzig, elegant in einen hellen Anzug gekleidet, ergrautes Haar und Eau de Cologne – der typische nette Botschafter. Er schenkte mir ein charmantes Lächeln und entschuldigte sich eiligst für die Verzögerung, zu der es angeblich aufgrund der tausend Aufgaben gekommen war, die auf seinen Schultern lasteten.

Er gab mir nicht die Hand, sondern redete schon los, bevor er überhaupt Platz genommen hatte: »Signor Ranieri, ich möchte ehrlich zu Ihnen sein. Offen gesagt, fürchte ich, dass ich Ihnen überhaupt nicht weiterhelfen kann. Die Redaktion des *Mattino di Padova* hat uns bereits gebeten, sie zu informieren, sobald die seitens der Staatsanwaltschaft Padua angeforderten Dokumente versendet wurden. Aber uns hier in der Botschaft stehen auch keine neueren Informationen zur Verfügung. Außerdem können wir generell kaum Informationen über einen Fall herausgeben, der in den Händen der zuständigen Behörden liegt.«

Ich hatte keine Reise von fast elf Stunden zwischen einer fetten Frau und einem schizoiden Typen auf mich genommen, nur um mich jetzt in null Komma nichts von einem selbstgefälligen Bürokraten abspeisen zu lassen. Also entgegnete ich ihm: »Dottore Terni, auch ich möchte ganz ehrlich zu Ihnen sein. In die Angelegenheit, über die wir sprechen, sind nicht nur die zuständigen Behörden verwickelt, sondern auch meine Wenigkeit. Schließlich versucht irgendjemand, mich zu töten.«

»Ich weiß, und es tut mir auch wirklich sehr leid ...«

Ich ließ ihm keine Zeit für sein bürokratisches Gerede, sondern fixierte ihn mit meinem Blick und meinte: »Ich bitte Sie lediglich darum, mir einen Moment zuzuhören und etwas kooperativer zu sein, wenn Sie erlauben.«

Terni erstarrte, vielleicht weil er an undiplomatisches Verhalten nicht gewöhnt war.

»Gut, ich höre.«

»Als Erstes möchte ich Ihnen vorschlagen, dass Sie das nächste Mal, wenn Sie nicht pünktlich sind, die Person, die ihre Zeit damit verschwendet, auf Sie zu warten, darüber im Voraus informieren oder ihr zumindest sagen, wie lange sie warten muss.«

»Sehen Sie, die Verzögerungen waren nicht vorhersehbar, und daher habe ich bereits ...«

Ich unterbrach ihn erneut: »Lassen Sie es gut sein, Dottore Terni. Ich bin nicht dumm, und es ist offensichtlich, dass ich für Sie ein Ärgernis darstelle, das Sie so schnell wie möglich wieder loswerden möchten. Das Problem ist nur, dass es mir hier in Santo Domingo sehr gut gefällt. Außerdem wird mein Aufenthalt von meiner Zeitung bezahlt. Ich habe also überhaupt kein Interesse daran, das Tempo zu beschleunigen, bevor ich das, was ich haben will, in der Hand habe.«

Terni lächelte mich scheinheilig an und versuchte, sich seinen Ärger nicht anmerken zu lassen.

»Gut, Dottore Ranieri. Ich wiederhole mich, ich höre.«

Ternis Haltung strafte seine Worte Lüge und demonstrierte seinen offenkundigen Wunsch, nicht zu kooperieren.

»Ich möchte Informationen über die Familie Casati Vitali.«

»Signor Ranieri, wir sind kein Informationsbüro. Sie können nicht einfach hierherkommen und Fragen über irgendwelche Personen stellen.«

»1992 starb Contessa Casati Varghese kurz nach der Geburt ihres Kindes, und ich würde gerne wissen, wer bei der Geburt dabei war, um die Umstände ihres Todes zu überprüfen«, beharrte ich.

Dottore Terni gab seinen Widerstand auf.

»Das ist schnell erzählt. Das Krankenhaus von Santo Domingo veröffentlichte seinerzeit einen Bericht über den Todesfall, den die hiesige Botschaft an die Behörde in Italien weitergeleitet hat. Anschließend kümmerten wir uns um die Rückführung der Leiche in die Heimat.«

»Ja, ich nehme an, das ist die übliche Vorgehensweise in einem solchen Fall. Aber was ich von Ihnen wissen möchte, ist, ob jemals irgendjemand die Angaben in diesem Protokoll auf ihren Wahrheitsgehalt hin überprüft hat.«

»Nicht, dass ich wüsste.«

»Hat die Polizei vor Ort das denn nicht überprüft?«

»Wie ich Ihnen schon sagte, nicht, dass ich wüsste. In solchen Fällen beschränkt sich die örtliche Polizei darauf, den Bericht der Ärzte gegenzuzeichnen. Es ist ja nicht so, dass jedes Mal polizeiliche Ermittlungen durchgeführt werden müssten.«

»Warum kümmerte sich dann die italienische Botschaft

um den Rücktransport der Leiche der Contessa und nicht Conte Alvise Carlo Vitali?«

»Einige Vorgänge obliegen der Botschaft. Sehen Sie, Sie können eine Leiche nicht einfach in ein Flugzeug laden und wie ein normales Gepäckstück transportieren. Hierfür braucht man Genehmigungen, die nur die Botschaft ausstellen kann.«

»Besitzt die Botschaft eine Kopie des Krankenhausprotokolls?«

»Leider nein. Genau danach hat die Staatsanwaltschaft Padua auch gefragt. Wir haben die Anfrage an das Krankenhaus und an die Polizeibehörde in Santo Domingo weitergeleitet, aber keine Antwort erhalten.«

»Verhalten sich Ihrer Meinung nach Krankenhaus oder Polizei oder vielleicht auch beide in diesem Fall sehr zurückhaltend?«

»Wir sprechen hier über ein Dokument, das vor zwanzig Jahren ausgestellt wurde. Meiner Meinung nach besteht keine Hoffnung, es noch zu finden.«

»Gibt es denn die Möglichkeit, zu erfahren, ob Conte Alvise Carlo Vitali damals alleine oder gemeinsam mit anderen Personen hier war?«

»Was meinen Sie?«

»Ich frage mich, ob er andere Frauen besuchte.«

Die Frage war mehr eine laut geäußerte Überlegung meinerseits und weniger als Frage für Terni gedacht. Inzwischen war ich so angetan von der Rolle des Ermittlers, dass ich am liebsten erst aufgehört hätte, nachdem er mir den Namen des Mörders verraten hatte.

»Entschuldigung, Signor Ranieri, aber glauben Sie wirklich, dass Sie diese Frage der richtigen Person stellen?«

Ich versuchte, ihm meine Frage zu erklären: »Was ich meine, ist, ob man eventuell auf die Visadokumente zugreifen kann, die damals für andere Personen ausgestellt wurden, die den Conte auf seinem Flug begleitet hatten.«

»Vielleicht gibt es noch die Passagierliste des Flugs. Das müssten Sie aber bei der Fluggesellschaft erfragen. Aber jetzt müssen Sie mich wirklich entschuldigen, Ranieri. Ich habe noch viele Dinge zu erledigen, und es gibt Menschen, die unsere Hilfe brauchen. Wenn es sonst nichts mehr gibt, möchte ich mich jetzt gerne verabschieden.«

»Dottore Terni, ich werde mit dem Krankenhaus und der Fluggesellschaft sprechen. Sollte ich noch weitere Fragen haben, kann ich Sie sicherlich anrufen, oder?«

»Natürlich.«

In dem Zimmer war die Temperatur inzwischen auf über vierzig Grad gestiegen, und das Schütteln unserer verschwitzten Hände erinnerte sehr an das Auswringen zweier nasser Lappen.

Julio saß am Eingang der Botschaft und wartete auf dem gleichen Stuhl, auf dem ich schon gesessen hatte. Wir verließen das Gebäude, um zu der Klinik zu fahren, die vertraglich an das Krankenhaus *Corazones Unidos* gebunden ist und laut Julio in dem vornehmsten Stadtteil, Gazcue, lag. In diesem Krankenhaus war vielleicht Arcadio zur Welt gekommen und seine Mutter gestorben.

Als ich in Julios Wagen stieg, wollte ich Fabrizio anrufen. Wie erwartet, hatte mein Verleger nur wenig Lust, Kosten zu erstatten, und so erklärte mir eine freundliche Stimme auf Spanisch, mein Handy sei für internationale Anrufe nicht aktiviert. Ich umging dieses Hindernis und schrieb Fabrizio eine E-Mail, in der ich ihn bat, herauszufinden, welche Fluggesellschaft der Conte damals genutzt hatte.

Nach etwa zwanzig Minuten erreichten wir die Klinik, und schon der Eingang machte deutlich, dass dieser Ort nicht für jedes Budget gedacht war. An der Rezeption empfing mich eine freundlich lächelnde Dame, die wissen wollte, wie sie mir weiterhelfen könne. Ich erklärte ihr in freundlichen Worten mein Anliegen, das Julio ihr übersetzte. Anschließend führte man uns in ein Verwaltungsbüro, und wir wurden einem Mitarbeiter, Zacarias, anvertraut. Nach einer erfolglosen Suche im Computer, begleitet von ausdrucksstarken Flüchen in seiner Muttersprache, erklärte Zacarias uns, dass man leider per Hand suchen müsste, da man die Vorgänge aus dieser Zeit noch nicht in der elektronischen Datenbank erfasst hatte. Leider befand sich das Papierarchiv nicht im gleichen Gebäude, sondern war aus Platzgründen in einen anderen Vorort verlegt worden. Also müssten wir warten, bis man den Vorgang herausgesucht hätte. Als ich wissen wollte, wie lange das dauern würde, sah er mich völlig verwirrt an, wandte sich dann aber an Julio. Die beiden sprachen so schnell miteinander, dass ich kein Wort verstand.

Julio erklärte mir in gönnerhafter Manier, was ich auch ohne Worte bereits begriffen hatte.

»Wenn wir diese Unterlagen haben wollen, müssen wir ihm ein Trinkgeld geben.«

Nach zähen Verhandlungen verabredeten wir uns für den nächsten Tag, damit Zacarias mir die Dokumente und ich ihm fünfzig Dollar geben könnte.

Als wir das Krankenhaus verließen, erhielt ich eine E-Mail von Fabrizio: Er hatte im Internet recherchiert und herausgefunden, dass im März 1992 die Strecke Mailand–Santo Domingo nur von einer Fluggesellschaft geflogen wurde, der italienischen Fluggesellschaft Alitalia. In meiner Antwort bat ich ihn, zu prüfen, ob der Conte mit dem neugeborenen Arcadio alleine oder in Begleitung anderer Personen gereist war. Inzwischen fühlte ich mich kaum mehr als Journalist, sondern eher als Ermittlungsbeamter. Eine E-Mail von Piovesan, in der er mich drängte, Material für einen Artikel zu senden, unterstützte mich umgehend darin, mich wieder auf den Grund meiner Anwesenheit in diesem Paradies zu konzentrieren.

Dank der modernen Technik musste ich zum Schreiben nicht im Hotel bleiben, und so bat ich Julio, mich zu einem der nahe gelegenen Strände zu bringen. Ich wollte die wenigen Sonnenstunden nutzen, die mir noch blieben. Nach etwa einer halben Stunde erreichten wir Boca Chica, ein Stückchen feinster Sandstrand mit Kokospalmen, smaragdgrünem Wasser und strahlendem Sonnenschein. In der E-Mail, die ich Fabrizio mit unbändigem Sadismus schrieb, versuchte ich, dieses Paradies so treffend wie möglich zu beschreiben. Diese Provokation blieb unbeantwortet, sicherlich aufgrund der Unternehmenspolitik, die die Verwendung obszöner Wörter in Textnachrichten verbot.

Ich zog Hemd und Hose aus und nahm dann, nur noch mit der Badehose bekleidet, die ich nicht zufällig am Morgen angezogen hatte, das Notebook aus der Tasche und belagerte zusammen mit Julio die Sonnenliegen nahe dem Chiringuito am nächsten Parkplatz.

Nur mit Mühe konnte ich mich beim Anblick dieses Paradieses dazu aufraffen, den Artikel für Piovesan und die restliche Meute zu schreiben.

KAPITEL 18

Mir stand nicht viel Material zur Verfügung, und so konzentrierte ich mich in dem Artikel auf die konkreten Schwierigkeiten, an Informationen über die Ereignisse in der Vergangenheit zu kommen, die zur Klärung der jüngsten Morde beitragen könnten. Natürlich konnte ich nicht darüber hinwegtäuschen, dass ein Großteil dieser Schwierigkeiten auf die unkooperative Haltung der Mitarbeiter der italienischen Botschaft zurückzuführen war.

Als ich den Text an die Redaktion schickte, war mir klar, dass er für den Artikel, der Piovesan vorschwebte, nicht ausreichte. Aber er würde sich wohl oder übel damit begnügen und sich, so wie ich, auf den angeforderten Schriftverkehr der Klinik *Corazones Unidos* warten müssen.

Kurz nachdem ich die E-Mail versendet hatte, klappte ich mein Notebook zu und bewunderte das Paradies vor meinen Füßen. In neu erwachendem Sadismus dachte ich an Fabrizio, der eingesperrt im Büro vermutlich mit Piovesan über den Artikel diskutierte, den es zu schreiben galt, während ich ins Meer schwimmen ging. Das Wasser war lauwarm, fast als gäbe es einen versteckten Mechanismus, der die Temperatur regelte. Der einzige Nachteil war mein Verband, mit dem ich laut ärztlichem Rat nicht baden sollte. Ich ging langsam ins Wasser hinein und genoss jeden dieser magischen Momente. Ich gönnte mir ein kurzes Bad, wobei ich aber tunlichst darauf achtete, meinen rechten Arm hochzuhalten. Doch in diesem wunderbar warmen Meer nicht ungehindert tauchen zu können war, wie in einem Ferrari nicht schneller als fünf-zig Stundenkilometer fahren zu dürfen. Mit diesem Gefühl fehlender Vollendung kehrte ich ans Ufer zurück und näherte mich dem Sonnenschirm, unter dem ich einen aufmerksamen Julio zurückgelassen zu haben glaubte. Schon aus zehn Metern Entfernung bemerkte ich, dass meine Tasche weg war. Panik und Ohnmacht stiegen in mir auf, während ich stumm die Gegenstände aufzählte, noch bevor ich den Sonnenschirm erreichte: Mit meinem Notebook, der Brieftasche mit allen Papieren, dem Firmenhandy und den tausend Dollar, die ich gewechselt hatte, verlor ich fast mein ganzes Leben. Ich blickte mich suchend nach verdächtigen Personen um, aber angesichts der Gesichter, in die ich blickte, verwarf ich diese Idee gleich wieder. Ich versuchte, die Ruhe zu bewahren, und ging suchend im Umkreis von mindestens vier Kilometern den Strand ab. Nahe dem Chiringuito entdeckte ich Julio, der sich angeregt mit ein paar Mädchen unterhielt, die in der Sonne lagen.

Mit meiner ganzen Wut in der Stimme rief ich nach ihm, und vielleicht lag meine verwunderliche Sprachwahl an dem Schock, unter dem ich stand: »*Julio, puerca di quela grandissima vaca! Ce han ciulado todo!*«

Meine Mischung aus Spanisch, Esperanto und Brianza überraschte auch Julio, mit dem ich mich bisher nur auf Italie-nisch unterhalten hatte.

Wahrscheinlich antwortete er mir deshalb auch auf Spa-nisch: »*Ricardo, no entiendo… Que pasa?*«

»Während du mit diesen *gallinas* geplaudert hast, *ce han ciulado la borsa! Ecco che pasa. Puerca di quela grandissima vaca!*«

»*Disculpe*, Ricardo, was meinst du mit ›*ciulado*‹?«

»Ich meine, dass wir bis zum Hals in der Scheiße sitzen!«

Ich ließ meinem Zorn freien Lauf, und als ich mich von diesem Gefühlsausbruch wieder beruhigt hatte, erklärte ich ihm noch einmal, was geschehen war. Julio, offenbar beschämt durch den Vorfall, wollte die Hoffnung noch nicht aufgeben. Er erklärte mir, dass die Diebe, die Geldbörsen am Strand stahlen, diese später den Opfern oft wieder zum Kauf anboten, und diese wenigstens ihre Papiere zurückbekämen. Oh, ich wäre bereit, jeden Preis zu zahlen, um Notebook und Handy wiederzukommen – und Piovesan nicht erklären zu müssen, was passiert war, und den Botschafter, den ich eben erst in meiner E-Mail niedergemacht hatte, nicht um Kopien meiner Ausweispapiere bitten zu müssen. Schlecht gelaunt und vor allem ohne einen Cent in der Tasche beschloss ich, ins Hotel zurückzukehren, bevor man uns auch noch die Autoräder stehlen würde.

Als ich meinen Zimmerschlüssel abholte, erzählte ich an der Rezeption von dem Diebstahl, damit das Hotelpersonal, sollten die Diebe mich erreichen wollen, wusste, dass ich zu Verhandlungen bereit war.

Als er das hörte, musste Julio so laut lachen, dass ich den Grund für seine Heiterkeit erfahren wollte.

»Glaubst du wirklich, die Diebe werden an der Rezeption nach dir fragen?«

»Wie sollen sie denn sonst Kontakt mit mir aufnehmen?«

»*Ay de mi Ricardo, somos nosotros que tenemos que ir a ellos.*«

»Wir müssen zu ihnen gehen? Und woher sollen wir wissen, wo wir sie finden?«

»Es gibt zwei oder drei Orte, an denen ein einziges Wort reicht – *y, como por magia, encontras todo lo que buscas!*«

Julios offensichtlich erstaunliche Sachkenntnis in Bezug auf die kriminelle Vorgehensweise ließ mich vermuten, dass seine Ablenkung während des Diebstahls vielleicht nicht zufällig gewesen war. Ich durfte nicht so gutgläubig sein, sondern musste mich aufmerksamer bewegen, meine Einstellung ändern und endlich einsehen, dass ich nicht im Urlaub war, sondern auf der Suche nach dem Ursprung der Verbrechen, die auch mich in einen Strudel von Gewalt hineingezogen hatten. Ich musste auf der Hut sein wie ein Tiger auf der Jagd.

Während ich zu diesen guten Absichten gelangte, erregte Julio meine Aufmerksamkeit mit Gesten, die ich nicht verstand. Irritiert fragte ich ihn, was zum Teufel er mir sagen wollte.

Julio antwortete ruhig: »Ricardo, *por el amor de Dios,* du hast den Zimmerschlüssel fallen lassen, *tu eres m às inatento que una mujer enamorada*!«

Zu den guten Absichten, die ich still formuliert hatte, gesellte sich eine kurze Meldung an meine Hirnsynapsen. Ich bat Julio, an der Rezeption auf mich zu warten, während ich kurz auf meinem Zimmer duschen ging.

Die Dusche befreite mich nicht nur vom Salzwasser, sondern stärkte mich auch für den Abend, der sehr aufregend zu werden versprach. Ich zog mich eilig an und wählte die unauffälligste Kleidung, die mein Koffer hergab: eine Jeans und ein weißes Polohemd. Dann steckte ich meine letzten fünfhundert Euro ein und ging zurück in die Halle.

Julio zweifelte offensichtlich an meiner Fähigkeit, ungewohnte Situationen zu meistern, und schlug mir vor, im Hotel zu warten, da er das Diebesgut ohne mich sicherlich einfacher finden würde. Diese Möglichkeit schloss ich kategorisch aus und gab ihm gleichzeitig zu verstehen, dass ich ihn nicht nur begleiten, sondern auch ab sofort die Verhandlung selbst führen würde. Schließlich vertraute ich inzwischen niemandem mehr. Ein sichtlich verärgerter Julio brachte mich daraufhin in ein Lokal, in dem sich vermutlich so viele Kriminelle aufhielten, dass Alcatraz im Vergleich dazu nahezu klösterlich wirkte. Das Ganze war auch weniger ein Lokal, sondern bloß ein Raum mit einem Strohdach und einem alten Kühlschrank in der Mitte. Ein Dutzend Gäste standen mit einem Bier in der Hand herum und warteten auf ihr Glück. Als ich aus dem Auto stieg, hatte ich das Gefühl, diese Gestalten scannten mich mit Röntgen-blicken. Ich versuchte, selbstsicher zu wirken, und hatte dabei sicherlich nur mäßigen Erfolg. Julio fragte einen von ihnen, ob sie etwas über den Diebstahl vom Strand wüssten. Fast gleichzeitig sprach ein Typ, breit wie ein Schrank und mit von Narben entstelltem Gesicht, mich auf Spanisch an. Ich verstand ihn nicht, versuchte aber, Julios Worte zu wiederholen und zu erklären, was ich wollte. Das war vermutlich ein Fehler, denn der Koloss verzog das Gesicht und amüsierte sich köstlich über mich. Mühelos konnte ich den Impuls, diesen Kerl in Mike-Tyson-Manier zu beißen, unterdrücken. Stattdessen demütigte ich ihn mit der hochmütigen Haltung des streng erzogenen europäischen Adels. Ich weiß nicht, ob er sich jemals von der harten Lektion in Sachen Stil, die ich ihn lehrte, erholt hat. Was ich weiß, ist, dass, als er sich anschickte, einen Schritt auf mich zuzugehen, Julio nicht genügend Zeit blieb, mich zurück ins Auto zu schicken, da ich bereits den Sicherheitsgurt angelegt hatte.

Also fuhren wir gemeinsam in Richtung zweiter Höhle von Kriminellen. All die Sicherheit, mit der ich angeben wollte, war inzwischen vollständig verpufft. Zurück blieben pure Angst und die übliche, stets unbeantwortete, Frage: Was um alles in der Welt hatte ich mir dabei nur gedacht?

Das zweite Lokal lag nicht weit von dem Strand entfernt, den wir am Nachmittag besucht hatten.

Auch hier bestanden die Räumlichkeiten aus einer Reihe von Pfosten, die mit einem Schilfdach gekrönt wurden. Dieses Mal mussten wir unser Auto nicht einmal verlassen: Julio hatte gerade erst den Motor ausgeschaltet, als zwei Jungs uns ansprachen, die zu meiner großen Erleichterung nicht den Eindruck brutaler Gewaltbereitschaft machten. Noch während sie sich dem Auto näherten, stellte ich fest, dass ich in einer körperlichen Konfrontation durchaus die eine oder andere

Chance hätte. Diese Überlegung brachte zwar meine alte Prahlerei nicht zurück, verlieh mir aber ein gewisses Maß an Sicherheit, sodass ich mich in Julios Richtung lehnte und das Gespräch an seinem Fenster mithörte. Der eine Typ lehnte sich an die Autotür, warf einen Blick in den Innenraum und begrüßte Julio per Handschlag. Als er sich nach vorne beugte, sah ich eine riesige Waffe an seinem Hosenbund. Mit einem Schlag verlor ich jede Lust auf eine Konfrontation. Und wenn es denn sein musste, auch auf jegliche Nachweise aller erforderlichen diplomatischen Schritte, sollten wir dadurch nur die geringste Meinungsverschiedenheit mit ihm vermeiden können.

Glücklicherweise war Julio extrem geschickt im Umgang mit ihnen, was meine schlimmsten Befürchtungen bestätigte und die beiden Typen dazu brachte, uns eine Antwort für den nächsten Tag zu versprechen.

Obwohl ich die gestohlenen Dinge unbedingt brauchte, hoffte ich, dass Julio nicht auch noch das letzte Lokal aufsuchen wollte. Doch nicht nur, dass er meine Hoffnungen zunichtemachte, er meinte auch noch, das dritte Lokal sei das gefährlichste von allen. Aber wenn etwas in dem Viertel vom Puerto Plata gestohlen würde, in dem sich die Bar »Del Toro« befand, wüsste man dort, wer der Dieb war.

Bei dem Namen Puerto Plata erinnerte ich mich an etwas, das Fabrizio im Rahmen seiner Nachforschungen über die Aktivitäten des Conte in Santo Domingo herausgefunden hatte. Mehrere Spenden waren an ein Waisenhaus in diesem *Barrio*, dem Stadtviertel Puerto Plata, gegangen. Man brauchte nicht viel Fantasie, um zu erkennen, wie gefährlich dieser Ort war. Es gab keine öffentliche Straßenbeleuchtung, stattdessen aber kleine Lagerfeuer, die so angeordnet waren, dass sich die durchfahrenden Autos nur langsam ihren Weg bahnen konnten und so von bis zu den Zähnen bewaffneten Männern, die in kleinen Gruppen wie Zollbeamte den Zugang zum *Barrio* bewachten, kontrolliert werden konnten.

Während wir langsam weiterfuhren, wurden wir zu meiner Überraschung und Erleichterung von einem Polizisten in Uniform angesprochen. Merkwürdigerweise begrüßte der Polizist Julio aber auch per Handschlag, als ob in diesem berühmt-berüchtigten Viertel selbst die Polizei eine völlige Zwanglosigkeit befürwortete.

Doch als wir uns dem Lagerfeuer am Straßenrand näherten, stellte sich heraus, dass das, was ich für eine Polizeiuniform gehalten hatte, nur eine Polizeijacke mit schmutziger Jeans und weißem Hemd war, dem die Knöpfe fehlten. Wie ein Donnerschlag durchfuhr mich plötzlich ein Gedanke: Ich riskierte Kopf und Kragen an diesem gottverlassenen Ort, nur um zu verstehen, warum ich Kopf und Kragen in meinem Haus riskiert hatte. Brillant!

Der falsche Polizist lehnte sich gegen meine Autotür, um mich unter Kontrolle zu halten, während er mit Julio sprach. Als ich heraushörte, dass Julio über mich sprach und erklärte, warum wir gekommen waren, versuchte ich gewinnend zu lächeln, soweit dies die Angst, die mir die Eingeweide zuschnürte, zuließ. Sein Blick wanderte von Julio zu mir herüber, und als Antwort auf mein Grinsen zeigte er mir stolz fast ein Dutzend Zähne. Dieser Defekt hatte nicht nur einen ästhetischen, sondern einen äußerst unangenehmen Nachteil: Der Kerl spuckte beim Reden wie ein Lama.

Nachdem Julio ihm alles erklärt hatte, gab uns der falsche Polizist grinsend und spuckend den Namen des Mannes, der, soweit ich das verstanden hatte, an diesem Tag mit den Diebstählen am Strand von Boca Chica an der Reihe gewesen war.

Dass ich mich darauf konzentrieren musste, nicht von seiner Spucke getroffen zu werden, half mir über meine Angst hinweg, und am Ende des Gesprächs fand ich instinktiv den

Mut, den Typen links von mir zu fragen, ob er zufällig die Familie Carlo Vitali kenne. Natürlich hatte ich die Frage auf Italienisch gestellt, damit Julio sie ins Spanische übersetzte. Doch das war gar nicht notwendig: Bei dem Namen der Casati Vitali riss sich der Hausherr des *Barrio* seinen *Capellaccio* vom Kopf, der bisher eine beginnende Glatze verdeckt hatte, und verstärkte seinen Einspeichelprozess an dem Wagen, während er mit Komplimenten ob der Großzügigkeit der Familie nur so um sich warf. Den Conte Alvise lobte er, glaube ich, ganz besonders.

Ermutigt durch diese herzliche Reaktion, fragte ich ihn, ob er auch seinen Sohn Arcadio kenne. Seine Antwort überraschte mich nicht wirklich: Dieser Junge müsse erst einmal erwachsen werden, bevor er den gleichen Respekt des Vaters genießen könne. Noch mutiger geworden, fragte ich, ob er auch Arcadios Mutter gekannt habe, und auch dieses Mal überraschte mich seine Antwort nicht. Er erklärte mir mit Grabesstimme, dass niemand Arcadios Mutter jemals wirklich kennengelernt hatte. Ich wollte nicht sein Misstrauen erregen und ließ das Thema fallen.

Der Mann glaubte nun natürlich, ich hätte den Namen des Conte erwähnt, damit er wisse, wen er da vor sich hatte. Damit war der Moment gekommen, nach der Rückgabe meiner gestohlenen Sachen zu fragen. Der Typ wollte jedoch nicht über Geld sprechen und versprach mir für den nächsten Morgen eine Überraschung im Hotel. Schließlich verabschiedeten wir uns wie alte Freunde, und er nahm mir das Versprechen ab, dem Conte seine Grüße auszurichten.

Auf dem Rückweg lobte Julio mich für meine skrupellose Taktik, und ich behielt die Wahrheit lieber für mich.

Auf der Fahrt ins Hotel dachte ich über den Conte di Nogaredo nach: Ich wusste, dass er in Santo Domingo mehrere Tausend Hektar Ackerland besaß, aber dass man ihn auch in der Unterwelt kannte, bot ein völlig neues Spektrum an Möglichkeiten, die ich bisher noch nicht berücksichtigt hatte. Wie kleine Mosaiksteinchen ließen all die Informationen, die ich sammelte, mit immer größerer Klarheit die Umrisse eines Bildes entstehen, das der Conte hinter dem Bild des Familienoberhaupts versteckte.

Zurück im Hotel, mietete ich mir ein Internet-Terminal und schickte eine E-Mail an die Redaktion, in der ich Fabrizio anwies, sie auch an Giulia weiterzuleiten. Ich hätte gerne persönlich mit jemandem gesprochen und nach möglichen Fortschritten in den Ermittlungen gefragt. Aber es war fast Mitternacht, also fünf Uhr morgens in Italien, und so beschloss ich, ins Bett zu gehen.

Statt zu schlafen, dachte ich über die verschiedenen Theorien nach. Gegen fünf Uhr morgens kam ich zu dem Schluss, dass die Ehefrau des Conte bei der Geburt gestorben war und es keinen gemeinsamen Sohn gab. Der Conte, von der Idee eines Erben besessen, gab die Hoffnung jedoch nicht auf und umging dieses Hindernis, das das Schicksal zwischen ihn und den Fortbestand seiner Dynastie gestellt hatte. Die Spenden an das Waisenhaus hatten auf jeden Fall den faden Beigeschmack eines Tauschgeschäfts. Eine genaue Überprüfung der Bankbewegungen des Conte würde wahrscheinlich weitere suspekte »Spenden« an die für Geburtenkontrollen zuständigen Behörden zutage fördern. Sollte ich recht haben, würde die berühmte Korrespondenz, die der eifrige Mitarbeiter des *Corazones Unidos* mir für den nächsten Vormittag versprochen hatte, nie ankommen oder wäre ebenso gefälscht wie Julios Rolex.

Jetzt musste ich nur noch hinter die Verbindung zwischen diesen Vorfällen und den Morden in Frassanelle kommen. Wahrscheinlich hatte Massimo die Unvereinbarkeit zwischen den Blutgruppen des Conte und seines angeblichen Sohnes entdeckt. Damit hatte er die Büchse der Pandora geöffnet und einen Sturm gesät, der zu seinem eigenen Tod und dem seiner Ehefrau führte. Die Nachricht, die er mir in dem verzweifelten Versuch geschickt hatte, Patty und sich zu retten, war mein Todesurteil gewesen. Wahrscheinlich hatte Massimo geglaubt, die Entdeckung einer illegalen Adoption stelle trotz ihrer schmerzlichen Folgen keine ernsthafte Gefahr für andere Menschen dar. Das einzige Mosaiksteinchen, das nicht ins Bild passen wollte, war Stellas Tod. Sie hatte die Bankvollmacht, verwaltete das Anwesen und galt als Arcadios Großmutter und Conte Alvises Mutter. Was hatte sie gewusst? Die Informationen, die ich brauchte, würde ich niemals in Santo Domingo finden.

Also beschloss ich, nach Italien zurückzufliegen, sobald ich mein Handy und meinen Computer wieder in Händen hielt.

KAPITEL 19

Als ich am nächsten Morgen zum Frühstücksraum ging, überraschte es mich nicht, als mir die Mitarbeiterin des Hotels zurief, man hätte an der Rezeption ein Paket für mich abgegeben.

Ich nahm es in Empfang und hätte es nur zu gern sofort geöffnet. Doch als Mann von Welt, der keine Kompromisse kennt, ging ich in den Frühstücksraum. An meinem Tisch angekommen, öffnete ich das Päckchen sogleich und sah zu meiner Überraschung genau das, was mir der falsche Polizist versprochen hatte: Ich fand zwar weder meine Brieftasche noch meine tausend Dollar, sondern lediglich eine handschriftliche Notiz, das Geld würde an das Waisenhaus in Puerto Plata gehen. Aber wenigstens gab man mir mein Handy, das Notebook und vor allem meinen Pass zurück.

Ich schaltete das Handy ein, um zu sehen, ob Nachrichten aus Italien eingegangen waren. Gerade als ich mit dem Frühstück beginnen wollte, trat Julio ein und begrüßte mich mit einem Klaps auf die Schultern. Dann begann er, vielleicht als Versöhnungsritual, mit seinem Rundgang um das Büfett und lud sich mehr Essen auf den Teller, als ein Bär nach dem Winterschlaf verputzen konnte. Auf seiner zweiten Runde begleitete ich ihn und erzählte ihm, dass ich gleich nach dem Treffen mit dem Angestellten des örtlichen Krankenhauses nach Italien zurückkehren würde. Da mein Rückflug noch nicht gebucht war, konnte ich den nächstbesten Flug nehmen. Zwischen einer

Schweinshaxe und einem Croissant mit Marmelade zeigte Julio
sich zutiefst enttäuscht, beraubte ihn meine Entscheidung doch
einer so angenehmen Gesellschaft. Dank dieses Phänomens
echter Freundschaft verzichtete ich auf einen Hinweis auf die
Vergütung, die er tagtäglich für meine Unterstützung erhielt.

Ich hatte gerade meinen Kaffee getrunken, als das Han-
dygezwitscher meine Aufmerksamkeit weckte und zwei unge-
lesene Nachrichten – beide von Fabrizio – anzeigte. In der
ersten Nachricht schrieb er, Piovesan tobe vor Wut, seit Julio
ihn über meine fehlenden Fortschritte in der Botschaft und in
der Klinik informiert habe. Die zweite Nachricht haute mich
dann vom Stuhl: Pressegerüchten zufolge hatte Giulia einen
Haftbefehl gegen den Conte di Nogaredo erlassen. Vermutlich
war sie zu den gleichen Schlussfolgerungen wie ich gekommen,
was das Verhalten Conte Alvises nach dem Tod seiner Frau
betraf. Ich fragte mich aber, welche Informationen sie wirklich
in der Hand hatte. Vielleicht wollte Giulia den Conte in die
Mangel nehmen, um herauszufinden, ob er etwas mit den
jüngsten Morden zu tun hatte. Leider war es erst acht Uhr am
Morgen, und so musste ich noch vier Stunden warten, bis ich
Fabrizio anrufen und nach mehr Details fragen konnte. Also
bat ich Julio, seinen Angriff auf das Büfett zu beenden und
mich ins Krankenhaus zu bringen.

Als wir das Hotel verließen, hatte ich das Gefühl, dieser
Tag würde noch heißer werden, obwohl der Himmel leicht
bewölkt war. Nach einer knappen halben Stunde kamen wir
im Krankenhaus an, und ich war inzwischen so verschwitzt,
dass ich an jedem Wet-T-Shirt-Wettbewerb hätte teilnehmen
können. Julio fragte an der Rezeption nach Zacarias, und wie
beim letzten Mal brachte man uns in das Verwaltungsbüro.
Als Zacarias eintrat, schüttelte er den Kopf und teilte uns das
mit, was ich ohnehin schon vermutet hatte: Die Krankenakte
der Ehefrau des Conte war nirgends zu finden, oder, was

wahrscheinlicher war, irgendjemand hatte sie aus den Archiven entfernt.

Wir brauchten fast zehn Minuten, um uns auf die Summe zu einigen, die Zacarias nun zustand, wo er zwar seinen Auftrag erledigt hatte, meinen Wunsch aber nicht erfüllen konnte. Wir trafen uns schließlich in der Mitte, und selbst Mario Draghi persönlich hätte Zacarias nicht davon überzeugen können, dass ein Euro von größerem Wert ist als ein Dollar. Bevor wir wieder ins Hotel zurückkehrten, musste ich mich also von fünfundzwanzig wunderschönen Euro trennen.

Auf der Fahrt begann es so heftig zu regnen, dass man schon nach wenigen Minuten nur zwei oder drei Meter weit sehen konnte und sich wie in einer Autowaschanlage fühlte. Ich bat Julio, so nah wie möglich am Hotel zu parken, und zum Glück fanden wir einen Parkplatz nur fünf Meter vom Eingang entfernt. Doch selbst diese kurze Strecke reichte aus, um bis auf die Unterhose nass zu werden. Das galt leider auch für den unflexiblen Verband, den die ebenso unflexible Ärztin mir angelegt hatte. Dabei fiel mir ein, dass die Operation inzwischen zehn Tage zurücklag und ich ihr, sobald ich wieder in Italien war, einen Besuch abstatten musste, um mich von dieser Behinderung befreien zu lassen.

Als wir die Rezeption erreichten, fragte ich die Mitarbeiterin, die mir am Morgen das Paket ausgehändigt hatte, nach dem nächsten Flug nach Italien. Das Mädchen rief die Internetseite des Flughafens auf: Flug AZ 697 ging um dreizehn Uhr fünfzehn ab Santo Domingo und sollte am nächsten Morgen um sechs Uhr fünfundvierzig auf dem Flughafen Malpensa in Mailand landen. Perfekt. Ich ließ sofort einen Platz auf meinen Namen reservieren und bat Julio, in der Lobby auf mich zu warten, während ich meinen Koffer packte. Auf meinem Zimmer angekommen, zog ich rasch die nassen Kleider aus, duschte, schloss den Koffer und kehrte nach weniger als zehn Minuten zur Rezeption zurück. Dort ließ ich anhand des Wechselkurses von Zacarias umgerechnet fünf Euro für die zwei Flaschen Wasser zurück, die ich auf dem Zimmer getrunken hatte, und ging in Richtung Ausgang. Abrupt blieben wir auf der Schwelle stehen: Nicht nur, dass es noch immer regnete – das Wetter war, sofern das überhaupt möglich war, noch schlechter geworden. Denn zwischen uns und Julios Wagen gab es nicht nur den Wasservorhang von oben, sondern auch noch eine regelrechte Wasserflut von unten. Es war elf Uhr, und der Flughafen lag eine Autostunde entfernt. Und auch wenn wir keine Zeit zu verlieren hatten, wollten wir doch noch einen Moment abwarten, ob der Regen nachlassen würde.

Während wir vor der Glastür standen und die anscheinend endlose Sintflut bewunderten, dachte ich über meine chronische Unfähigkeit nach, die vorgeschriebene Ankunftszeit vor dem Abflug einzuhalten. Aber wenigstens würde ich dieses Mal nicht zum falschen Flughafen fahren. Nach zehn Minuten ging ich zurück zur Rezeption und fragte die Angestellte, ob sie wüsste, wie lange ein solches Unwetter dauern könnte. Mit dem einem griechischen Philosophen würdigen Fatalismus erklärte sie, dass es nach aktuellen Schätzungen etwa drei Tage dauern würde.

Fuchsteufelswild wurde ich jedoch erst, als Julio diese Prognose bedingungslos bestätigte, weshalb ich ihn anmotzte: »Mann, Julio, wenn du wusstest, dass es jetzt drei Tage regnen soll, warum stehen wir dann hier dumm herum und warten?«

»*Porquè tu eres el capo, seguro!*«

Ich hätte nie geglaubt, dass ich Paolo vermissen würde.

Ich appellierte an meine geringe Fähigkeit der Selbstkontrolle und vermied einen unnötigen Streit. Stattdessen versprach ich mir, auf dieser Insel voller Verrückter alles als selbstverständlich hinzunehmen. Julio erklärte ich, dass wir loslaufen würden. Wir legten die fünf Meter zum Auto zurück, indem wir mit stoischer Entschlossenheit dem Zorn des schwarzen Himmels entgegentraten. Als wir die Türen geschlossen hatten, waren wir so nass, als kämen wir gerade von einem Tauchgang zurück. Aber wenigstens startete das Auto gleich beim ersten Versuch, und wir fuhren los.

Entlang der großen Verkehrswege in Santo Domingo kann man erleben, wie gefährlich deren natürliche Neigung bei einem Aufeinandertreffen sein kann – dies aber in dem Sinn, dass Pkws und Lkws, die immer in der Straßenmitte fuhren, mit konstanter Regelmäßigkeit auf der Gegenfahrbahn unterwegs waren. Kurz bevor sie mit dem entgegenkommenden Fahrzeug kollidierten, legte die beidseitige Nutzung der Hupe, quasi als Sonargerät, den Moment des Wechsels fest.

Mehrmals musste ich auf dieser schier endlosen Fahrt meine Haltung gegenüber den verschiedenen Religionen revidieren. Als überzeugter Heide ertappte ich mich dabei, wie ich den Gott der Straße, den Gott der Lichtmasten und den Gott der Autos auf der Gegenfahrbahn anrief. Ich entdeckte neue theologische Horizonte und bat auch den Heiligen der Bremsen und die himmlischen Helfer des Reifendrucks um Hilfe. Und dann hatte ich einen Moment wahren Apostolats, als vor unserem kleinen Wagen ein Lkw, so groß wie ein Berg, wie aus dem Nichts so nah vor uns auftauchte, dass ich die Mücken auf seinen Scheinwerfern zählen konnte.

Als ich gegen zwölf Uhr zwanzig Julios Wagen verließ, konnte ich nur mühsam den Wunsch unterdrücken, den Boden zu küssen, bevor ich den Flughafen betrat. Wie immer kam ich auch dieses Mal zu spät, um die geforderten zwei Stunden vor Abflug eines internationalen Flugs einzuhalten. Das latente Risiko, mein Flugzeug zu verpassen, konnte ich jedoch dadurch ausgleichen, dass vor dem Check-in-Schalter keine Schlange stand – ganz zu schweigen von der Geschwindigkeit, mit der die Mitarbeiter eiligst das Gate schließen wollten.

Ich gab mein Gepäck ab und passierte ohne Probleme die Sicherheitskontrollen, und nach diesen Formalitäten hatte ich noch fünfzehn Minuten Zeit – welch ein Luxus. Diese nutzte ich, um zwei Flaschen Rum zu kaufen, die ich mit meinen Golffreunden bei Enrico trinken wollte.

Ich ging gerade an Bord, als mir einfiel, dass ich aufgrund des emotionalen Stresses während der Autofahrt vergessen hatte, Fabrizio anzurufen, um nach dem neuesten Stand der Ermittlungen zu fragen und um ihm zu sagen, wann ich landen würde. Während ich also das Flugzeug bestieg, wählte ich unter dem wachsamen Blick der Stewardess seine Nummer. Dabei vergaß ich die Landesvorwahl, und eine freundliche südamerikanische Stimme bat mich, die gewählte Nummer zu überprüfen. Ich wählte noch einmal, dieses Mal mit der Vorwahl 039, doch die südamerikanische weibliche Stimme bekräftigte ihre Aufforderung, die Nummer zu überprüfen. Ich nahm meinen Platz ein und versuchte es nun mit der 0039, aber die Südamerikanerin ließ nicht locker. Wieder bat ich einige nicht näher spezifizierte Götter um Hilfe, und während ich diese faszinierende Stimme gleichwohl verfluchte, suchte ich das »+«-Zeichen auf der Blackberry-Tastatur. Ich wollte mich gerade diesen übernatürlichen Gottheiten ergeben, die die Symbole immer dann auf der Tastatur verstecken, wenn man es besonders eilig hat, als ich wie durch Zauberhand oben rechts auf der Tastatur das Zeichen entdeckte. Ich wählte die Nummer mit der Vorwahl +39, und die südamerikanische Stimme blieb endlich stumm. Es hatte erst zweimal geklingelt, als eine der Stewardessen ohne jedes Interesse an meinem verzweifelten Versuch, mit Italien zu sprechen, mit ihrem Ritual begann und die Sicherheitsmaßnahmen im Flugzeug erklärte. Beim fünften Klingelzeichen fiel mir ein, dass ich ohne Auto in Malpensa stand, sollte ich niemanden über meine Ankunft informieren können.

Als ich endlich Fabrizios Stimme hörte, war ich von der Existenz einer wunderbaren Gottheit restlos überzeugt.

»*Ciao*, Riccardo. Wie geht es dir?«

»*Bene*, Fabrizio. *Grazie*. Hör zu, ich muss mich beeilen, das Flugzeug startet gleich, und ich habe nicht viel Zeit. Ich lande morgen früh um sechs Uhr fünfundvierzig in Malpensa. Kann mich jemand abholen? Und gibt es etwas Neues über die Morde?«

»----.«

»Fabrizio?«

»----.«

»Hallo, Fabrizio?«

»----.«

Ich schaute auf mein Handy, dessen Akku hoffnungslos leer war. Dann dachte ich an das Ladegerät, das im Koffer im Rumpf des Flugzeugs eingeschlossen war, aber inzwischen bat der Steward ohnehin die Passagiere, alle elektronischen Geräte auszuschalten. Auch wenn ich noch den ein oder anderen guten Grund hatte, um von der Existenz einer Gottheit überzeugt zu sein, stellte ich sie mir nun doch etwas anders vor.

Resigniert lehnte ich mich zurück.

Die Rückreise erschien mir ebenso endlos wie der Hinflug. Dieses Mal hinderte mich eine ganze Mannschaft lebhafter Babys, deren Anzahl einen neuen Babyboom vermuten ließ, am Schlaf.

Der Kindergarten landete planmäßig in Malpensa.

Dort unten herrschten milde und weitaus angenehmere Temperaturen als in der Karibik.

KAPITEL 20

Nachdem ich mein Gepäck abgeholt hatte, wollte ich mit dem Malpensa-Express vom Flughafen zum Bahnhof Cadorna nach Mailand fahren.

Bevor ich den Zug bestieg, kaufte ich an einem Kiosk jeweils eine Ausgabe des *Corriere* und der *Repubblica*. Wie erwartet, kannte in Mailand niemand den *Mattino di Padova*, aber das war sicherlich nicht die Schuld der Redakteure. Als man mich damals wegen der Stelle im *Mattino* kontaktierte, wusste ich als typischer Mailänder Stadtmensch auch nicht, ob Padua vor oder hinter Vicenza liegt.

Ich stieg in den Zug, schloss mein Handy an das Ladegerät an und begann, den *Corriere* zu lesen. Zugegeben, ich schlug die Zeitung mit einer Mischung aus Angst und fiebriger Neugier auf, denn ich wusste, dass die Verhaftung des Conte wie eine Bombe eingeschlagen hatte und auch in den nationalen Zeitungen Erwähnung finden würde. Aber auf diesen Schlag war ich sicherlich nicht vorbereitet. Auf der ersten Seite unten prangte: »Alvise Carlo Vitali, Conte di Nogaredo, begeht Selbstmord.« Ich las die Überschrift zwei- oder dreimal in der schwachen Hoffnung, etwas falsch verstanden zu haben. Aber der Untertitel machte auch den letzten Zweifel zunichte: »Weiteres Opfer im Fall Frassanelle.« Ich stand noch immer unter Schock, als ich den zehnzeiligen Artikel auf Seite 18 verschlang und mein Handy, das inzwischen wieder funktionierte, wie ein ganzer Schwarm Kanarienvögel zwitscherte. Wie es in Italien schlechte Sitte ist, wurde der Conte schon im Vorfeld über den Haftbefehl informiert, den Giulia vorlegen wollte. Anstatt die Schmach eines Gefängnisaufenthalts auf sich zu nehmen, hatte sich der Conte im Keller seines Schlosses in Montemerlo in den Kopf geschossen. Gleichzeitig machte der Artikel deutlich, dass der Haftbefehl im Wesentlichen auf Machtmissbrauch und illegale Adoption lautete. Die genannten Details in Kombination mit den Informationen, die ich in Santo Domingo gesammelt hatte, konnten mich nicht wirklich zufriedenstellen. Ich war davon überzeugt, dass der Conte zwar nicht der Morde schuldig, aber zumindest der Schlüssel zu dem Mörder oder den Mördern war.

Man musste nicht Sherlock Holmes sein, um zu erkennen, dass es durch seinen Tod viel schwieriger werden würde, die Wahrheit herauszufinden.

Es war sieben Uhr dreißig am Morgen, als ich Fabrizio anrief, der mich mit schlaftrunkener Stimme fragte: »Riccardo, wo bist du denn?«

»Ich sitze im Malpensa-Express in Richtung Mailand–Cadorna.«

»Sehr gut. Dann bist du also schon wieder in Italien. Seit zwei Tagen versuchen Gott und die Welt, dich zu erreichen, von Piovesan bis hin zur Dal Nero. Wann genau kommst du in Padua an?«

»Ich bin in etwa einer halben Stunde in Cadorna. Von dort fahre ich mit der U-Bahn zum Hauptbahnhof und dann weiter mit dem ersten Zug nach Padua. Ich werde wohl am Nachmittag in der Redaktion sein. Aber was ist denn in der Zwischenzeit passiert?«

»Weißt du bereits vom Selbstmord des Conte?«

»Ja, ich habe es gerade im *Corriere* gelesen. Aber stimmt das denn auch?«

»Was meinst du damit, ob das auch stimmt? Du hast

doch gerade selbst gesagt, dass du es im *Corriere* gelesen hast.«

»Mann, du Trottel! Ich meine, ob er sich wirklich umgebracht hat oder ob es nur nach einem Selbstmord aussehen sollte.«

»Ach so, das meinst du! Nein, es scheint wirklich Selbstmord gewesen zu sein. Die Dal Nero hatte ihre Beamten zu seinem Haus geschickt, und bei ihrer Ankunft fragte er, ob er einige persönliche Dinge mitnehmen könne. Dann ging er in den Keller und erschoss sich. Konntest du denn in Santo Domingo etwas herausfinden?«

»Natürlich. Ich habe herausgefunden, wer mir am Boca Chica meine Tasche mit dem Notebook und dem Blackberry geklaut hat.«

»Nein, ich meinte, ob du etwas über den Fall herausgefunden hast.«

»Ich habe dich schon verstanden. Ich wollte nur, dass du bemerkst, dass ich Zeit und Geld gespart hätte, wäre ich nicht nach Santo Domingo gefahren. Beides werde ich schließlich nicht zurückbekommen.«

»Schön bescheuert. Das erklärst du Grandi und Piovesan aber schön selbst.«

»Oh, wie fürchterlich, mir schlottern schon die Knie. Aber eine Sache habe ich doch herausgefunden.«

»Welche?«

»Dass der Conte zusammen mit den Kriminellen dort unten ein wunderbares Intrigennetz gesponnen hatte. Er war in dem ärmsten *Barrio* anscheinend besser bekannt als in der Botschaft. Aber sag mal, warum hat mich denn die Dal Nero gesucht?«

»Zum einen, weil sie, glaube ich, in dich verliebt ist. Zum anderen, weil sie dir einen ihrer Handlanger an die Fersen heften will.«

»Mein Gott, was mache ich bloß immer mit den Frauen? Hör zu, Fabrizio, bist du heute in der Redaktion?«

»Wenn kein anderes Unglück geschieht, ja.«

»Okay. Dann rufe ich jetzt die Dal Nero an, und du erklärst mir alles, wenn ich in die Redaktion komme. Bis später, Fabrizio.«

»*Ciao*, Ric.«

Bevor ich Giulia anrief, las ich noch den Artikel in der *Repubblica*, um herauszufinden, ob es hier noch andere Hinweise gab als im *Corriere*. Doch ich fand nichts Neues, abgesehen von einigen Äußerungen Arcadios, in denen er dem unglückseligen Reporter eine andere und sicherlich lukrativere Tätigkeit vorschlug.

Zerrissen zwischen dem Wunsch, ihre Stimme zu hören, und der unmännlichen Unruhe, die inzwischen von Paolo auf mich übergegangen war, wählte ich Giulias Nummer.

»Giulia? *Ciao*, ich bin es, Riccardo. Wie geht es dir?«

»*Ciao*, Riccardo. *Bene, grazie*. Und du, bist du zurück aus Santo Domingo?«

Vielleicht war es nur ein Ablenkungsmanöver, aber ich hatte fast den Eindruck, sie freue sich, meine Stimme zu hören.

»Ich bin vor einer Stunde in Malpensa gelandet und sitze jetzt im Zug nach Mailand. Ich sollte so gegen zwei Uhr in Padua ankommen.«

»Vermutlich hast du schon vom Selbstmord des Conte gehört, oder?«

»Ja, ich habe es eben im *Corriere* gelesen. Das tut mir leid. Ich dachte, er wäre der Schlüssel zu alledem.«

»Stimmt. Aber sag mal, hast du irgendetwas in Santo Domingo herausgefunden?«

»Aber sicher! Ich habe herausgefunden, dass man dort miserabel Auto fährt, und wenn es regnet, kann man sich nur noch retten, wenn man so gut schwimmen kann wie Michael Phelps.«

»Riccardo.«

»Okay, Giulia. Ich habe lediglich herausgefunden, dass der Conte dort bei den Kriminellen besser bekannt war als in der italienischen Botschaft.«

»Kannst du heute Nachmittag auf einen Sprung in meinem Büro vorbeikommen?«

»Ich habe dir wohl gefehlt, was?«

»Riccardo.«

»Ja, sobald ich wieder in Padua bin, okay?«

»Okay. Bis später und … vielleicht, ja.«

»Vielleicht ja, was?«

»Vielleicht hast du mir gefehlt.«

»Du hast mir gefehlt?«

»Nein! Und jetzt ist es genug mit diesem Quatsch … *Ciao.*«

»*Ciao.*«

Wenn eine Frau weiß, dass sie umworben wird, und spielen will, hält sie dich selbst dann noch in Balance, wenn du dreißig Meter über dem Boden und ohne Netz auf einem schmalen Seil balancierst.

Zum Glück bin ich kein junger Teenager mehr. Dank meines abgeklärten Desillusionismus bin ich durchaus in der Lage, mit bestimmten Witzen, die wie dieser keinerlei Bedeutung haben, umzugehen.

Doch nachdem ich endlich im Zug nach Padua saß, dachte ich die drei Stunden, die mich von der Stadt trennten, unnötigerweise darüber nach, wohin Giulias kleiner Scherz führen könnte. Ich überdachte die Situation tausend Mal aus ihrer Sicht, spekulierte über das, was sie gedacht haben könnte und was ich denken könnte, betrachtete das Ganze aus einem neutralen Blickwinkel und dann wieder von der anderen Seite. Schließlich gab ich es auf: Die beiden einzigen Wahrheiten, die ich fand, waren, dass ich mein Herz an diese Frau verloren

245

hatte, was durchaus gefährlich werden könnte, und dass ich gleich in Padua ankommen würde.

Ich nahm mir ein Taxi und ließ mich zur Staatsanwaltschaft bringen. Als ich das Gebäude betrat, saß Silvia in der Pförtnerloge.

»*Ciao*, Silvia. Wie geht es dir?«

»Willkommen zurück, Riccardo. Mir geht es gut. Und dir? Du warst in Santo Domingo, wie beneidenswert! Du hast ja keine Ahnung …«

»Ja, aber ich war da nicht im Urlaub.«

»Oh, du armer Kerl! Wer kennt denn auch schon die Langeweile dort unten. Und wir haben es uns hier bei einer Woche Regen gut gehen lassen!«

»Du wirst es nicht glauben, aber an einem solchen Ort zu sein, ohne im Meer schwimmen zu können, weil die Hand verbunden ist, und die Abende damit zu verbringen, seine Geldbörse wiederzubekommen, die einem geklaut wurde und in der sich alles befand, was man besitzt, ist nicht unbedingt mit einem Liebesurlaub im Club Med zu vergleichen.«

»*Va' via Riccà*, sonst hau ich dir noch eine runter …«, scherzte Silvia, bevor sie in ernstem Ton sagte: »Die Dal Nero erwartet dich bereits in ihrem Büro.«

»Ich gehe ja schon. Bis später, Silvia.«

Als ich mit diesem furchtbar langsamen Aufzug nach oben fuhr, stellte ich plötzlich fest, dass ich in meiner Ungeduld, Giulia wiederzusehen, nicht an mein Äußeres gedacht hatte. Nach elf Stunden im Flugzeug und drei Stunden im Zug hatte ich einen Stoppelbart, wahrscheinlich Tränensäcke unter den Augen, fühlte mich noch schmutziger als das Gewissen eines italienischen Politikers und – der entscheidende Faktor, wenn man eine Frau erobern will – hatte statt eines frischen Atems ein Atommüllkonzentrat im Mund. Leider war es nun zu spät, um nach Hause zu fahren und mich frisch zu machen. Also blieb mir nichts anderes übrig, als darauf zu hoffen, dass Giulia ungepflegte Männer, oder besser gesagt, sehr ungepflegte Männer, einfach umwerfend fand.

Giulias Bürotür war nur angelehnt. Ich klopfte an und sah sie an ihrem Schreibtisch sitzen … und Paolo davor.

Giulia begrüßte mich dieses Mal sofort und bat mich herein. Ich trat auf sie zu, hielt ihre Hand mit meiner Linken fest und gab ihr einen Kuss auf die Wange. Dabei hielt ich den Atem an, um eine Kontaminierung ihrerseits zu vermeiden. Dann begrüßte ich Paolo, und zu guter Letzt nahm auch ich vor ihr Platz.

»Bitte verzeiht mein Aussehen, aber ich hatte noch keine Zeit, nach Hause zu fahren und mich frisch zu machen.«

Ich hatte zwar kein: »Ich mag es, wenn du aussiehst wie Bruce Willis« erwartet, aber ihr »Ach ja, du siehst aber auch wirklich sehr müde aus« musste auch nicht sein.

Ich nahm den Schlag zur Kenntnis, beschloss, ihn ihr nicht so einfach durchgehen zu lassen, und antwortete trocken: »Du hast aber auch sehr viel in dieser Zeit gearbeitet, oder?«

Paolo begann, unruhig auf seinem Stuhl hin und her zu rutschen.

Giulia lächelte schwach und fragte: »Hattest du eine gute Reise?«

»Wenn du damit die Reise im engeren Sinne meinst, würde ich sagen, ja. Denn auf dem Heimflug habe ich wenigstens nicht den Flughafen verwechselt. Wenn du aber die Informationen meinst, die ich in Santo Domingo sammeln konnte, lautet die Antwort ›nein‹.«

»Was meinst du damit?«

»In der italienischen Botschaft habe ich viel Zeit verloren, nur um festzustellen, dass dieser übereifrige Beamte Doktor Terni stark an den Händen schwitzt. Im Krankenhaus von *Corazones Unidos* habe ich zum bescheidenen Preis von fünfundzwanzig Euro erfahren, dass die Akte der schwangeren Ehefrau des Conte verloren gegangen ist. Den einzigen Glückstreffer, der mich jedoch tausend Dollar gekostet hat, hatte ich bei dem Versuch, meine geklaute Geldbörse wiederzufinden. Bei dieser Gelegenheit sprach ich mit einem Kriminellen, in dessen Kreisen die Familie Casati Vitali bestens bekannt ist.«

Giulia seufzte, wobei dieser Seufzer sehr nach »Das habe ich dir ja gleich gesagt« klang. Laut sagte sie: »Ich habe mir schon gedacht, dass du deine Zeit verschwendest. Und nur damit du es weißt: Als wir die italienische Botschaft nach bestimmten Dokumenten gefragt haben, haben wir den Mitarbeitern dort deutlich zu verstehen gegeben, dass sie der Geheimhaltungspflicht von Ermittlungsergebnissen unterliegen und nicht autorisiert sind, Informationen an Dritte weiterzugeben. Außerdem wussten wir von den Aktivitäten der Familie Casati Vitali dort unten, und uns war klar, dass jedes Dokument gefälscht oder, sagen wir einmal, den Bedürfnissen des Conte angepasst sein könnte. Diese Theorie wird durch die Tatsache bestätigt, dass du eine gewisse Bekanntheit in kriminellen Kreisen bezeugen kannst. Auch der Conte hat diese Vermutungen bestätigt.«

»Und du? Hast du irgendwelche Neuigkeiten?«

»Ich hatte gehofft, die Lösung zu finden, indem ich den Conte zwingen würde, mir die Wahrheit zu sagen. Jetzt liegen die Dinge natürlich wesentlich komplizierter.«

»Und diese berühmte Korrespondenz, um die ihr die italienische Botschaft gebeten habt, hilft die überhaupt nicht weiter?«

»Diese berühmte Korrespondenz, die, wie du dir sicherlich vorstellen kannst, so etwas Ähnliches ist wie die Krankenakte der Ehefrau, ist meiner Meinung nach völlig unglaubwürdig oder sogar gefälscht. In der Botschaft sagte man mir, dass ein zwanzig Jahre altes Protokoll in einem Krankenhaus in Santo Domingo zu finden so wahrscheinlich ist wie ein Sechser im

Lotto. Auf Nachfrage einer Behörde trifft dieses Protokoll dann aber seltsamerweise nach zwei Tagen ein. Nein, ich glaube nicht ein Wort in diesen Akten.«

»Aber du hast vorhin gesagt, es gäbe etwas Neues.«

»Ja. Wir haben tatsächlich so etwas wie einen Sechser im Lotto.«

»Was meinst du damit?«

»Wir haben Ermittlungen in dem Krankenhaus von Monselice angestellt, in dem Dottore Salvioni zu dem Zeitpunkt gearbeitet hat, als Contessa Maria Teresa starb. Und rat mal, was wir herausgefunden haben?«

»Was?«

»Die Contessa litt an einer Lutealininsuffizienz.«

»Einer was?«

»Sie litt an einer endokrinen Unfruchtbarkeit.«

»An welcher Unfruchtbarkeit?«

»Mann, Riccardo. Sie konnte keine Kinder bekommen!«
Ich wusste nicht mehr, was ich noch sagen sollte.

»Und was, glaubst du, ist mit der Contessa passiert?«

»Ich kann nicht ausschließen, dass der Conte seine Ehefrau ermorden ließ, vielleicht von einem Kriminellen aus der Dominikanischen Republik. Du selbst hast mir bestätigt, dass der Conte dort unten auch in diesen Kreisen bekannt ist. Dies würde auch das Motiv für eine so extreme Handlung wie den Selbstmord erklären. Die Straftaten, die ihm vorgeworfen wurden, konnten nicht so schwer auf seinem Gewissen lasten, aber vielleicht die Möglichkeit, dass wir ihm den Gattinnenmord nachweisen ...«

»Aber warum hätte er die Salvionis töten und mich umbringen wollen?«

»Die Salvionis hätten das Geheimnis lüften können – und du auch, nachdem du Massimos Nachricht bekommen hattest. Ich bin zwar kein Meisterdetektiv, aber nachdem ich verstanden hatte, dass Arcadio unmöglich Conte Alvises Sohn sein konnte, habe ich Ermittlungen zum Tod der Contessa, seiner Ehefrau, angestellt. Darum habe ich auch die Polizei in Santo Domingo gebeten.«

»Entschuldigung, aber fällt dir etwas auf? Ich habe den Fall praktisch gelöst!«

»Ähm, nein, liebster Riccardo. Bei der ganzen Sache gibt es ein paar Dinge, die einfach nicht zusammenpassen. Außerdem glaube ich nicht, dass der Conte Salvioni selbst getötet hat, weil ihm schon allein aufgrund seines Alters die Kraft dazu fehlte. Außerdem macht der Tod der Roncadelle überhaupt keinen Sinn.«

»Vielleicht hatte Stella herausgefunden, dass Arcadio nicht Alvises leiblicher Sohn war.«

»Meiner Meinung nach wusste sie das von Anfang an. Wenn der Conte aber sogar seine Adoptivmutter töten konnte, wäre er dann gleichzeitig so schwach, sich wegen eines Haftbefehls zu erschießen?«

»Vielleicht hatte er einen schlechten Tag gehabt?«

»Riccardo.«

»Es tut mir leid, aber ich hatte so gehofft, endlich Licht am Ende des Tunnels zu sehen.«

»Dem ist leider nicht so. Willst du wirklich meine Meinung hören? Ich glaube nämlich, der Conte war – ungeachtet seiner Schuld an den verschiedenen Gräueltaten, einschließlich dem Mord an seiner Frau – in diesem Fall eher Opfer als Täter.«

»Aber wer ist dann dieser Idiot, der durch die Gegend läuft und alle umbringt?«

»Um das herauszufinden, müssen wir zuerst das Motiv finden.«

Im Laufe unseres Gesprächs hatten wir Paolo vielleicht ein wenig ausgegrenzt. Doch jetzt erinnerte er uns an seine Anwesenheit durch einen gewohnt eleganten Diskussionsbeitrag.

»*Bella*, das merke ich mir.«

Nachdem sie Paolo einen wohlverdienten Blick voller Verachtung zugeworfen hatte, nahm Giulia ihre Rede wieder auf. »Da ist noch eine andere Sache, die ich nicht enträtseln kann.«

»Und die wäre?«

»Wenn Dottore Salvioni wusste, dass Arcadio nicht der Sohn des Conte war, und vielleicht sogar vermutete, dass man seine Frau umgebracht hatte, warum hat er dann erst jetzt beschlossen, sein Wissen preiszugeben?«

»Weil wir am Tag zuvor das Golfspiel verloren hatten!«

»Riccardo.«

»Giulia, im Ernst, ich kenne Leute, die würden wirklich ihre Mutter umbringen, um ein Spiel zu gewinnen.«

Nun war ich es, der ihre wohlverdiente Position Verachtung erhielt.

»Sicher ist nur, dass der Fall noch längst nicht abgeschlossen ist. Jetzt, da der Conte tot ist, wird die Sache nur noch komplizierter. Unter anderem«, fügte sie hinzu und richtete ihren Blick auf mich, »haben wir keine Ahnung, wie diese Neuigkeiten die friedliche Koexistenz zwischen dir und dem Mörder stören könnten. Also, der hier anwesende Agente Battiston bleibt weiterhin an dir kleben wie eine Mücke an der Windschutzscheibe.«

So, wie sie das sagte, schien Paolo eher ein Fensterputzer als ein ausgezeichneter Polizist zu sein.

»Das ist schön. In der Tat hat mir Paolos Atem im Nacken schon gefehlt …«

»Wäre dir der Atem des Mörders lieber?«

»Hm, vielleicht ja.«

»Verschwinde!«

Das wiedervereinte Paar Battiston–Ranieri verließ die Staatsanwaltschaft in Richtung Redaktion, um sich dem Zorn

Piovesans und der Meute aufgrund der hohen Kosten und mageren Ergebnisse meiner Karibikreise zu stellen.

Nachdem wir allen Gesetzen der Quantenphysik getrotzt und ein Fahrzeug mit einer Länge von drei Metern in eine Parklücke von zweieinhalb Metern Länge manövriert hatten, betraten wir das Gebäude des *Mattino* und wurden wie üblich vom guten Giannino begrüßt. Ich überließ Paolo seiner Gesellschaft und stieg hinauf in die Redaktion, wo Fabrizio und Gibbo gerade über die Veröffentlichung des Artikels stritten. Alle Zweifel bezüglich der Großzügigkeit des Personalbüros wurden zerstreut, als Piovesan mir noch vor einer Begrüßung erklärte, er werde mir nur die Kosten, die ich auch belegen könnte, zurückerstatten. Würde man das in den Regionalverwaltungen so handhaben, würde dort wohl kein Mensch mehr arbeiten.

Also schrieb ich eine detaillierte Reisekostenaufstellung. Gibbo und Fabrizio versuchten gar nicht erst ihre Enttäuschung zu verbergen, als ich ihnen von meinem ritterlichen Verhalten gegenüber den beiden Frauen an meinem ersten Abend in Santo Domingo erzählte. Gibbo schüttelte den Kopf und meinte, dass man angesichts der Umstände wohl eine Ausnahme von den Unternehmensrichtlinien in puncto Spesenabrechnung machen werde.

Nachdem ich meine Geschichte erzählt hatte, besaßen sie genug Material für einen guten Artikel, auch wenn der Fall noch nicht abgeschlossen war. Fabrizio, der mir angesichts meines Schweißgeruchs und meines Atems ein rigoroses Dekontaminierungsverfahren nahelegte, war sichtlich erleichtert, als ich einige Stunden später endlich beschloss, nach Hause zu fahren und mir eine wohlverdiente Pause zu gönnen.

KAPITEL 21

Als wir nach Hause kamen, konnten Paolo und ich uns nur mit Mühe gegen Milas und Newtons Freudentaumel erwehren.

Ich duschte fast eine Dreiviertelstunde und legte mich dann ohne Abendessen gleich ins Bett. Obwohl es gerade mal acht Uhr war, schlief ich sofort ein und wachte erst um neun Uhr am nächsten Morgen auf.

In der Küche traf ich auf Paolo, der gerade mit meiner Kaffeemaschine kämpfte.

»Ich wollte dich gerade wecken«, begrüßte er mich.

»Ich hatte einiges an Schlaf nachzuholen. Aber so lange habe ich schon ewig nicht mehr geschlafen.«

»Mag ja sein, dass du einen gewissen Nachholbedarf hattest. Aber jetzt hast du bestimmt im Voraus geschlafen. Musst du heute nicht zur Arbeit?«

»Du bist ja schlimmer als Piovesan. Nein, heute Morgen habe ich andere Pläne.«

»Ach, wirklich?«

Noch während er sprach, drohte Paolos Kampf mit der Kaffeemaschine aus Sicht meiner kostbaren Mahlvorräte ins Auge zu gehen.

»Warum versuchst du, einen Kaffeepad in einen Kapselbehälter zu pressen?«

»Ach, deshalb ist kein Kaffee herausgekommen. Mist, ich kämpfe schon seit einer halben Stunde mit diesem blöden Ding!«

»Lass gut sein, ich mache das.«

»Und?«

»Und was?«

»Mann, Riccardo, schläfst du noch? Was hast du für heute geplant?«

»Ach so ... Ich muss heute zu meiner ach so geliebten Ärztin ins Krankenhaus, damit sie mir den Verband abnimmt. Und heute Abend, welch ein Luxus, genieße ich zu Hause eine freie Dusche!«

Ich war frisch geduscht, ausgeruht und hatte es sogar geschafft, mich verletzungsfrei zu rasieren. Und heute sollte endlich dieser lästige Verband abkommen. Wenn Glück aus Kleinigkeiten besteht, dann war ich in diesem Moment glücklich. Doch leider ist das Glück vergänglich und hält nur selten lange an. Tatsächlich ahnte ich noch nicht, was mir bald bevorstand – dieser mörderische Schmerz, als die Ärztin den Verband abnahm und die Fäden zog.

Gemeinsam mit Paolo betrat ich das Krankenhaus. Zuvor hatte er darauf bestanden, seinen Wagen auf dem Parkplatz für Einsatzfahrzeuge abzustellen.

Nach der Kopfwäsche, die Giulia ihm eine Woche zuvor verpasst hatte, wollte er nichts davon hören, dass die Umstände damals ganz anders waren. Stattdessen beendete er die Diskussion mit einem »Das ist mir sch...egal« und zwang mich, auszusteigen.

Wir mussten eine Stunde auf dem Flur warten, und als Dottoressa Migliorini die Tür ihres Büros öffnete, erkannte sie mich sofort wieder.

Sie bat mich einzutreten und meinte: »Nun, Signor ... ähm ... Ranieri, richtig?«

»Ranieri, richtig.«

»Wie geht es Ihnen?«

»Nun, ich habe keine Schmerzen mehr in der Hand, und

ehrlich gesagt kann ich es kaum erwarten, dass der Verband abkommt.«

»Wann wurden Sie operiert?«

»Vor zehn Tagen, glaube ich.«

Die Dottoressa zeigte auf eine Liege in der Zimmermitte und meinte: »Dann werden wir jetzt mal den Verband abnehmen. Nehmen Sie bitte hier Platz.«

Sie bewaffnete sich mit einigen Scheren und verschiedenen Desinfektionsmitteln, stellte sich neben mich und begann, den Verband aufzuschneiden.

»Waren Sie in der Sonne, Signor Ranieri?«

»Ich war in Santo Domingo, habe aber versucht, die Sonne zu meiden.«

»Sie waren mit dieser Hand doch nicht etwa schwimmen, oder?«

»Nein, natürlich nicht.«

»Das hat bestimmt keinen Spaß gemacht, nach Santo Domingo zu fahren und weder schwimmen noch sich sonnen zu können.«

»Oh, Dottoressa! Sie sind die Erste, die mich versteht! Bisher haben mich alle nur ausgelacht, wenn ich ihnen das sagte.«

Die Ärztin lächelte, während sie meine Hand weiter aus dem Verband befreite.

»Waren Sie aus familiären Gründen in Santo Domingo?«

Ihre Frage kam nicht wirklich überraschend. Ich hatte mir schon gedacht, dass sie, überwältigt vom Ansturm der Presse und der Polizei im Zusammenhang mit meiner Einlieferung ins Krankenhaus, die Entwicklung des Falls mitverfolgen würde.

»Ja, ich wollte den Grund für den ganzen Ärger herausfinden.«

»Und, haben Sie ihn herausgefunden?«

»Leider nein. Alles, was die Ermittlungsbeamten und ich

bisher herausgefunden hatten, hat durch den Selbstmord des Conte an Bedeutung verloren.«

In diesem Moment tauchte meine Hand in ihrer ganzen Blässe auf. Ein Kribbeln breitete sich aus, und ich konnte kaum glauben, dass dieser Körperteil mit dem Rest meines Körpers verbunden war. Ich konnte nicht einen Finger bewegen.

Als ich ihr das sagte, beruhigte sie mich: »Keine Sorge, das ist ganz normal. Sie dürfen die Bewegungen nicht erzwingen. Das würde nur zu Schmerzen führen. Stattdessen müssen Sie schrittweise mithilfe einer Art Gymnastik die Mobilität Ihrer Hand wiederherstellen. Lassen Sie mich mal sehen.«

Die Dottoressa studierte die Ergebnisse der Wundheilung im Schein einer Lampe und erklärte begeistert, man könne die Fäden ziehen.

»Tut das weh?«

»Das ist nur eine Kleinigkeit, keine Bange.«

Im Laufe der letzten vierzig Jahre habe ich gelernt, dass es drei Möglichkeiten gibt, wenn ein Arzt oder ein Zahnarzt sagt, dass etwas nur eine Kleinigkeit ist. Erstens, man wurde ausreichend mit Opiaten zur Schmerztherapie versorgt, zweitens, man hofft darauf, dass die Neurotransmitter gerade streiken, oder drittens, man wird, wie ich in diesem Fall, durch den Kontakt mit dem Busen der Ärztin abgelenkt.

Da mich ihre Antwort nicht wirklich beruhigte, zog ich instinktiv meinen Arm zurück.

Sie drehte sich zu mir herum und meinte: »Ranieri, haben Sie etwa Angst?«

»Wollen Sie die Wahrheit hören oder eine den Umständen angemessene Antwort?«

»Das glaube ich jetzt nicht … Sehen Sie sich an! Sie sind vierzig Jahre alt und benehmen sich wie ein kleines Kind.«

»Eigentlich habe ich keine Angst. Ich bin nur ein wenig besorgt.«

Ich weiß nicht, warum, aber als die Dottoressa ihre Folter-instrumente zu schärfen und zu desinfizieren begann, musste ich an die Dal Nero denken.

»Beunruhigt Sie etwas?«

»Dottoressa, sehen Sie. Wäre es Ihre Hand, würde ich die Sache auch auf die leichte Schulter nehmen. Leider ist es aber meine Hand, und obwohl ich nicht vom Fach bin, weiß ich, dass ich derjenige sein werde, der die Schmerzen spürt.«

»Aber welche Schmerzen denn? Reden Sie doch keinen Unsinn! Sie werden nur ein etwas unangenehmes Gefühl spü-ren, das ist alles. Und außerdem dauert es nur einen Moment.«

Der Moment dauerte fünfzehn Minuten, in denen ich mit den Tränen kämpfte. Die Fäden unter der Haut an so empfindlichen Stellen wie Handinnenfläche und Handrücken verursachten einen stechenden Schmerz. Den Arm nicht wegzuziehen, sondern ihn stattdessen an der Leidensquelle liegen zu lassen stellte meine Willenskraft vor eine enorme Herausforderung. Ich spürte, wie mir der Schweiß an Hals und Rücken herunterlief, und letztendlich half mir auch der Kon-takt mit der üppigen Brust der Dottoressa nicht mehr. Doch es gelang mir, dem Schmerz und auch dem Drang zu widerstehen, mit meiner freien linken Hand zuzuschlagen.

Am Ende der Prozedur bekam ich meine Hand zurück, die außer an der Stelle, an der die Kugel durchgeschlagen war, erschreckend weiß war. In dem getroffenen Bereich herrschte dagegen eine violette Farbe mit dezenten Graustufen vor. Wie mir die Foltermagd vorausgesagt hatte, tat jede Bewegung so weh, dass mir der Atem stockte. Also steckte ich meine Hand in die Tasche und beschloss, sie so lange dort zu lassen, bis sie wieder normal war.

»Wir sind fertig, Signor Ranieri. Und, haben Sie gesehen? Fäden zu ziehen tut überhaupt nicht weh!«

»Soll ich Ihnen was sagen, Dottoressa?«

»Ich höre.«

»Ich spreche da aus Erfahrung. Der Flicken tut wirklich mehr weh als der Riss, wenn Sie verstehen, was ich meine.«

Sie sah mich verwirrt an.

»Sie stammen nicht aus Venetien, oder?«

»Ich komme aus Turin. Warum fragen Sie?«

»Na ja, das ist ein venezianischer Ausspruch, der bedeutet, wenn man ein kleines Loch im Netz hat, für das man zum Reparieren einen Flicken braucht, sollte man es vielleicht besser so belassen.«

Der peinlichste Moment in einem Gespräch zwischen Mann und Frau ist der, in dem er ihr einen Witz erklären muss. Der zweitpeinlichste ist der, wenn sie so ein wohltätiges Grinsen andeutet wie die Dottoressa: »Ranieri, Sie stellen sich vielleicht an! Denken Sie bitte daran, in dem Rehazentrum anzurufen. Andernfalls dauert es vielleicht ein Jahr, bis Sie Ihre Hand wieder ganz normal bewegen können. Haben Sie verstanden?«

»Ich danke Ihnen für alles und hoffe, dass wir uns unter anderen Umständen wiedersehen, Dottoressa.«

»*Arrivederci*, Signor Ranieri. Sie lassen sich aber nicht mehr anschießen, darin sind wir uns einig, oder?«

Als ich das Büro der Dottoressa Migliorini verließ, konnte Paolo sich nur mit Mühe beherrschen, nicht loszuprusten.

»Was ist denn?«, fragte ich ihn.

»Was für ein Held! Weißt du, man konnte dich durch die Tür hören. Los, zeig mir deine Hand.«

»Ich kann dir versichern, dass die Kugel weitaus weniger schmerzvoll war als das Fädenziehen dieser Dottoressa.«

»Du weißt ja noch nicht einmal, was echte Schmerzen sind.«

»Aber du, was?«

Wie einst John Wayne den Indianern antwortete Paolo mir: »In meinem Job sind wir es gewohnt, mit Schmerzen zu leben.«

Wenn ich auf eine direkte Frage eine derart vage Antwort erhalte, kommt mir immer der Verdacht, dass mein Gegenüber kein Ass im Ärmel hat. Im Falle von Paolo sollte ich bald Gewissheit haben.

»Ja, in deinem Job. Aber ich wollte wissen, ob du jemals wirklich Schmerzen gefühlt hast!«

»Einmal hat mich ein Schlagstock am Kopf erwischt, und ich kann dir versichern ...«

Ich unterbrach ihn: »Sag mal, Paolo, wenn ich einem Beamten am Arsch lecke, mache ich mich dann strafbar?«

Mit dem sicheren Gefühl einer Rückendeckung antwortete er: »Ja, aber sicher doch, mein Lieber.«

»Aber weißt du was?«

Etwas weniger selbstsicher fragte er: »Nein, was?«

»Leck mich am Arsch!«

Vor dem Krankenhaus kamen wir an einem Kiosk vorbei, und ich kaufte mir wieder den *Corriere* und den *Mattino*. Der Conte hatte sich erst vor zwei Tagen das Leben genommen, und schon stand der tragische Vorfall nicht mehr auf der ersten Seite, noch nicht einmal im *Mattino*. Ich dachte darüber nach, was Giulia mir an dem Morgen, als ich Massimos Leiche entdeckte, gesagt hatte. Die Zeit ist ein entscheidender Faktor. Tatsächlich werden neunzig Prozent der Fälle innerhalb von drei Tagen nach der Tat gelöst. In meinem Fall hatte der Mörder nach weiteren drei Tagen noch nicht einmal das Morden eingestellt. Aber wenigstens würde die Zeitung einige zusätzliche Exemplare verkaufen.

Ich hatte Fabrizio gesagt, dass ich erst am späten Abend in die Redaktion kommen würde, da ich nicht wusste, wann mir die Fäden gezogen würden. Daher hatte ich jetzt fünf oder sechs Stunden Zeit. Ich beschloss, kurz zum Golfplatz zu fahren und ein wenig mit dem *Putter* zu üben. Ich hatte große Lust zu spielen und wollte auch meine Freunde begrüßen. Und zu guter Letzt wollte ich vielleicht auch herausfinden, wer der Mörder war.

Wir kamen gegen Mittag im Klub an. Paolo weigerte sich vehement, ein schnelles Sandwich an der Theke zu essen, und zwang mich, an einem Tisch im Restaurant Platz zu nehmen. Anstatt dem Schauspiel beizuwohnen, wie Paolo schonungslos den ersten und den zweiten Gang und einen Nachtisch verschlang, ging ich nach meiner *Bresaola* an die umstehenden Tische und begrüßte einige Mitglieder, die ich kannte. Dabei spürte ich nur allzu deutlich den Schleier von Traurigkeit, gepaart mit großen Sorgen, der seit zehn Tagen über Frassanelle hing. Nicht nur, dass kaum jemand lachte, anscheinend beäugte man auch meine Anwesenheit mit subtilem Argwohn. Sie glaubten wohl, ich sei in irgendeiner Weise der Grund oder zumindest ein Grund für den Tod ihrer Bekannten. Also zog ich es vor, an meinen Tisch zurückzukehren, und wartete, bis Paolo seinen kleinen Snack beendet hatte. Nach vierzig Minuten hatte ich wirklich keine Lust mehr und überzeugte ihn, wenigstens den Kaffee an der Theke zu trinken.

Auch dieses Mal fuhr Francesca zusammen, als sie mich sah.

»Francesca, es wäre besser, wenn du dich an meinen Anblick gewöhnen würdest. Wenn dich jedes Mal, wenn du mich siehst, fast der Schlag trifft, erlebst du vielleicht das Ende des Monats nicht mehr«, schlug ich ihr in aller Ruhe vor.

»Entschuldigung, Ranieri … Aber all diese Toten, daran werde ich mich nie gewöhnen …«

Ihre Reaktion erinnerte mich daran, Giulia unbedingt noch zu erzählen, dass sich Francesca am Tag nach dem Mordanschlag auf mich in Bastia nach meinem Gesundheitszustand erkundigt hatte.

Ich trank meinen Kaffee und ging zurück zum Parkplatz,

dem einzigen Ort in Frassanelle, an dem man wenigstens einen schwachen Empfang hat, und wählte Giulias Nummer.

»Giulia, wie geht's? Störe ich dich?«

»Hallo, Riccardo. Nein, du störst mich nicht. Ich bin gerade im Büro. Was ist denn?«

»Vermutlich ist es absolut unwichtig, aber vor ein paar Tagen hat mir die Besitzerin eines Restaurants in Bastia erzählt, dass sich Francesca, eine der beiden Kellnerinnen im Golfklub von Frassanelle, erkundigt hat, wie es mir geht.«

»Na ja, angesichts der Umstände ist diese Neugier doch normal, oder?«

»Mag sein, aber für Francesca ist das alles andere als normal. Weißt du, sie ist noch schüchterner als ein Reh, und da ist es schon seltsam, dass sie durch die Gegend läuft und andere nach mir fragt. Glaub mir, es ist schon seltsam genug, dass sie überhaupt durch die Gegend läuft.«

»Okay, ich werde Erkundigungen über sie einholen. Wie heißt das Restaurant?«

»›Trattoria da Aldo‹, aber du musst nach der Besitzerin fragen, Signora Lucia.«

»Ich werde dich auf dem Laufenden halten. Oh, halt, warte, du bist noch dran?«

»Ja, was ist denn?«

»Ich habe mit der Präfektur gesprochen. Sie überlassen dir Battiston nur noch bis heute Abend. Ab morgen bist du wieder frei und eine leichte Zielscheibe. Zufrieden?«

»Na endlich. Offenbar glauben die ja, dass ich keine Zielscheibe mehr bin.«

»Riccardo, die denken nur an die Kosten. Deine Sicherheit ist denen völlig egal.«

»Das ist trotzdem okay. Unter uns gesagt, wenn der Mörder wollte, könnte er mich auch umbringen, wenn Paolo in meiner Nähe ist.«

»Als ich dir Battiston zur Seite gestellt habe, war mir auch klar, dass er keine Kugel aufhalten könnte. Aber er war eine gute Abschreckung, denn der Mörder wäre seiner Verhaftung ausgesetzt gewesen. Das war kein Personenschutz, sondern, sagen wir mal so, ich hatte dich zum möglichen Zeugen ernannt.«

»Ähm, ich verstehe … Soll ich dir Paolo jetzt geben?«

»Nein. Die Präfektur meldet sich direkt bei Battiston, um ihm eine neue Aufgabe zuzuweisen. Morgen Nachmittag muss ich mit Presidente Galli in Frassanelle sprechen. Kannst du bitte auch kommen?«

»Du gibst nicht auf, was?«

»Aufgeben? Was?«

»Deinen Versuch, mich zu verführen.«

»Riccardo.«

»Ich habe schon verstanden. Um wie viel Uhr?«

»Um drei Uhr. *Ciao*.«

Ich legte auf und wandte mich an Paolo. »Was für ein Geschenk des Himmels.«

»Was meinst du?«

»Morgen kehrst du zu deiner Arbeit zurück.«

»Als wäre das hier ein Spaß gewesen. Warum? Was hat sie gesagt?«

»Dass du bis heute Abend bei mir bleibst und sich später die Präfektur bei dir melden wird, um dir eine neue Aufgabe zuzuweisen.«

»Okay, vielleicht rufe ich auch bei denen an.«

Ich ging in Richtung Taschenraum, um mir von Carlo meinen *Putter* geben zu lassen, denn ich wollte meine neue Hand testen. Als ich ihn sah, fragte ich ihn nach dem Eisen.

»Sie haben keinen Verband mehr, was?«

»Das ist richtig. Aber ich kann noch immer nicht mit den anderen Eisen spielen. Im Moment reicht mir der *Putter* voll und ganz.«

»Bravo. Außerdem verdienen Sie nur mit einem kurzen Spiel Geld.«

»Ehrlich gesagt, zum Geldverdienen sollte ich besser zur Arbeit gehen.«

Ich weiß nicht, warum, aber jedes Mal, wenn ich Carlo treffe, fühlte ich mich zu banalen Witzen verpflichtet und er sich zu irgendwelchen aufgeblasenen Golfsprüchen.

Auch dieses Mal beschloss Carlo, mir das *Putting Green* nicht allein zu überlassen, und begleitete mich. Vielleicht wollte er das Ergebnis meiner Versuche sehen oder, was wahrscheinlicher war, sich ganz nebenbei über den Fall informieren. Nach fünf Minuten musste ich meine Meinung ändern. Mir gelang einfach nichts. Mit unverschämter Beharrlichkeit unterzog mich Carlo einer stilechten Befragung, und als er fragte, ob ich herausgefunden hätte, wer der Mörder sei, beschloss ich, das Gespräch zu beenden – auch auf die Gefahr hin, unhöflich zu erscheinen.

»Entschuldige, Carlo. Aber selbst wenn ich das wüsste, würde ich es dir ganz bestimmt nicht sagen. Ich bin hierhergekommen, um mich für einen Moment von dem ganzen Stress abzulenken, den dieses Chaos verursacht hat. Solltest du noch mehr Fragen haben, wird mir das wohl kaum gelingen, und ich kann auch keinen Ball schlagen.«

»Nein, natürlich, was denken Sie? Ich war nur neugierig und wollte ein kleines Schwätzchen halten. Aber Sie haben recht. Jetzt lassen Sie mich mal sehen, wie Sie schlagen.«

Aber arbeiten gehen, nein?

Einer der weniger attraktiven Aspekte der *Driving Range* ist, dass immer wieder wie aus dem Nichts andere Spieler auftauchen, egal, wie lange man darauf wartet, alleine zu sein. Und wie die Rentner von den Baustellen werden sie unwiderstehlich von der Idee angezogen, gute Ratschläge zu erteilen. Leider geben diese Ratschläge meist aber nur dem Ratgeber das

Gefühl, Dozent der Golfologie zu sein, und führen bei dem unglückseligen Schüler zu miserablen Bewegungsabläufen.

Ich bemühte mich, Carlos Anwesenheit zu vergessen und mich ausschließlich auf das Halten des *Putter* zu konzentrieren und gleichzeitig darauf zu achten, Dottoressa Miglorinis Arbeit nicht zu ruinieren. Ich konnte die Hand zwar auf den Griff legen, ihn aber nicht umklammern. Alles in allem war dieses Handicap jedoch nicht so wichtig. Eines der vielen Paradoxe dieses Spiels ist die Tatsache, dass die Rechtshänder den *Swing* mit der linken Hand ausführen müssen, während die rechte Hand die Bewegung nur mitgeht. Für Linkshänder ist das Ganze etwas komplizierter: Rein theoretisch wäre das Gegenteil der Fall, also die rechte Hand führt die Bewegung aus, und die linke geht sie mit. Doch aus Kostengründen stellen die meisten Vereine den Neulingen keine Schläger für Linkshänder zur Verfügung, und die Lehrer überzeugen ihre armen Schüler immer davon, dass in ihrem Fall das Spiel mit rechts von außerordentlichem Vorteil sein wird.

Vielleicht lag es daran, dass ich wirklich gerne spielen wollte, vielleicht auch daran, dass die verletzte rechte Hand mir einen leichteren *Grip* aufzwang. Tatsache ist, dass ich nach zehn Minuten absolut zufrieden war mit meinem Spiel. Aus einem Meter Entfernung waren alle Bälle drin, und aus zehn Metern Entfernung lagen alle so nah beieinander, dass Carlo leider keinen Fehler finden konnte und beschloss, seinen Beobachtungsposten aufzugeben, aber nicht ohne mir seine neueste Weisheit mit auf den Weg zu geben: »Gut, Ranieri, sehr gut. Aber denken Sie daran, der lange Ball ist niemals kurz.«

Verdammt noch mal! Wie sehr ich mich auch zwang, nicht daran zu denken, dieser Blödsinn würde mir im Gedächtnis haften bleiben wie das erste Lied am Morgen. Obwohl ich wusste, dass er frei von jeder Logik war, konnte ich diesen Satz nicht vergessen.

Was bleibt, ist die Grundregel: Nur um anderen gewaltig auf die Nerven zu gehen, sind die Beobachter auf einem Übungsplatz bereit, jeden Blödsinn von sich zu geben.

KAPITEL 22

Obwohl es ein wenig heiß war, weigerte ich mich, in die Umkleide und unter die Dusche zu gehen.

Früher oder später würde ich den Mut finden und mich meinen Ängsten stellen. Aber jetzt war diese Zeit noch nicht gekommen. Gegen vier Uhr stiegen Paolo und ich ins Auto und fuhren in Richtung Padua. Als wir endlich wieder Empfang hatten, klingelten unsere Handys gleichzeitig.

»*Ciao*, Fabrizio. Vermisst du mich?«

»*Ciao*, Ric. Ja, und wie, aber es gibt Neuigkeiten.«

»Du bist grausam, nie rufst du mich einfach nur an, um meine Stimme zu hören. Aber was soll's! Was gibt es denn?«

»Die Nachrichtenagentur *ADN Kronos* hat eben gemeldet, dass zwei Mitarbeiter der italienischen Botschaft in Santo Domingo verhaftet wurden. Sie haben schon zu der Zeit dort gearbeitet haben, als die Contessa Maria Teresa starb, und werden nun beschuldigt, die Ermordung der Ehefrau des verstorbenen Conte vertuscht zu haben.«

»Mord also! Das überrascht mich jetzt nicht wirklich.«

»Warte, das ist noch nicht alles. Die Agentur beruft sich auf mehrere Zeugen und behauptet, die Contessa sei damals überhaupt nicht schwanger gewesen.«

»Auch das ist nichts Neues.«

»Wieso nicht?«

»Weil mir das die Dal Nero schon gestern erzählt hat.«

»Verdammt noch mal, Riccardo, warum gibst du so etwas nicht an mich weiter?«

Da hatte Fabrizio irgendwie recht, und ich versuchte, es zu erklären: »Das hat nichts mit Boshaftigkeit zu tun, Fabrizio, aber ich musste der Dal Nero schwören, dass ich mich an meine Geheimhaltungspflicht von Ermittlungsergebnissen halte. Was hätte ich denn tun sollen? Und jedes Mal, wenn ich glaube, endlich den Mörder enttarnt zu haben, passiert irgendetwas, was meine Theorie verpuffen lässt.«

»Hattest du die Ehefrau des Conte im Verdacht?«

»Die Ehefrau nicht, aber seinen leiblichen Sohn. Es hat doch alles gepasst. Da war das Motiv, da war die körperliche Kraft, vorausgesetzt, der vermeintliche Sohn war so um die zwanzig Jahre alt, und da war die Wut innerhalb der Familie. Kurzum, der leibliche Sohn war mein bevorzugter Täter. Aber jetzt ist wieder alles ganz anders.«

»Bist du schon auf dem Weg hierher?«

»Ja, ich bin in einer halben Stunde da.«

Paolo hatte sein Gespräch bereits beendet. Man hatte ihm mitgeteilt, er solle sich um acht Uhr am Morgen in der Präfektur einfinden, damit ihm seine neue Position zugewiesen werden könnte. Dabei vermochte er eine gewisse Zufriedenheit nicht zu verhehlen. Aus seiner Sicht bedeutete meine wenn auch nicht gänzliche Unversehrtheit, dass er seine Aufgabe erfolgreich beendet hatte. Obwohl er es nicht erwähnte, konnte ein Großteil seiner Erleichterung auch daher kommen, dass er nun aus den Fängen dieser Hexe Giulia entkommen würde.

Ich dagegen war mehr als entmutigt: Es gab weder einen leiblichen Sohn noch einen legitimen Erben des Conte, und somit waren wir weit davon entfernt, den Mörder zu finden. Auch der Gedanke, dass es wahrscheinlich mehr als einen Mörder gab, hellte meine Laune nicht unbedingt auf.

Seit Salvionis Ermordung waren fast fünfzehn Tage vergangen, und wir hatten noch keine echte Spur. Das bedeutete, wir hatten schon im Ansatz der Ermittlungen etwas falsch gemacht. Vielleicht hatten wir uns zu sehr auf das Motiv konzentriert, während der seelische Prozess eines Mannes, der auf solche Weise mordet, nicht unbedingt rationalen Kriterien gerecht wird. Vielleicht hatten wir uns zu sehr auf die Familie des Conte konzentriert und andere Möglichkeiten vernachlässigt. Ich beschloss, zuerst Fabrizio eine Stunde meiner Zeit zu schenken, bevor ich im Geiste all meine Erlebnisse von der Entdeckung der Leiche Massimos bis zu meiner Reise nach Santo Domingo Revue passieren lassen wollte.

Vor der Redaktion bat ich Paolo, wie üblich am Eingang zu warten, und ging hinein.

Grandi stand neben Fabrizio und fragte: »Ach, Ranieri! Haben Sie schon das Neueste gehört?«

»Meinen Sie das mit den Mitarbeitern der italienischen Botschaft in Santo Domingo?«

»Ja, aber ganz besonders die Tatsache, dass die Contessa damals überhaupt nicht schwanger war.«

»Klar.« Ich erwähnte lieber nicht, dass ich davon bereits am Vortag erfahren hatte. »Das bedeutet wenigstens, dass der Conte *einen* triftigen Grund hatte, Selbstmord zu begehen.«

»Wieso ›wenigstens‹? Gäbe es denn noch andere Gründe?«, fragte Fabrizio.

»Na ja, unter allen Vermutungen, die ich überprüft habe, hatte mir die Idee, dass der Mörder ein von Conte Alvise nicht anerkanntes Kind war, am besten gefallen.«

»Das stimmt. Ich habe das Gefühl, dass wir die Fäden nicht entwirren, sondern dass das Knäuel immer verworrener wird.«

»Mir geht es genauso. Morgen treffe ich mich mit Staatsanwältin Dal Nero in Frassanelle. Dann erfahren wir, was sie darüber denkt.«

»Wie geht es der Hand, Ranieri?«, fragte Grandi und wechselte das Thema.

»Gut, sie haben mir heute die Fäden gezogen. Ich kann die Finger zwar noch nicht richtig bewegen, aber das gibt sich mit der Zeit.«

»Haben sie Ihnen ein paar Tage Ruhe verordnet?«

»Theoretisch ja, für die Reha. Aber ich denke, dass ich das allein hinkriege.«

»Sicher?«

»Nein. Aber die Vorstellung, dass mir jemand in einem weißen Kittel zu nahe kommt, erscheint mir bedrohlicher als das Risiko, dass meine Hand unbeweglich bleibt.«

»Okay, es ist Ihre Gesundheit. Belassen wir es dabei.«

Fabrizio, der bisher über den Computer gebeugt etwas niedergeschrieben hatte, hob den Blick und fragte: »Na, Ric. Zufrieden? Morgen bist du wieder bei den Tagesnachrichten!«

»Wie lustig. Innerhalb von zehn Tagen bin ich von der fünften auf die erste Seite gesprungen. Jetzt muss ich nur noch auf der Klatschseite landen, dann habe ich die ganze Zeitung durch.«

»Sag niemals nie. Wie gut bist du denn im Striptease?«

»Leck m... Sag mir lieber, ob du den Artikel schon fertig hast.«

»Ja, du kannst den Entwurf im Mitteilungsspeicher lesen.«

Ich widmete mich sogleich der Lektüre des Artikels und war fasziniert, wie Fabrizio die Situation beschrieben und sich von meiner Reise nach Santo Domingo hatte inspirieren lassen. Ihm war es gelungen, die Fakten perfekt gegen die Realität des gegenwärtigen Systems in der Dominikanischen Republik abzuwägen, das damals wie heute unter dem Einfluss der Mächtigen stand und deren Opfer war. Ich fühlte mich verpflichtet, ihm den verdienten Applaus zukommen zu lassen.

»Der Artikel ist zwar nichts Besonderes, aber durchaus

vorzeigbar. Wenn ich Zeit hätte, würde ich ihn natürlich von oben bis unten durchkorrigieren. Aber alles in allem reicht er für den *Mattino* auch so.«

»Zum Glück. Ich hatte schon befürchtet, das höchste Mitglied der *Accademia della Crusca* würde meine Arbeit ablehnen. Jetzt bin ich natürlich wirklich erleichtert.«

»Du weißt es?«

»Was?«

»Dass ich absolut keine Ahnung habe. Wir kommen mehr und mehr den Opfern auf die Schliche, aber vom Täter fehlt jede Spur.«

»Zum Glück hat sich der Conte selbst umgebracht, denn wenn er umgebr…«

»Im Ernst, das ist kein Witz. Weißt du, am Ende ist die Lösung vielleicht viel banaler, als wir alle glauben. Wir haben uns von dem ganzen Chaos in dieser Familie verrückt machen lassen und uns den Arsch aufgerissen, um herauszufinden, welche Intrigen der Conte und seine Leute gesponnen haben. Salvioni, der eine kryptische Nachricht schickt, Stella Roncadelle, die mehr Macht besitzt als Barack Obama – und der Mörder ist vielleicht jemand, der wegen einer Geldstrafe durchdreht.«

»Verdammt, dann hat er aber bestimmt zehn Punkte für zu schnelles Fahren bekommen!«

»Weiß du, was ich mache?«

»Ich fürchte, ja.«

»Kennst du das Gefühl, wenn man eine Idee hat, für die man zwar seine Hand nicht ins Feuer legen würde, aber von der man trotzdem weiß, dass sie richtig ist?«

»Ich hatte nie richtige Ideen.«

»Ich muss dorthin zurück, wo alles begonnen hat. Und von dort aus muss ich vorwärts gehen, bis ich das Schwein habe.«

»Siehst du, genau das habe ich befürchtet…«

»Ich gehe jetzt. Wir sehen uns morgen, nachdem ich mit der Dal Nero gesprochen habe.«

»Okay. Und, Ric, eins noch.«

»Was denn?«

»Wer bekommt deinen Zigarrenaschenbecher?«

»O nein! Wenn du was erben willst, musst auch du erst mal jemanden umbringen.«

Ich bat Paolo, mich nach Hause zu bringen, wo ich in meinen Wagen umsteigen wollte. Dann konnte er wieder in sein Leben zurückkehren. Während ich endlich allein war und in Ruhe nachdenken konnte. Vielleicht gelang es mir ja, die Gedanken eines Mörders nachzuvollziehen.

Ließen sich mit dem Verstand die losen Enden nicht sortieren, musste ich die Tatsachen eben aus verschiedenen Blickwinkeln betrachten – zu dieser Überzeugung gelangte ich auf dem Heimweg. Je mehr ich meine Gedanken von allen logischen Vorurteilen befreite, zu denen mich die Analyse der Tatsachen gebracht hatte, desto näher kam ich der richtigen Spur. Einfach war dieser Gedankenprozess nicht: Hatte ich bisher geglaubt, der Mörder habe so und nicht anders gehandelt, um einen Vorteil zu erzielen, wollte ich jetzt auch der Möglichkeit Beachtung schenken, dass er sich mit seinem Verhalten einen Nachteil oder irgendeine Form der Selbstbestrafung zufügen wollte. Wenn dieser Typ seltsam war, musste ich noch seltsamer sein als er.

Vom Ermittlungsfieber gepackt, ließ ich Paolo und seinen Schutz vor meinem Haus zurück. Wir verabredeten uns zum nächsten Mord, und nachdem er gegangen war, füllte ich die Hundenäpfe auf. Schließlich stieg ich in meinen Wagen und fuhr alleine nach Frassanelle.

Als ich gegen neunzehn Uhr dreißig dort ankam, standen drei Autos auf dem Parkplatz. Eines gehörte Enrico, und offenbar waren die Mitglieder bereits alle nach Hause gefahren und nur noch einige Mitarbeiter zurückgeblieben. Ich ging in Richtung Klubhaus und betrat das Restaurant, das man unbeaufsichtigt zurückgelassen hatte. Da ich niemanden antraf, ging ich schnellen Schrittes weiter, bevor die Angst mich umkehren ließ. Ich ging die Treppe hinunter und hielt an der Stelle an, an der ich an dem Tag, als ich Massimos Leiche entdeckt hatte, auf die Gruppe mit den beiden Carabinieri Costanzo und Cipolla sowie auf Galli und die beiden Sekretärinnen getroffen war. Einen Moment lang hielt ich inne und versuchte, mich zu erinnern, was gesprochen wurde. Dann ging ich am Sekretariat vorbei in Richtung Umkleide.

Die Stille wurde nur durch das Summen der Neonröhren und das Tropfen einer defekten oder nicht vollständig abgedrehten Dusche unterbrochen. Ich wusste, dass das Licht noch ungefähr zwanzig Minuten brennen würde, bevor die automatische Abschaltprogrammierung es um Punkt zwanzig Uhr ausmachen würde. Mir blieb also noch genügend Zeit. Die Umkleide zu betreten machte mir zwar Angst, aber ich achtete nicht weiter darauf. Im Gegenteil: Diese Spannung setzte das Adrenalin in mir frei, das mir half, das Denken einzustellen und die Gefühle von damals wieder wachzurufen. Ich saß an der gleichen Stelle auf der Bank, an der Costanzo mich festgehalten hatte. Und ich erinnerte mich an seine Fragen, an sein typisches »Was soll ich davon halten?«, seinen Tadel angesichts meiner pingeligen Genauigkeit in Bezug auf die Sauna. »Da drin wurde ein Toter gefunden, ermordet, und Sie nehmen mich hier wegen des Dampfbads auseinander?«, hatte er zu mir gesagt, während wir auf Giulia warteten. Seltsam, eigentlich bin ich gar nicht so pingelig. Er muss einen guten Grund gehabt, das zu sagen … Aber welchen bloß? Nein, da stimmte irgendetwas nicht. Mein Gott, warum konnte es denn kein Dampfbad sein? Weil es eine Sauna war. Okay, aber was machte das für einen dämlichen Unterschied? Ich wollte nicht darüber nachdenken. In diesem Moment musste ich fühlen, nicht verstehen.

Ich stand auf und trat vor meinen Spind. Alles sprach zu mir. Ich fühlte mich wie unter Hypnose. Ich dachte mit den Sinnen und nicht mit dem Verstand: All das, was ich mit den Sinnen wahrnahm, wurde nicht ans Gehirn übertragen, das es verarbeitet und dadurch verunreinigt hätte, sondern von mir an der Oberfläche gehalten. Ich sah den leeren Korb für die schmutzigen Handtücher, die Carlo an diesem Tag für die Wäscherei sammelte – auch in diesem Moment nahm ich mit den Augen wahr, das irgendetwas nicht stimmte. Der Verstand konnte die Nachricht nicht entschlüsseln, aber mein Instinkt – und das reichte. Ich blieb regungslos stehen, um dieses Gefühl festzuhalten, und nahm mir die Zeit, jede Wahrnehmung zu erspüren. Langsam ging ich vorwärts in Richtung Sauna, und mein Herz begann zu rasen. Ich schloss für einen Moment die Augen und hörte Schritte die Treppe hinabsteigen. Ich schenkte ihnen keine Beachtung. In diesem Augenblick kehrte ich wie in einer Zeitmaschine zu jenem Sonntagmorgen zurück: Wie damals sah ich die Tür der Sauna und ihr Bullauge, das als Fenster diente. Stark wie niemals zuvor ließ ich dieses Gefühl der Warnung wieder aufsteigen, das ich damals spürte, und alles sagte mir in diesem Moment, dass der Mörder – wie damals – hinter mir stand. Er war immer dagewesen, ich hatte ihn gesehen, ich hatte seine Nähe gespürt und ihn berührt, er ist niemals weggerannt, und er hat sich auch nie versteckt. Als würde mich ein Schmerz, der stärker war als ich, durchbohren, lehnte ich mich gegen die Tür, legte den Kopf gegen das Glas und presste die Lippen auf den schrecklichen Kelch der Wahrheit. Ich hatte immer gewusst, wer er war. Ich hatte seine Augen gesehen, aber mein Verstand hatte es verdrängt. Ich schaute durch das Bullauge und konzentrierte mich auf den Punkt, an dem ich damals Massimo als verschwommenen Fleck entdeckt hatte. Ich hörte erneut die Schritte, die jetzt viel näher waren. Ich drehte mich um und sah dem Mörder in die Augen.

Als er meinen Blick auffing, wusste er, dass ich alles herausgefunden hatte.

»Ich konnte nicht zulassen, dass er das Leben meines Sohnes zerstörte.«

»Arcadio ist dein Sohn?«

»Das hattest du also noch nicht herausgefunden, was? Ihr seid ja nur mit eurem Golfspiel beschäftigt. Eure einzige Sorge ist es, wie ihr diesen dämlichen Ball in das Loch bekommt. Dann trinkt ihr Champagner und geht zusammen essen. Und alles andere ist euch scheißegal. Nur, weil er euch ein paar Schimpfwörter an den Kopf geworfen hat, wolltet ihr ihn zerstören. Das war es, was dein Freund Salvioni wollte, nicht?«

Ich ließ ihn reden und unterbrach ihn nicht. Vielleicht würde in der Zwischenzeit irgendjemand kommen. Ich verließ den reinen Wahrnehmungszustand, in dem ich mich zuvor befunden hatte, denn jetzt musste ich wieder meinen Verstand einsetzen, und das ganz schnell. Körperlich hätte ich keine Chancen gegen ihn, selbst wenn meine rechte Hand unverletzt gewesen wäre. Carlos Muskeln waren durch die tägliche Arbeit gestählt, und für den Fall, dass das nicht reichen sollte, hielt er auch noch einen Golfschläger in den Händen. In seinen Augen sah ich den Wunsch, mich zu töten.

»Aber warum hast du deinen Sohn dem Conte überlassen? Warum hast du ihn nicht selbst großgezogen?«

»Was hätte ich ihm denn schon bieten können? Was? Ich hatte nicht einmal genug Geld, um Brot zu kaufen. Ich war damals gerade mal achtzehn Jahre alt, und niemand gab mir einen Job. Aber so etwas kennst du Idiot ja nicht, oder? Du hattest ja immer alles. Du weißt nicht, wie es ist, wenn du der Mutter deines Sohnes sagen musst, dass sie ihr eigenes Kind nicht behalten kann, oder? Du weißt nicht, was es heißt, nicht einmal Klamotten am Leib zu haben, damit du das Haus verlassen kannst, oder? Ich habe für einen Hungerlohn im Schloss des Conte gearbeitet. Aber das Geld reichte nicht einmal für mein Essen. Dann kam er eines Tages zu mir. Er wusste von der Schwangerschaft und schlug mir vor, meinen Sohn gegen etwas Geld zu nehmen. Weißt du, was es für einen Vater oder eine Mutter bedeutet, sein Kind in die Hände eines anderen zu geben, nur damit es eine Zukunft hat? Und dann, nach all den Opfern und dem Leiden, kommt ihr drei Mistkerle mit eurem Hochmut daher und beschließt, dass Arcadio nicht Conte Alvises Sohn sein kann. Und weißt du, wo sich dieser Bastard von Arzt mit dem Conte trifft, weißt du, wo? Direkt im Taschenraum des Klubs. Und er sagt ihm nicht nur, dass Arcadio sich immer schlecht benimmt, o nein! Salvioni wollte sein Leben ruinieren und sagte dem Conte die Wahrheit ins Gesicht, die dieser doch geheim halten wollte. Aber er hat zugegeben, dass Arcadio nicht sein Sohn ist. Ich war Salvioni in den Taschenraum gefolgt und konnte in meinem Versteck jedes Wort hören. Und als ich aus meinem Versteck kam, was, meinst du, hat dieses Arschloch gemacht, hm? Er begann, an seinem Handy herumzufummeln und dir eine Nachricht zu schreiben. Und weißt du, was er mir dann gesagt hat, hm? Wenn ich mich ruhig verhalten würde, würde er die Nachricht nicht abschicken. Aber wenn ich mich bewegen würde, dann schon. Doch in Wirklichkeit schickte das Schwein die Nachricht in dem Moment ab, als er mir das sagte. Und der Conte hätte das alles bezeugen können! Und dann erzählte Salvioni mir, er hätte dir die SMS geschickt, weil du als Journalist neugierig wie Scheiße wärst und alles aufdecken würdest. Ich habe ihn mit meinen eigenen Händen getötet, und der tolle Conte stand regungslos daneben. Er war gelähmt vor Angst und konnte nicht einmal weglaufen. Und jetzt werde ich das Gleiche mit dir machen!«

»Das hast du ja schon einmal versucht, und es ist dir nicht gelungen.«

»Ich war mir nicht sicher, ob du eine Gefahr für meine Familie bist. Ich habe dir ja gesagt, dass der Mörder dich vielleicht in Ruhe lässt, wenn du dich richtig verhältst. Erinnerst du dich noch an den Tag, als du zum Üben kamst und mich angetroffen hattest? Du hast nichts kapiert, was? Ich habe Salvioni noch die Lippen zugenäht, damit du verstehst, dass du die Klappe halten sollst. Und ich habe ihn in die Sauna gebracht, damit er euch eine gut sichtbare Warnung war.«

»Und du hast Arcadios Großmutter umgebracht, du Mistkerl!«

»Welche Großmutter, hm? Die Alte hat plötzlich Angst bekommen und wollte ihr Spielzeug zurückgeben. Sie wollte alles der Polizei erzählen.«

Ich musste eine Lösung finden, aber die Angst in mir ließ mich nicht klar denken. Das Einzige, was mir in den Sinn kam, war, Zeit zu schinden und ihm auf die Nerven zu gehen, eine Kunst, die ich nahezu konkurrenzlos beherrsche. Vielleicht würde er dann irgendwann die Kontrolle verlieren.

Gerade als Carlo sich anschickte, auf mich zuzugehen, hob ich den Arm wie ein Verkehrspolizist und rief: »Stopp, stopp, stopp! Warte! Wir sind doch jetzt unter uns, und ich kann niemanden mehr um Hilfe rufen.«

Mein unverschämter Versuch, das Spiel noch zu kippen, funktionierte. Meine Worte hatten Carlo für einen Moment irritiert, was ich sofort ausnutzte: »Bevor du mich zu meinem Schöpfer schickst, würde ich dir gerne noch ein paar Dinge sagen. Du hast tatsächlich recht. Dein abgewracktes Leben ist mir scheißegal. Für die Scheiße, die du bist, ist es doch offensichtlich, dass ein Ball, der eingelocht wurde, wichtiger ist als dein nutzloses Leben. Aber was hast du Idiot denn geglaubt?

Dass ich losheulen und dich um Gnade bitten würde? Einen Idioten wie dich? Massimo ist tot, du verstehst …«

Carlo sprang zwar nach vorn, aber ich hatte mein Ziel erreicht. Denn genau in diesem Augenblick ließ das Relais alle Schalter umspringen, und der Umkleideraum lag plötzlich in absoluter Dunkelheit.

Wir schossen beide nach vorn, um die Entfernung zwischen uns zu verringern. Um nicht von dem Eisen getroffen zu werden, wollte ich mich zur Seite drehen und den Schlag mit der Schulter abfangen. Doch ich war nicht schnell genug, und wir stießen frontal zusammen. Zum Glück hatte Carlo nicht mit meinem Angriff gerechnet. Seine Körperhaltung war auf Attacke und weniger auf Konfrontation ausgerichtet. Ich rammte mein Gesicht mit voller Wucht gegen seines, fing den Aufprall jedoch mit gesenktem Kopf ab, sodass ich ihn mit meiner Stirn mitten ins Gesicht traf und er für einen Moment bewusstlos war. Wir fielen beide hin. Noch im Fallen rollte ich mich zur Seite und stand sofort wieder auf. Ich wusste, ich hatte nur den Bruchteil einer Sekunde Vorsprung. Also hob ich mein rechtes Bein und trat in die Richtung, in der ich seinen Kopf vermutete. Der Tritt traf sein Ziel und erlaubte mir, diesen kleinen Vorteil für einen Moment zu halten. Ich versuchte in Richtung Ausgang zu laufen, aber nach weniger als zwei Schritten schlug ich mit der Schulter heftig gegen eine Wand. Ich lief weiter, hielt dabei aber den Kontakt mit der Wand. Während ich versuchte, keinen Lärm zu machen – und somit unentdeckt zu bleiben –, schrie Carlo seine ganze Wut mit einer Grausamkeit heraus, zu der nur wenige Menschen fähig sind. Ich hegte keinen Zweifel, dass meine Fähigkeit, das Blatt zu wenden, ihn etwas verärgert hatte. Aber gleichzeitig kam mir auch der Verdacht, es in meinen Bemühungen vielleicht etwas übertrieben zu haben.

Ich lief weiter an der Wand entlang. Mittlerweile war ich überzeugt, die Lösung gefunden zu haben, mit der ich die

Dunkelheit überwinden konnte, und beging den Fehler, ohne vorgestreckten Arm, der mich etwaige Hindernisse im Voraus hätte spüren lassen, weiterzugehen. Ich prallte frontal und mit voller Wucht gegen einen Spind und verlor das Gleichgewicht und den Kontakt zur Wand. Mittlerweile hatte Carlo festgestellt, dass sein lautes Geschrei zwar sehr befreiend, aber unter den gegebenen Umständen die schlechteste aller Taktiken war. Sicherlich hatte er auch das Geräusch gehört und konnte mich nun ausfindig machen. Da ich nicht stehen bleiben konnte, machte ich schnell ein paar Schritte in irgendeine Richtung. Ich hielt die Arme weit ausgestreckt vor mir wie ein Schlafwandler und ging unwissentlich in Richtung Sauna. Carlo bewegte sich ebenfalls vorwärts und wirbelte dabei mit dem Eisen durch die Luft. Er hoffte auf einen Glückstreffer. Tatsächlich erzeugte das Eisen in der Luft jedoch einen Ton, der mir zwar Gänsehaut verursachte, mich aber gleichzeitig auch seine Position erahnen ließ. Ich schätzte, dass zwischen uns an die fünf oder sechs Meter lagen, aber ich konnte nicht darauf hoffen, dass dies die ganze Nacht über so bleiben würde. In diesem Moment stand mir auf halbem Weg zum Ausgang diese Bestie im Weg.

Als ich die Holzwand der Sauna berührte, erkannte ich sie an der Rauheit ihrer Oberfläche und der Wärme, die sie noch freisetzte. Ich wusste, dass drinnen eine Stahlkelle lag, mit der man das Wasser auf die Steine goss. Ich öffnete die Tür und fand die sofort Kelle, die sich an ihrem Platz befand. Es war zwar kein Golfschläger, aber immerhin überhaupt etwas, womit ich mich verteidigen konnte. Ich wusste, dass Carlo die Tür der Sauna gehört haben musste, hatte aber nicht erwartet, dass er schon so nah war.

Ich hörte seine Stimme direkt neben mir: »Ich werde dich töten, Ranieri!«

Ich hörte das Zischen des Eisens und spürte einen wahnsinnigen Schmerz in der Seite. Instinktiv krümmte ich mich und schlug meinerseits mit der Kelle wild um mich. Damit hatte Carlo wohl nicht gerechnet, und ich traf ihn mitten ins Gesicht. Völlig überrascht verlor er das Gleichgewicht, wovon ich wiederum profitierte und ihm mit aller Kraft weitere Schläge versetzte. Als ich die Kelle hochhob, traf ich auf etwas, das an der Wand hing, und hörte ein schreckliches Blechgeklappere. Als mein Schlag auf Carlo niederging, war noch ein anderer Aufprall zu hören, der irgendwie weicher klang. Sein schmerzvoller Todesschrei hörte sich an, als würde ihm ein Schraubstock die Kehle zudrücken. Dann wurde ich von einem Blutschwall getroffen. Ich verstand nicht, was geschehen war, aber ich ließ nicht von ihm ab. Getrieben von einer heftigen Wut, schlug ich immer weiter auf diesen Körper ein. Sein schmerzendes Grunzen wurde mit jedem Schlag schwächer, und am Ende hatte ich noch nicht einmal mehr die Kraft, meinen Arm zu heben. Erst jetzt hielt ich inne. Ich ließ die Kelle zu Boden fallen und sank auf die Knie, um wieder zu Atem zu kommen. Dann verließ ich die Sauna und wurde plötzlich von einem Licht getroffen.

Ich hörte, wie jemand am Eingang zur Umkleide schrie. Ich drehte mich um und blickte zurück in die Sauna: Carlo lag mit aufgeschlitztem Hals inmitten einer Blutlache. Ich lehnte mich gegen die Wand und wartete auf Hilfe.

Es dauerte ein paar Minuten oder vielleicht auch eine Ewigkeit, bis Maresciallo Costanzo und Enrico mich fanden.

Der Maresciallo sprach als Erster. »Ranieri, das hier müssen Sie mir jetzt erklären.«

Ich sah ihn an, fand aber keine Worte, sondern zeigte nur stumm zur Saunatür.

Enrico schaute hinein und entdeckte Carlos Leiche. »*Cristo*, was ist passiert?«, rief er schockiert.

Endlich fand ich die Kraft zu sprechen, während auch Maresciallo Costanzo einen Blick in die Sauna warf und bei dem Anblick erblasste.

»Er hat mich angegriffen und wollte mich töten! Er ist der Mörder von Massimo …«

Costanzo sagte tonlos: »Enrico, rufen Sie bitte Staatsanwältin Dal Nero an und bitten Sie sie her. Und dann rufen Sie einen Krankenwagen. Ach ja! Und rufen Sie auch Cipolla an und sagen Sie ihm, er soll herkommen.«

Meine Arme zitterten, und ich verlor die Kontrolle über meine Beine. Mit dem Rücken gegen die Wand ließ ich mich langsam heruntergleiten und blieb einfach sitzen.

Der Maresciallo ragte über mir empor, und ich bemerkte noch, dass er seine Waffe gezogen hatte. Mehr nahm ich nicht mehr wahr.

»Ist er tot?«

»Fast, Ranieri.«

Ich hatte Blut an meinen Händen: an der linken Carlos Blut, an der rechten wahrscheinlich mein eigenes, denn ich spürte, wie der Schmerz in meiner Hand genau an der Stelle, an der man mich operiert hatte, immer stärker wurde.

Enrico kehrte mit Appuntato Cipolla zurück, der mich entsetzt ansah. Costanzo, wahrscheinlich hin und her gerissen zwischen dem Drang, eine Erklärung von mir zu verlangen, und der Angst, auf irgendeine Weise in dieses Chaos verwickelt zu werden, beschränkte sich auf einen Blick in meine Richtung, der von wenig Respekt zeugte. Nach ein paar Sekunden hörten wir die mir inzwischen schon vertrauten Sirenen von Krankenwagen und Polizei. Bald stürmten die Sanitäter mit ihrer Bahre in die Sauna. Ich suchte nach dem Buchhalter, den ich von früher bereits kannte, konnte ihn aber nicht entdecken. Auch die Polizei traf ein. Während sie mich festhielt, hoben die Sanitäter Carlos sterbenden Körper auf die Trage. Einige Minuten später hörte ich, wie sich die Sirene des Krankenwagens langsam entfernte. Doch dann traf gleich ein zweiter Wagen für mich ein.

Ich blickte auf meine rechte Hand. Das Blut an der Wunde war inzwischen getrocknet, aber der Schmerz ließ nicht nach. Ich griff mir an die Stirn und bemerkte eine Beule an der Stelle, mit der ich entweder Carlo getroffen hatte oder gegen den Spind vor der Sauna gerannt war. Ich senkte den Blick auf den Boden, und ein bisher unbekanntes Gefühl der Müdigkeit überkam mich. Ich griff in die Innentasche meiner Jacke, zog die Zigarrendose heraus, entnahm ihr eine Zigarre und zündete sie an.

Costanzo fuhr mich an: »Mann, Ranieri, was zum Teufel machen Sie denn da? Sie wollen doch jetzt keine Zigarre rauchen?«

Ich sah ihn nur an. Mir fehlte die Kraft zum Reden. Ich zuckte mit den Schultern und schnappte nach Luft.

»Ach nein, Ranieri! Ich habe schon gehört, dass Sie auch hier sind. Das ist neuer Rekord!«

Voller Begeisterung, seinen Lieblingspatienten wiedergetroffen zu haben, kniete sich der imposante Buchhalter in seiner orangefarbenen Jacke mit Reflexstreifen neben mich.

»Was ist denn dieses Mal passiert?«

»Mir tut alles weh.«

»Zeigen Sie mir Ihre Hände.«

»Aber das Blut an der linken Hand ist nicht von mir.«

Hinter ihm tauchte Giulia auf, die sich ebenfalls neben mich kniete und mit einer gewissen Sorge in der Stimme fragte: »Was ist passiert, Riccardo? Kannst du mir das sagen?«

Während der Buchhalter meine Hand verarztete, erzählte ich Giulia und Maresciallo Costanzo, was geschehen war.

»Aber wie hast du herausgefunden, dass er der Mörder ist?«, fragte mich Giulia, nachdem ich alles gesagt hatte.

»Durch eine Beobachtung, die ich Maresciallo Costanzo zu verdanken habe.«

Der Maresciallo vernahm mit stolzgeschwellter Brust, dass er zur Lösung des Falles beigetragen hatte.

»Als ich Salvionis Leiche hier in der Sauna gefunden hatte, sprach der Maresciallo fälschlicherweise von einem ›Dampfbad‹. Ich habe ihn verbessert und ihm erklärt, dass es sich um eine Sauna handelt.«

»Und?«

»Erst heute habe ich verstanden, warum ich ihn korrigierte. Als ich Salvionis Leiche durch das Bullauge der Sauna sah, musste ich in die Sauna hineingehen, um ihn richtig sehen zu können, da das Bullauge angelaufen war. Aber die Sauna arbeitet im Gegensatz zu einem Dampfbad nicht mit Dampf, und deshalb beschlagen auch die Fenster nicht. Da das Bullauge aber beschlagen war, musste die Tür kurz zuvor längere Zeit oder wenigstens so lange offen gestanden haben, bis man einen Körper hineingeschleppt und auf diese Weise massakriert hatte. Dann erinnerte ich mich daran, dass ich Carlo gesehen hatte, bevor ich unter die Dusche gegangen war. Er sammelte gerade die schmutzigen Handtücher ein. Damals glaubte ich, er würde sie sammeln und zur Wäscherei bringen. Aber heute Abend, als ich die Körbe mit den schmutzigen Handtüchern sah, wurde mir klar, dass natürlich nicht die *Caddies* die Handtücher sammeln, sondern die Putzfrauen. An diesem Morgen brauchte Carlo sie, um sich Salvionis Blut abzuwischen.«

Giulia senkte den Kopf, legte ihre Hand auf mein Knie und sagte in einem Ton, in dem Liebe und Respekt mitschwangen: »Bravo, Riccardo. Du bist ebenso mutig wie verrückt.«

Dann wandte sie sich an den Buchhalter: »Glauben Sie, Signor Ranieri muss wirklich ins Krankenhaus gebracht werden?«

»Ranieri, sollen wir die Beule an Ihrem Kopf untersuchen lassen?«

»Ach nein, Buchhalter …«

Giulia unterbrach mich: »Buchhalter? Ihr kennt euch?«

»Ob wir uns kennen? Wir sind inzwischen wie Hemd und Hose. Ich habe überhaupt keine Lust, schon wieder in einen Krankenwagen zu steigen und noch weniger ins Krankenhaus zu fahren. Und noch etwas, Buchhalter.«

»Was denn?«

»Nur, damit das klar ist: Ich bin das Hemd!«

EPILOG

Aus mir unverständlichen Gründen brachte man mich auf das Kommissariat von Abano.

Giulia blieb die ganze Zeit an meiner Seite, bombardierte mich mit Fragen und ließ mich mindestens zehn Mal wiederholen, was Carlo gesagt hatte, nachdem ich ihn entlarvt hatte.

Als wir das Kommissariat betraten, informierte man uns sogleich darüber, dass Carlo gestorben war. Durch den Schlag war die Kelle gebrochen und hatte die Form einer Spitze angenommen, und mit den aufeinander folgenden Schlägen hatte ich immer wieder seine Luftröhre getroffen.

Bald darauf brachten mich zwei Polizisten in ein Zimmer und ließen mich vor einem Tisch Platz nehmen, an dem ich Giulia gegenüber meine Aussage machte. Außer uns waren noch ein Mann in Zivil anwesend, der sich als Beamter von irgendetwas vorstellte, das ich in meiner umfassenden mentalen Verwirrung nicht verstand, und die beiden Polizisten.

Ich hatte einen Mann getötet. Ich versuchte, zu verstehen, was man in einer solchen Situation fühlt. Doch die Leute um mich herum ließen mir keine Zeit, sondern stellten ihren Eifer über alles. Sie bombardierten mich mit Fragen und ließen mich alles mehrmals erzählen. Auch nachdem ich meinen ausführlichen Bericht beendet hatte, gaben sie sich nicht zufrieden, sondern wollten das Ganze noch einmal von vorne hören. Dieses Spielchen spielten wir dreimal.

Als der Beamte zum vierten Mal die Anfangsfrage stellte,

erklärte ich ihm: »Ich kann ja verstehen, dass ihr euch wirklich sicher sein müsst, dass ich hier keine Geschichten erfinde. Ich kann auch verstehen, dass bestimmte Verfahren eingehalten werden müssen, wenn ein Mensch zu Tode gekommen ist. Aber wenn ich die Geschichte jetzt zum vierten Mal wiederholen muss, werde ich zum guten Schluss irgendetwas anderes erzählen, nur damit ich euch nicht langweile.«

Niemand lachte, auch Giulia nicht. Stattdessen ließen sie mich das Ganze noch weitere drei Mal erzählen. Beim sechsten Mal waren sie endlich zufrieden.

Nachdem sie mich zwanzig Minuten allein im Zimmer gelassen hatten, kam Giulia zurück und meinte, dass sie die mit Blut beschmutzten Handtücher im Taschenraum gefunden hätten und es mir nun freistünde, zu gehen oder, besser gesagt, mich nach Hause bringen zu lassen.

Ich schaute ihr in die Augen: »Jetzt ist es vorbei, oder?«

Sie lächelte mich an und liebkoste mich mit ihrem Blick.

»Ich wünsche mir auch nichts mehr, als dass es endlich vorbei ist. Ich fürchte allerdings, dass eine Sache noch fehlt.«

»Wie, was fehlt denn noch?«

»Riccardo, wir sind davon überzeugt, dass Carlo Salvionis Ehefrau nicht getötet hat.«

»Und, habt ihr irgendwelche Vermutungen?«

»Ja, dieses Mal glauben wir es zu wissen.«

»Könntest du es mir sagen?«

»Arcadios Mutter.«

Angesichts der Dinge, die gerade passiert waren, stand ich noch immer unter Schock und hatte noch nicht darüber nachgedacht, dass, wenn Arcadios leiblicher Vater Carlo war, vermutlich auch seine Mutter Italienerin und keine Dominikanerin gewesen sein musste, wie ich bisher geglaubt hatte.

»Wisst ihr, wer sie ist?«

»Leider nein. Aber das werden wir bald herausfinden. Du

hast sicherlich Verständnis dafür, dass wir dich angesichts der neuen Situation nicht alleine nach Hause gehen lassen können.«

»Natürlich nicht. Ihr heftet mir wieder einen Polizisten an die Fersen.«

»Ja, Paolo. Er ist schon auf dem Weg hierher. Aber bis wir Arcadios Mutter verhaftet haben, wird vor deinem Haus auch noch eine Polizeistreife stehen.«

Schon jetzt stand ich in Bastia im Zentrum der Aufmerksamkeit. Wenn jetzt auch noch eine Polizeistreife vor meinem Haus stand, würde die ganze Situation noch schlimmer werden.

Paolo kam fünf Minuten später an, atemlos, als hätte er im Mittelpunkt der Ereignisse gestanden und nicht ich. Er schnappte nach den drei Eingangsstufen noch immer nach Luft und fragte, was geschehen sei.

»Paolo, ich schwöre dir, das ist wirklich keine Boshaftigkeit… Aber wenn du wissen willst, was passiert ist, frag jemand anderen. Wenn ich die Geschichte noch einmal wiederholen muss, bringe ich mich um.«

Giulia nannte ihm die Fakten, wir verabredeten uns für den späten Vormittag in Frassanelle, und ich winkte ihr zum Abschied zu.

Als Paolo mich kurze Zeit später nach Hause brachte, rief Piovesan an.

»Riccardo, was ist passiert? Fabrizio ist in den Golfklub Frassanelle gefahren, weil man uns sagte, es hätte einen heftigen Streit zwischen dir und einem Mitarbeiter des Vereins gegeben!«

»Nicht wirklich einen Streit. Carlo, der *Caddie Master* von Frassanelle, hat versucht, mich umzubringen, weil ich herausgefunden habe, dass er der Mörder von Massimo Salvioni war. Und er hat auch die Roncadelle ermordet.«

»Mann! Dann hast du ja herausgefunden, wer der Mörder ist!«

»Ja. Einen habe ich gefunden.«

»Wie? Willst du damit sagen, dass es mehrere Täter gibt?«

»Salvionis Ehefrau wurde von einer Frau ermordet.«

»Und wisst ihr schon, wer sie ist?«

»Die Ermittlungsbeamten haben einen Verdacht. Mehr kann ich dir nicht sagen, denn wenn die Frau morgen die Zeitung lesen und untertauchen würde, müsste ich anschließend noch schneller abtauchen, weil die Dal Nero dann etwas ungemütlich würde.«

Ich wechselte das Thema.

»Gibbo, ich bin jetzt zu Hause. Sag Fabrizio, er soll hierherkommen. Dann können wir uns per Computer mit der Redaktion verbinden und den Artikel schicken, sobald er fertig ist.«

»Ich rufe ihn sofort an. Bravo, Ricky! Siehst du, es war eine gute Idee, zu den Tagesnachrichten zu wechseln. Bravo, Mann. Bravo, bravo!«

Als Paolo und ich an meinem Haus ankamen, war Fabrizio schon da und unterhielt sich angeregt mit Giuseppe und dessen Ehefrau. Ich begrüßte sie kurz, bevor wir in mein Haus und an den Computer gingen.

Es war schon nach Mitternacht, als Romeo Sottil, der für den Druck verantwortliche Mitarbeiter, uns sagte, wir hätten nur noch dreißig Minuten Zeit, um die erste Seite fertigzustellen und den ganzen Artikel einzugeben. Wir arbeiteten fieberhaft weiter, und es gelang uns, einen Artikel zu schreiben, den die anderen Zeitungen erst einen Tag später veröffentlichen konnten. Ich achtete darauf, dass Carlos Worte nicht zitiert wurden. Aber ich ließ die Vermutung zu, dass ein Großteil der Motive in den schweren sozialen Entbehrungen, aber auch in dem Wahn eines Vaters zu finden war, der sich radikal von sich selbst entfernt hatte, damit sein Sohn ein Leben führen konnte, das er selbst ihm nicht hätte bieten können.

»Aber kein *Xera mia Normae Quèo*!«

Ich war so vertieft in unsere Arbeit und bemerkte erst jetzt, dass Giuseppe die Situation ausgenutzt hatte, in mein Haus geschlichen war und unser gesamtes Gespräch belauscht hatte.

Ich holte für uns alle etwas zu trinken, spürte dann aber plötzlich das Gewicht des ganzen Tages auf mir lasten und verabschiedete mich von meinen Gästen – ein eklatanter Verstoß gegen alle Regeln der Gastfreundschaft. Ich ging kurz duschen und fiel dann ins Bett, wo ich sofort einschlief.

Doch ich schlief nicht lange. Wider meinen Willen dachte ich immer wieder über Carlo nach und hatte ständig die Bilder unseres Kampfes im Kopf. Ich dachte auch über die Dinge nach, die er mir erzählt hatte: über sein Leben ganz in der Nähe seines Sohnes und doch so weit entfernt von ihm, ein Leben voller Leiden, nur damit dieses Kind mit einer falschen Identität leben konnte. Ich war überzeugt, dass Arcadio von alledem keine Ahnung hatte. Und die Wahrheit würde ein herber Schlag für ihn sein: Erst musste er von Giulia erfahren, dass er nicht Conte Alvises leiblicher Sohn war, und jetzt würde er auch noch herausfinden, dass er der Sohn eines Mörders war. Ich wusste nichts über Carlos Privatleben, ob er verheiratet gewesen war oder eine Partnerin gehabt hatte. Wahrscheinlich würde Giulia mir mehr darüber sagen können.

Gegen sieben Uhr hielt ich es nicht mehr länger im Bett aus und hatte es satt, mich wie ein Schnitzel hin und her zu wenden. Ich stand auf, zog mich an, weckte Paolo, und nach einem kurzen Frühstück machten wir uns auf den Weg nach Frassanelle.

Als wir dort ankamen, standen drei Polizeiwagen vor dem Verein: Ich ging davon aus, dass man mit Galli sprechen wollte. Vor dem Eingang zum Klubhaus stand ein Polizist, der weder die Mitglieder und erst recht nicht die Journalisten einließ. Paolo brauchte seine Dienstmarke jedoch gar nicht erst vorzuzeigen. Der Beamte erkannte mich sofort und ließ uns durch. Alle hatten sich im Restaurant versammelt. Für einen Moment fing ich Francescas Blick auf und bekam eine Gänsehaut, als ich an Carlos Worte dachte. Auch an dem Tag, an dem Massimo und ich uns über Arcadio beschwerten, hatte Francesca Dienst an der Theke gehabt: Sie war seine leibliche Mutter!

Giulia, umringt von Polizisten, schaute in meine Richtung. Ich zeigte auf Francesca, und sie nickte mir zur Bestätigung kurz zu.

Wie in einer Spiegelsequenz endete alles dort, wo es begonnen hatte.

In Gallis Beisein erklärte Giulia, dass sie und die Ermittlungsbeamten dank meiner Hinweise auf die Fragen, die Francesca über mich in Bastia gestellt hatte, herausgefunden hatten, wer Arcadios leibliche Mutter war. Sie hatte Arcadio alles erzählen müssen, und er hatte wohl sehr bestürzt reagiert. Der arme Kerl würde nach diesem Schock wohl lange Zeit brauchen, um die Scherben seines Lebens wieder zusammenzusetzen. Die Tatsache, einen Mann getötet zu haben, hatte mich völlig verwirrt. Und so hatte ich nicht sofort erkannt, dass nicht nur Salvioni die berühmte Büchse der Pandora geöffnet hatte, sondern auch ich, als wir damals nach dem Spiel an der Theke noch dieses verfluchte Bier zusammen getrunken hatten.

Galli wurde irgendwann von seiner Sekretärin gerufen und ließ mich kurz mit Giulia allein. Wir sahen uns wortlos an, aber in ihren Augen konnte ich eine gewisse Verlegenheit erkennen. Fast als suche sie nach einer Fluchtmöglichkeit, erzählte sie mir von Francescas Geständnis.

»Salvionis Ehefrau hörte Geräusche aus der Privatpraxis, die ihr Mann direkt neben ihrer Wohnung hatte. Die Signora, durch die merkwürdigen Geräusche stutzig geworden, hatte sich an der Wohnungstür mit einem Golfschläger ihres Mannes bewaffnet und Francesca entdeckt. Francesca geriet in Panik, als sie beim Diebstahl der medizinischen Dokumente erwischt wurde, riss der Signora den Schläger aus der Hand und schlug immer wieder auf sie ein.«

Mir fehlten noch immer die Worte, aber ich spürte eine neue, andere Art von Verlegenheit zwischen Giulia und mir. Wir sahen uns stumm an: Ich kam ihrem Gesicht immer näher, während sie erkannte, dass sie diesen Moment nicht länger aufzuhalten vermochte. In ihrem Blick war dieser Gefühlssturm für mich deutlich zu erkennen. Ich ließ den Moment nicht ungenutzt verstreichen, ohne ihr die Möglichkeit zum Nachdenken zu geben. Ich berührte ihre Lippen mit meinen und gab ihr einen zärtlichen Kuss auf die Wange.

Dann flüsterte ich ihr beruhigend und aufrichtig zu: »Giulia, du musst keine Angst haben. Ich werde dir nichts tun. Wenn du dich beruhigt hast, komm einfach zu mir.«

Unsere Blicke trafen sich erneut, und in ihrem lagen eine Verbundenheit und eine stillschweigende Zustimmung, die mich auf eine schöne Zukunft, auf eine gemeinsame Zukunft mit ihr hoffen ließen.

Die Lust am Golfspiel kehrte erst zwei Monate später zurück.

Ich bin ein recht passabler Spieler, und daher weiß ich, dass ich mich nicht nur auf die Routine verlassen kann. Wenn ich gute Ergebnisse erzielen möchte, muss ich meiner Routine mit methodischer Ausdauer nachkommen.

Getreu meinen Prinzipien ging ich an dem Tag, als ich zum ersten Mal wieder zum Golfklub kam, als Erstes an die Theke.

»Willkommen zurück, Riccardo.«

»Ich danke dir, Luisa. Wie geht es dir?«

»Ich bin okay. Nimmst du einen Ristretto in einer großen Tasse?«

»Ja, Luisa.«

»Riccardo, darf ich dich mal etwas fragen? Warum willst du deinen Ristretto eigentlich immer in einer großen Tasse?«

Die Zeit der Rätsel war vorbei, und so antwortete ich: »Luisa, der Preis ist doch der gleiche, oder?«

»Ja, aber ...«

»Also warum sollte ich dann etwas riskieren?«

DANKSAGUNG

Ich habe dieses Buch geschrieben, um meinen Traum zu verwirklichen, den zuzugeben ich nie den Mut hatte, manchmal nicht einmal mir selbst gegenüber.

Doch obwohl mein Wunsch zu schreiben so stark war, hätte dieses Buch ohne die ständige Ermutigung einiger Menschen niemals das Tageslicht gesehen. In streng chronologischer Reihenfolge danke ich Goralda (ja, das ist kein Druckfehler, sie heißt wirklich so!), Erica, Antonella, Nicoletta, Gianni und Chiara – die ich in Kapitel 8 zu Entzugserscheinungen getrieben habe –, Luca und Daniela. Ohne die Hilfe eines jeden Einzelnen von ihnen wäre *Unauslöschliche Spuren* nur eine abstruse Bestellung an der Theke geblieben.

Wenn das Buch lesbar und fehlerfrei ist, ist das der Professionalität Tiziana Cappellinis geschuldet, deren Können ebenso groß ist wie ihre Geduld.

Die Figuren in diesem Roman sind das Produkt meiner Fantasie. Und doch fühle ich mich genötigt, Folgendes klarzustellen: Es entspricht nicht dem Charakter der *Caddies* vom Golfklub Frassanelle, die Mitglieder des Vereins umzubringen. Insbesondere Massimo, der echte *Caddie Master*, ist nicht nur mein Freund, sondern auch der liebevolle Vater eines der wohlerzogensten und patentesten Jungen, die ich kenne. Um dauerhaft jeden Verdacht der Inspiration zu zerstreuen: Massimo spielt im Gegensatz zu dem fiktiven Charakter des Carlo Buonafiore, der von mir frei erfunden wurde, verdammt gut Golf.

Meine Nachbarn sind wunderbare (und diskrete!) Menschen, ohne die mein Garten ein unerforschter Dschungel wäre. Und ohne sie hätte ich in ihm nie die Brustbeeren entdeckt.

Zwar gehört das Land, auf dem sich der Golfplatz befindet, tatsächlich einem Grafen, aber der Charakter des Alvise Casati Vitali di Nogaredo aus dem Buch nahm erst nach dem dritten Glas Cabernet während eines Abendessens unter Freunden Züge in meinem Kopf an.

Alle genannten Geschäfte und Geschäftsinhaber sind reine Erfindung. Nur Enrico, den Restaurantbetreiber des Golfklubs, gibt es wirklich, und zum Glück gibt es auch seine Küche. Und sollten Sie einmal nach Venetien kommen, sollten Sie ihn unbedingt besuchen. Es lohnt sich wirklich.

Ich habe mir die Freiheit genommen, Maresciallo Costanzo als Stümper voller Vorurteile zu beschreiben. Vor Kurzem lernte ich den echten Maresciallo der Kaserne der Carabinieri von Bastia kennen, einen ernsten, zuverlässigen und effizienten Beamten. Angesichts einer solchen Vielfalt halte ich es kaum für notwendig, jeden Bezug zur Realität zu leugnen.

Schließlich, auch auf die Gefahr hin, in einen Rechtsstreit wegen übler Nachrede verwickelt zu werden, muss ich gestehen, dass die beiden wichtigsten Figuren, deren Charaktere ich mit akribischer Genauigkeit und unter strikter Beachtung der Realität beschrieben habe, sowohl in dem Buch wie auch in meinem Leben existieren: Mila und Newton, meine geliebten Deutsche Schäferhunde.

Printed in Poland
by Amazon Fulfillment
Poland Sp. z o.o., Wrocław

92740561R00174